浴血长城

古北口抗战全记录

孙正连 ● 著

重庆出版集团 重庆出版社

图书在版编目（CIP）数据

浴血长城 / 孙正连 著. —重庆：重庆出版社，2014.6
ISBN 978-7-229-08097-6

Ⅰ.①浴… Ⅱ.①孙… Ⅲ.①长篇小说—中国—当代
Ⅳ.①I247.5

中国版本图书馆CIP数据核字（2014）第119211号

浴血长城
YUXUE CHANGCHENG

孙正连　著

出 版 人：罗小卫
策　　划：华章同人
出版监制：陈建军
主　编：马　季
责任编辑：舒晓云　黄卫平
策划编辑：袁　强
营销编辑：刘　菲　许珍珍
责任印制：杨　宁
封面设计：主语设计

重庆出版集团
重庆出版社　出版
（重庆长江二路205号）

投稿邮箱：bjhztr@vip.163.com
三河九洲财鑫印刷有限公司　印刷
重庆出版集团图书发行有限公司　发行
邮购电话：010-85869375/76/77转810
重庆出版社天猫旗舰店
cqcbs.tmall.com
全国新华书店经销

开本：787mm×1092mm　1/16　印张：19.5　字数：220千
2014年8月第1版　2014年8月第1次印刷
定价：35.00元

如有印装质量问题，请致电023-68706683

版权所有，侵权必究

目录

引子 / 1

1. 一首诗点燃众将军抗日怒火 / 5
2. 戴安澜率一四五团新兵出征 / 12
3. 戴团长出征誓言：
   血洒疆场，马革裹尸，军人之本分 / 19
4. 新兵难招，打出抗日名将牌 / 30
5. 前进！前进！戴安澜率军踏上北去的火车 / 35
6. 昼夜行军，戴安澜率团抵达北平 / 42
7. 关麟征在通县的师部还没建完，就迁往密云 / 46
8. 临上战场，吃上了一顿丰盛的红烧肉 / 51
9. 两个来历不明的东北人加入二十五师 / 57
10. 赴战场，戴安澜约法三章，杜聿明率先开路 / 64
11. 部队到了密云城，关麟征大发雷霆 / 72
12. 秀才用一封封家书拉近了兄弟们的感情 / 76
13. 三支部队，谁也命令不了谁 / 84
14. 看阵地，戴安澜绘制古北口草图 / 96
15. 一班登上帽儿山，烽火台设下观察哨 / 105
16. 大战在即，三军官长城部署 / 117
17. 观察哨上，机关枪打下一架日军飞机 / 127
18. 戴安澜指挥炮战，破坏日军建立阵地计划 / 139
19. 日军进攻将军楼，杜聿明夜袭敌营 / 145

20. 死守，就是守死 / 154

21. 生与死的关头，一班七人结义成兄弟 / 160

22. 日军主力齐聚古北口，将军楼失守 / 165

23. 帽儿山，七个人挡住了日军的穿插小队 / 173

24. 关麟征师长负伤，杜聿明代理师长 / 180

25. 将军楼失守，帽儿山成了阻击阵地 / 190

26. 日军进攻帽儿山，七兄弟死守阵地 / 197

27. 东北军撤出阵地，杜聿明做最后的部署 / 207

28. 日军夜袭帽儿山观察哨 / 216

29. 戴安澜的一四五团伤亡惨重 / 228

30. 危难时刻，戴安澜掩护伤兵撤离 / 236

31. 帽儿山七战士掩护一四五团撤出阵地 / 246

32. 古北口丢失大半，日军开始重炮轰击帽儿山 / 254

33. 日军包围帽儿山，戴团长派人接应失败 / 263

34. 七战士受重创，死伤过半 / 272

35. 黑夜的帽儿山，

　　重伤的秀才和大牛劝大哥和郑连突围 / 281

36. 七兄弟牺牲，日军为勇士立碑 / 291

尾声 / 299

作者访谈 / 301

引子

1931年9月18日夜10点30分,驻奉天(沈阳市)日本关东军对奉天东北军北大营发动了军事进攻,史称"九一八事变"。

进攻北大营的日军为关东军铁路守备队步兵第二营,计四个连约五百人枪,由营长岛本正一中佐统领,分北西南三面合击。同时,关东军第二师团步兵第二旅团所属步兵第二十九联队,计三个营约一千五百人枪,由旅团长平田幸弘大佐统领,攻击奉天城。

北大营驻军是东北边防军王牌部队第七旅。旅长王以哲,下辖三个步兵团及特种兵和辅助勤务部队万人,兵强马壮,装备齐整。奉天市内警宪二千多人。

在奉天,中日两军兵力对比是6∶1。装备上更是超过了日本军队,仅从日军19日占领奉天缴获的东北军装备就可以看出来:步枪十二万支、机枪四千挺、大炮三千门、坦克二十六辆、飞机二百六十架、弹药堆积如山。

再看东北军在东北的兵力,黑龙江省五个旅、吉林省十个旅、辽宁省六个旅,总计二十一个旅,二十多万人枪。

日本关东军正规军在东北一个师团并六个守备营共一万零四百人,另有警察三千,武装侨民一万,总计二万三千多人。

中日双方兵力比例是10∶1。

在九一八事变十数日后，张学良任命张作相为东北边防军代司令长官，米春霖任辽宁省政府主席。长官公署和省政府迁往锦州。

任命任诚允为吉林省政府主席，李振声代理吉林边防军副司令，冯占海任警备司令，丁超为护路军司令。在吉林宾县恢复吉林省政府。

任命马占山接替万福麟任黑龙江省代理主席，兼黑龙江省军队总指挥。

1932年1月2日，辽宁省政府一枪不放从锦州撤退了。日军于1月3日占领锦州，兵不血刃。

1932年1月28日，日本军队进攻上海，十九路军奋起抵抗。

1932年2月13日，日本增兵上海，南京政府派第五军张治中军长增援上海。

1932年3月1日，在日本关东军的指使下，张景惠领衔，以东北行政委员会名义发表了"满洲"国建国宣言，宣布东北脱离中华民国独立，另立"满洲国"。

1932年3月9日，关东军为溥仪举行了就职典礼。

1932年5月5日，中日停战。签署了《中日上海停战及日本撤军协议》。

1932年5月15日，日本国内发生政权更迭，新内阁全力支持关东军巩固"满洲国"，任命武藤信义大将为关东军司令。关东军下辖第二师团、第八师团、第十师团、第十四师团、第二十师团，计五个整师团。旅级部队十五支，步骑工炮共十五万人枪，另有飞机、舰艇若干。参谋长小矶国昭、副参谋长冈村宁次。

1933年元旦不久，日军进攻山海关。

1933年2月15日，张学良接到电报，日军进攻热河省及华北。东北之痛，已让他无颜见东北父老，再丢了热河省及华北，那后果，让他不寒而栗。他紧急召众将开会部署战守。先将所有热河省及华北各军混编成八个军团、十二个军，共四十七个师、八个步兵旅，步骑工炮合计四十万人。

又令组成两个方面军：

第一方面军，张学良自兼总司令，下辖于学忠第一军团、商震第二军团、宋哲元第三军团。

第二方面军，张作相为总司令，汤玉麟为副总司令，下辖万福麟第四军团、汤玉麟第五军团、张作相第六军团。

1933年2月17日，天未亮，张学良便带上一班随员离开北京，浩浩荡荡向热河省会承德进发。热河省主席汤玉麟亲率属下一应文武大员数十人，迎客于郊外二十里，接入承德。

午宴之后，张学良召集汤玉麟、张作相、孙殿英并诸将商议热河战守。

汤玉麟报告说：关东军三支人马已在绥中、北票、通辽集结完毕，前锋已抵热河边境。

张学良当即命令：万福麟军团在凌源设防，阻敌中路；孙殿英所部四十一军在开鲁、南岭、北票设防，阻敌北路；汤玉麟所部在平泉设防，阻敌中路。其余各部向承德运动，占领机动位置。

张学良连夜赶回北平。

1933年2月20日，中路日军第八师团各部首先发起攻击。连占朝阳、凌南、平泉诸城。左路连占白石嘴边门、沙帽山各要点；右路连占开鲁、赤峰、全宁诸城。

1933年2月24日，日军进攻热河，分左中右三路部署，总兵力五万人枪。左路军以服部兵次郎少将为指挥官，统领所部第十四旅团，步骑工炮计一万人枪，在北宁线附近绥中集结，准备渡大凌河，经凌南侧击凌源。

右路军以第六师团师团长坂本政右卫门中将为指挥官，在通辽集结，准备经朝阳、开鲁、赤峰进兵林西、多伦，占领热河北部。

中路军以第八师团师团长西义一为指挥官，辖步兵第四旅团、第十六旅团及特种兵，步骑工炮二万人枪。在北票集结，经叶柏寿、凌源、平泉，沿中央轴线进攻承德，夺占热河南部，进占长城各关口。

张学良接到日军进攻热河的战报，急给南京发报告急：热河危急，请速派中央军增援。

蒋介石委员长回电:"剿共"战事正进入大决战阶段。华北除东北军外,另有商震第三十二军、庞炳勋第四十军、宋哲元第二十九军、傅作义第五十九军、孙殿英第四十一军,共四十万人枪,足堪守卫热河,与关东军一战。

汤玉麟闻报前方战况不利,生怕被日军俘虏,于3月3日夜带着财物悄悄离开承德,一路往关内逃跑。主帅一跑,大军如决堤洪水一样溃败了下来。只十余日,关东军打败了张学良集结的四十万之众,热河省丢了全境。

接下来,便是本书要讲的,国民革命军第十七军第二十五师在古北口长城抗日作战的故事了。这是国民党中央军第一支参加长城抗战的部队。这支部队中被日军称为"七勇士"的七名战士,他们的墓地,就埋在古北口帽儿山下。至今。

1. 一首诗点燃众将军抗日怒火

驻防蚌埠的国民革命军第十七军，是1933年1月1日组建的部队，由原国民革命军第四师扩编为第四、第二十五两个师。这是蒋介石的嫡系部队，也称之为中央军。1月11日，国民政府明令发表任第四师师长徐庭瑶为军长，下辖第四、第二十五两个师，每师两个旅，每旅两个团，总计两万多人枪。

军长徐庭瑶，保定三期步科出身，1925年起就一直在蒋介石嫡系第一军任职，属于蒋介石的基干力量。从1932年出任第四师师长时，因"围剿"鄂豫皖苏区有功，颇受赏识。作为军人，徐庭瑶每时每刻都关注中央苏区和东北两个战场。但他关注最多的，是中央苏区"剿共"，作为江西上饶赣东北"清剿"指挥的他，所部第四师正在上饶一线与中共红军作战。他的部队全部编入"剿匪"的战斗序列，按蒋委员长的命令，这是对中共红军的最后一战，完成"攘外必先安内"的国策。但他同时也关注东北的日军动向，这同样是他眼前最大的敌人。日军自1月初进攻山海关，他从内部通报上已知道了一些，可是他没想到日军会在2月21日全面进攻热河，同时进攻华北。国内各大报刊在责问张学良的同时，也在责问中央政府，矛头直指蒋委员长。在中央苏区"剿匪"部队序列中，国军总计有一百多万军队，一线部队五十多万。第十七军因刚刚组建，第四师编为前线部队，第二十五师被编为第一

5

梯队，在蚌埠休整。面对国人的舆论攻势，徐庭瑶也清醒地认识到，日军才是目前中华民族的大敌，他决定向蒋委员长请命，抗击进攻华北的日军。为了了解部下将领的想法，他决定召开全军旅长以上紧急会议，表明他的想法，听取大家意见。

1933年2月22日，蚌埠国民革命军第十七军军部会议室里，将星闪耀。金黄色的将星，显示出了久经沙场的资历，虽然这些将军都是从战场上或是从驻防地远道赶来，一身的征尘，但挺直的腰身，标准的坐姿，体现了军人的良好素质。当副官喊完："军长到！"全体立正，标准的军人姿态。徐庭瑶仔细地看过每个人之后，摆了一下手，让大家坐下，接着副官在每个人面前放下一叠报纸。

徐庭瑶拿起报纸说："诸位可能都看到了，日军进攻山海关之后，又全面进攻热河，直奔平津。东北军连战连败，丢城失地。东四省三千万父老乡亲身处水深火热之中，当了亡国奴。'共匪'现已被我大军压迫到了弹丸之地，有委座亲自督阵，剩下的就是追剿'残匪'了。我想向委座请命，率我十七军北上，抗击日寇，收复失地，实现军人的使命，保家卫国。不知各位将军的意见如何？请直言。"

徐庭瑶的话音刚落，第二十五师师长关麟征站起来，从兜里掏出一张写满字的宣纸说："军长，我的话全在这里。"说着把宣纸递给军长。

关麟征，1905年生于陕西户县，二十八岁，原名志道，字雨东，汉族，黄埔一期步科，少将军衔。

徐庭瑶用手一推："念。"

关麟征收回递出去的宣纸，大声地念了起来："半壁河山狼烟中，烽火照红北地冰。长城之外牧寇马，铁蹄咫尺危古城。大厦将倾于汤火，神州存亡瞬息中。岂肯折膝求苟安，站直抛颅笑颜生。炎黄子孙多傲骨，我今抗日三请缨。"

"好！诗言志。"徐庭瑶大声喊道，拍案而起。

一首诗，点燃了各位将军的激情，也说出了他们的心声，众将齐喊：

"好!"

"好!"徐庭瑶又喊了一声,"我看咱们就以关师长这首七言诗向蒋委员长请命,同意的,在上面签上名字。"说着他第一个在上面签了名。

有了军长的第一个签名,作为军人,没什么好说的。当各位在诗的后面签上名字之后,徐庭瑶数了一下,说:"总共十七位将军签名请战,我马上报给委员长,各自回去做好准备,等待命令。散会。"

日本关东军进攻山海关,进攻热河,进攻华北,全国舆论沸腾了。各社会团体组织请愿团去南京政府门前请愿,各大学的师生纷纷罢课,各界民众上街游行,一片声讨之声,矛头直指南京国民政府军事委员会委员长蒋介石,要求南京政府出兵抗日。

蒋介石此时承受着全国舆论的压力,中央苏区"剿匪"的压力,日本进攻热河的压力。他原指望张学良的四十万大军抵抗住日军的进攻,最好乘势收复一些失地。可是每天接到的,都是热河省连连失地,日本关东军势如破竹的消息。对于这些地方军,他没指望他们有太大的作为,只要顶住,等他把中央苏区"共匪"剿灭,然后大军北上,完成"攘外安内"的大计。可是华北危急,国内舆论使南京政府在国人心中的地位直线下降,而国内各派势力也在暗中活动,这让他左右为难。他更不甘心"剿共"功亏一篑,但华北又不得不抽出一支部队,给全国人民一个交代。正在此时,第十七军军长徐庭瑶提出北上抗日,他便顺水推舟,批准了他的要求。但第四师不能动,因为那是"剿共"一线部队。在国民党军中,尤其中央军内,主动上书请缨长城抗战的第一位将军就是徐庭瑶。

1933年2月24日,南京国民政府军事委员会命令:国民革命军第十七军调防北平,调第一军之第二师,第十四军之八十三师隶属第十七军,参加热河保卫战。所部二十五师为先头部队,马上出发,余后跟进。

1933年2月24日,第二十五师师长关麟征接到军长徐庭瑶的命令,忙电告副师长兼七十三旅旅长杜聿明立即返回师部,商议部队开拔之事。关麟征对东北日军的情况，除了简单的战报外，所知不多。对东北军的情况，他虽然多少知道一些，可真实的情况，也还是不清楚。另外，部队要开拔了，可3月份的伙食费还没有着落，军里说军政部还没有拨下来。兵马未动，粮草先行，古今一个理。没办法，他只有从地方绅士那借了。可是借个万八千的好办，可这行程两千多里，一万多官兵，至少得十万大洋的开销。关麟征只好硬着头皮去商会借款。没想到，商会一听说部队北上抗日，马上就筹集了十万大洋交给了他。

杜聿明的旅部随部队在霍邱，接到师长的电报，立即驱车往蚌埠的师部赶。

杜聿明生于1904年11月28日，二十九岁，字光亭，陕西省米脂县人，黄埔一期。1930年年初，任张治中教导第二师第二旅第五团一营中校营长，不久升为该师第六团上校团长。同年冬，教导第二师改番号为陆军第四师，杜聿明改任第十二旅第二十四团团长。1932年年初，徐庭瑶的第四师奉命开往皖北，参加大别山围剿红军作战，因功晋升少将团长。这年冬，徐庭瑶升任第十七军军长，杜聿明被委任该军第二十五师第七十三旅旅长，不久升任该师副师长兼第七十三旅旅长。

关麟征借款回来，和杜聿明一同来到军部，见军长徐庭瑶。

因军情紧急，徐庭瑶直接把两位带到了军用地图前，指着地图道："根据南京军委会的命令，凭借古长城及其周围险峻地势，死守独石口、古北口、喜峰口、冷口等长城各口，阻止日军继续深入，争取时间进行国际交涉。据此命令，第五十九军傅作义部守独石口；原西北军旧部编成的第二十九军宋哲元部守喜峰口；晋军第三十二军商震部守冷口；由长城撤下来的东北军整编后调北宁线天津以东及冷口以东担任防御，同时命令孙殿英部坚守多伦以东地区，威胁敌后。我们军配合东北军守古北口。蒋委员长的意思是先稳住局面，一面抵抗，一面交涉，寻求国联调停。委员长把第四师留下了，把第一军之第二师，第十四军之八十三师调归我军。你部是我十七军的老底子，奉命提前开往华北前线，限3月5日以前在通县集结完毕，作为全军的先头部队。目前了解到的日军情报，日军出动了关东军主力七万余人，分三路进攻热河华北。"

徐庭瑶了解他这两位部下，对他都是忠贞不贰，执行命令坚决，也是他一手提拔的。所以，他说话也不客气："校长接受了我的请求，全军调往华北抗日。请战书上，你们俩也是签了名的。此去，不能让校长在全国人民面前丢脸，更不能砸了我们十七军的牌子。关麟征你虽然是师长，但从打霍邱情况来看，你的指挥能力不如杜聿明。所以，这次北上抗日，重大军事行动你要多与杜聿明商量，有的地方杜聿明说的对的，要虚心接受他的意见。"

徐庭瑶的话令关麟征浑身不自在，低着头不说话。徐庭瑶明白他的心态，拍拍关麟征的肩膀说："这是打仗，决策错了要丢脑袋的，不要为了面子丢了脑袋。你们都是黄埔一期的，又都是陕西同乡。七十五旅张耀明旅长也是陕西的，这回就看你们陕西子弟兵了。"说着，他又对杜聿明说："命令我已经下达给关师长，你刚提到副师长的职位，一切都要配合好关师长。光亭，你比雨东大一岁，你这个当老大哥的，也应有个老大哥的胸怀。将帅不和，军中大忌呀。"他的这番话，是说给杜聿明的，也是说给关麟征的。这表明关麟征在他心中的地位，是比杜聿明要高的。因为作战命令只下达给关麟征，而不是下达给他们两个人。

"请军座放心，唯师座马首是瞻。卑职绝对服从师座的指挥。"杜聿明立正回答道。

"这我就放心了，赶快回去做准备吧。我安排完这里的事，马上赶到前线，同你们一起作战。一定保证联络畅通。"徐庭瑶说完，送走了二位。

关麟征回到师部，立即和杜聿明研究部队开拔。

关麟征对杜聿明没有个人恩怨，可是对军长的话，他还是耿耿于怀。他是个直性子人，这话不说出去，他总觉得心里不舒服："光亭，军长说了，你打仗有一套，这回北上可就看你的了。拿出一套对付鬼子的办法来。"

杜聿明："还得靠师座栽培。军座的话是对我的鼓励，我会尽力的，在师里，我一切全听师座指挥。"他知道关麟征是不满军长说自己会打仗的话，但对于打仗，他心里自有主见，决不会盲目的服从。可师长是一师之长，他必须服从。所以他也是话中有话地回答着关麟征。

关麟征："光亭，你我还用客气吗？国防部命令我们26日在蚌埠集结北上，3月5日在北平通县集结，增援东北军。我就不明白了，张少帅手里有东北、华北四十多万人马，又占着地利，怎么就挡不住七万日军的三路进攻？"

杜聿明："兵败如山倒，我看东北军是让日本人吓唬住了。"

关麟征："时间紧，重武器大多在四师的'剿共'前线那，一时撤不下来，只有等撤下来，由后继部队带上去了。"

杜聿明："师座，咱们虽然说是一个师，可是眼下缺额太多了，从'剿匪'开始，一直没得到很好的补充。我们七十三旅，全旅不足五千人，缺额一千多。再说，弹药也不足一个基数了。除了几门迫击炮，重炮一门也没有，怕是要吃大亏的。另外，北平那还是冰天雪地，士兵还是草鞋、单衣。咱们这些兵大都是南方人，怕是得准备冬装。"杜聿明说着摸了一下身上的将校呢，他知道，士兵还只是棉布单衣。

"这正是我想的。"关麟征边看桌上军用地图边说，"光亭，你明天就出发去北平，去少帅那报告，了解点前线的情况，同时看能不能解决点后勤给养。不过见了少帅，一定要小心点，咱们这位少帅副总司令，少年得志，又是委员长的把兄弟，可非你我兄弟能得罪得起的。在北平的事，还得靠他来办呢。"

"请师座放心，对咱们这位副总司令，我多少也听到过点。我会小心的。"

"光亭，这次到了北平，先在通县成立个临时补充团，先把缺额补上。我听说东北有大批的难民，只要打上抗日大旗，兵源不会缺的。只是那是张副总司令的地盘，千万别惹着这位副司令，凡是东北军的散兵游勇，咱们一律不要。在国民政府里，除了委员长，没人敢惹他。"关麟征如此这么说，一是要杜聿明小心，再就是他想尽快补充上缺额。虽然他是国军的嫡系部队，可在嫡系里，也有甲乙丙之分。第二十五师就是个乙等师，两旅四团的编制。

"请师长放心，这事我一定尽力。"杜聿明答道。

"我晚上刚借了十万大洋，明天我让军需处给你带上四万。当兵吃粮，军饷不能少。要不凭什么弟兄们跟咱们卖命。"关麟征说到这里时脸上露出一丝的笑容，可是马上又锁紧了眉头说，"跟少帅说说，能不能帮助咱们配上些重武器，这么大的动作，没有重武器，这仗要吃大亏呀！从日本人占了东北，又一路杀往北平，战斗力强不用说，单是装备，咱们就没法比，如今再带不了重武器，打起来肯定是要吃大亏的。"

"是。"杜聿明心里也想的是这事，没有重武器，这仗还真是不好打。自二十岁考入黄埔，也有九个年头了。但作为军人，这才是真正报效国家的时候，好不好打都得打。

"光亭，最要紧的是多收集点日军的情报，知己知彼。关东军能如此目中无人，一定有他们的过人之处。多动用一点关系，必要的时候，花点钱买点情报也是值得的。这也和花钱买命差不多。总之，咱们不能打没准备的仗。"这也是关麟征最头痛的事。国军的特工把精力都用在了收集共产党苏区的情报上了，而对日军的情况知道的太少，眼下要出兵了，可日军的基本情况还没搞清，特别是兵力武器的配备情况。

"是。我会利用各种关系收集日军情报的。"这也是杜聿明想搞清楚的事。虽然他平日里非常注意报刊上关于日军的消息，也从一些去过前线的同学、同事那打听了一些，可到了眼下，那点情报还是太少了。

2. 戴安澜率一四五团新兵出征

第二十五师七十三旅一四五团团长戴安澜,1904年生于安徽无为县,二十九岁,又名戴炳阳,原名衍功,自号海鸥。黄埔三期步科。此时正在霍邱县的一个兵营里训练他的全团新兵。此时,全团共有近两千人。

一四五团的团部就设在新兵训练营中,戴安澜每天都和这些新兵在一起,他的团部在营房的最北面的高地上,站在屋里就能看见新兵训练。

戴安澜的卧室紧靠着作战室,他的卧室里一张行军床,一张办公桌,一把木椅子。假如不是墙上挂着他手书的条幅,这和连长的卧室没有任何的区别。条幅上写的是《论语》中的"士不可以不弘毅,任重而道远"。字是标准的楷书,一笔一画,刚柔相济。这也是他给自己的座右铭。落款是"海鸥"。这也是他1925年考入黄埔军校后,为表达自己搏击长空、力挽狂澜之志,更名为安澜,立号海鸥。

晚饭后,戴安澜又回到团部作战室,把团部的参谋召集起来,共同研究作训参谋编制的实弹射击的一些安排。按训练大纲的要求,下周就开始进行实弹射击。这几天,戴团长正在忙着与作训参谋研究实弹射击的一些问题。

一位参谋说:"团座,我听说东北军的装备比咱们中央军要好得多,能不能和上面说说,多给咱们配备点自动火器。至少,也得把咱们团部的几个连装备一下吧。"

戴安澜边看实弹射击教程，边说："谁不想好的装备，校长也想给咱们装备。可那要真金白银。从北伐开始，这个国家就在打仗。国家没有休养生息的时间，哪来工业建设，哪来的钱？另外，无论战争大小，凡败战，非器之罪，乃人之罪也，要转败为胜，非有训练之指挥官，以后才有强悍之军队。自古没有无能之兵，只有无为之将。眼下，国家正在用人之际，我看这份实弹射击安排还是从实战出发，将卧射九发子弹改成三发，跪三发，立三发。让战士体会一下，战场上不可能让你准备好了，敌人再开战。"

"是。"作训参谋回答。

看了一遍，翻动了一下日历，2月24日，农历二月初一，明天二月初二，龙抬头的日子。"李参谋，明天再问问旅作训处，弹药什么时候到，弹药一到，马上实弹射击。"

"是。"李参谋答道。

这时值班参谋喊道："团座，旅座电话。"

"我是戴安澜。"

"安澜，你听好了，军部命令，你团马上出发，26日赶到蚌埠火车站，奉调北平，参加热河保卫战。"

"是。坚决执行命令。旅座，就我们一个团吗？"

"全军奉调，我们师是军先头部队，我们旅是师先头部队，你们团是全旅先头部队。"

"我们团都是新兵，还没有进行实弹射击哪！"

"弹药到蚌埠车站领取，边走边教吧，找个机会，让新兵搞一下实弹射击。这是校长亲自下的命令，千万别在我们旅误了事。安澜。"

"我到哪去找旅部？"

"我奉命先行一步到北平，旅部也在行进中，你到车站直接去找师座，请领命令。师部就设在火车站。我这儿急着上火车，一定要稳定住部队。"

"是。"

13

戴安澜放下电话，说不出是一种什么样的感觉。去北平抗日，是他这些天一直想的事。作为军人，他早就想和日本人打上一仗了。可是眼下的部队，又实在让他担心，团里大多是新兵，别说没打过仗，一大半的兵还没打过枪。但眼下也顾不了这么多了，先把部队拉上去再说。从霍邱到蚌埠还有几百里路要走呢。想到这儿，他回身喊道：

"马上召开连以上军官会议。"

晚饭后，累了一天的新兵们总算可以喘口气了。

在一四五团一连一班的营房里，几个新兵各自干着自己的事儿。

郑连，二十岁，一天总像有啥解不开的愁事，低着头，坐在小板凳上。

李大牛，二十五岁，人长得也跟牛似的，一个人吃三个人的量，可是只长个，不长心眼，班里都叫他大牛子。大牛加个子字，意思就全变了，成了男人的那东西。

孙小圣，二十一岁，可能五百年前和孙大圣一家子，也长着一副猴脸，他给人第一眼的感觉是，脸比个还长，不成比例，大家都叫他猴子。

钱有才，二十四岁，都叫他钱财。除了花钱之外，啥事也拿不出个主意。绝不多花一分钱，见钱眼红，军饷都缝在衣服里。大家都叫他财迷。最有意思的是，他的眼睛，一急，眼角就没了，眼睛就像年糕用筷子扎个眼似的，圆。

班长赵大柱，当兵六年的老兵油子，二十六岁。一见到长官，孙子似的。见了新兵，手一背，瘪肚子往前一挺，装得像将军似的。他一天到晚想的，就是如何能当上军官。可看他走那两步，总是有点像街头卖艺的，一身家雀骨头，没四两肉，轻飘飘的，天生就不是当军官的料。可是在军中，官大一级压死人，在班里，赵大柱就是顶头上司，谁也惹不起，他说啥都得听，要是不听，那就叫抗命。没好。不管新兵咋恨他，表面上谁也不敢得罪他。

一四五团的营房是新式营房，一个班一个屋，不像那些老式营房，一个排挤一个大屋子，沙丁鱼罐头似的。

晚饭后，赵大柱进了营房就开骂："毛病，这小日本鬼子还他妈的成精了，占了东北，现在占了山海关，又要去占北平了。几十万东北军都是干什么吃的？要是咱们中央军去，几万小鬼子算他妈个鸟呀。毛病！"说着他把军帽狠狠地摔在了床铺上。

要是赵大柱骂别的，没人敢搭腔，可这是骂小日本，李大牛看看赵大柱，说："小鬼子要是碰上我，我掐死他。班长，我听说小鬼子都长得小个，罗圈腿。这有啥厉害的。"说着他在地上学着罗圈腿走路，屁股撅得高高的，弯着两腿，样子和马戏团狗熊走路似的。

猴子看看李大牛，说："大牛子，这你可得小心点，小鬼子打不着你上面，那就打你下面，要是把你牛子给割了，可就没打种的了。你那大牛子可就成了秃牛了。"

"那不成了太监了？可惜，大清朝还倒了。"钱财在一边溜了一句，接着干他的活。

"我他妈现在就把你当小鬼子给掐死。"说着李大牛朝猴子奔了过去。

"行了！正步没踢够啊！"赵大柱坐在小板凳上喝道。

部队训练，最怕的就是踢正步，站上十分钟，腿就酸了。今天训了一天正步，说是师里长官要来阅操，累得腿都麻了。晚饭都不想吃，都想上床躺一会儿。可是部队有纪律，不到睡觉的时候，是不能上床的，那样会破坏内务。郑连在边上听大家说打日本、"剿匪"，他想，那是长官们的事儿。一个当兵的，有饭吃，有军饷就行了，管那么些闲事呢，真的像赵大柱说的，没累着。他坐在小板凳上，靠着床，闭着眼睛，听他们说。

钱财干的活，是修他的草鞋，这是新发下来的草鞋，他在几个磨脚的地方用旧布条缠上。在霍邱，穿草鞋比布鞋好得多。行军不进沙石，雨天不怕湿。坏了一扔，不可惜。每次新鞋发下来，他都放在包里，把旧的修修，接着穿。那草鞋在他的脚上，一双顶两双。叫他钱财都有点屈他了，应该叫他钱锈。

"看看，看看，看看你们这些新兵蛋子，小鬼子都打到家门口了，还有心窝里斗？"赵大柱说着又在地上迈方步了。这要是在操场上，他一迈方步，就是在想体罚新兵的招了。可这是在班里，没事儿。

"那咱们'剿匪'，打共党算不算窝里斗？"钱财一边收拾草鞋，一边说。

"不算，那是'剿匪'。就像咱们在身上抓虱子一样。小鬼子就不一样了，那是倭寇，是狼，吃人的狼，是我们中华民国的敌人。咱们军人是干啥的？是看家的，不能让外人进来。"赵大柱说到这儿，手往上一挥，真有点像指挥千军万马的将军。

"真要是跟小鬼子干上了，说不定还能发点洋财呢。小鬼子用的都是洋货呀，东洋货。好东西呀！那布都比咱的结实。"钱财说。

"新兵蛋子，你他妈的钻钱眼里去了！这是说大事呢，军国大事！眼睛长腚沟里去了，他妈的有眼无珠。"

郑连就看不惯赵大柱骂他们新兵蛋子，蛋子是啥，是卵子。他小声对钱财说："不为了钱，谁来当这个兵啊。听说那些杂牌军闹事，都是为了闹饷。还不是为了钱，没钱能活吗？"郑连说这话，最爱听的就是钱财。

郑连的话虽然声小，还是让赵大柱听到了，他边说边朝他走了过来，"你小子也长本事了？"

赵大柱说："你小子也算说了句实话。为军饷不假，可咱们当兵要是都掉进钱眼里，那咱们这个国家可真的要完了。国家都完了，还当什么鸟兵？"说完，他叹了气，像长辈一样拍拍郑连肩膀，是那种很亲切地拍，拍完，回到了他的床前。

大牛在一边说："上哪都比打这些'赤匪'强，有劲使不上，没等你打呢，人没影了。当兵打仗，就得硬顶硬，像张飞、赵云似的，一个对一个地干。再说了，'赤匪'一个个，穷得一双好布鞋都没有，更别说钱了，当那个'赤匪'为了个啥呀？"

猴子说："'共匪'能有啥油水，都跟我一样，泥腿子。有钱谁来干这个，你见哪个少爷当'共匪'了。凡是当'匪'的，都是穷得没饭吃、没活路的。逼上梁山，不逼谁去干那个。"

郑连不想再说什么了，把中正式步枪放到腿上，拿着一块破油布仔细地擦拭着。他喜欢枪，没事的时候，总是把枪擦拭得干干净净，坐下来，也从不舍得把枪放到地上。下雨的时候，宁可自己让雨浇着，也要把枪保护好。只有枪在手里，才有胆，才觉得心里有底。大牛把手中的枪叫老处女，因为这枪从到手里，还一次没放过呢。上面总说过几天实弹打靶，投手榴弹，可是干说没动静。没动静也好，一辈子不打枪才好呢，没仗打，就不用去拼命，省心。当兵，就是为了一口饭。

猴子说："班长，你说，能让咱们去打小日本吗？这小日本占了东北，听说又想打热河，打北平了。国家养我们这些军队干啥？"

大牛忙接过话说："那可好了，听说东洋小日本的三八大盖打得又准又远，那刺刀的钢口也好，不卷刃，快。"

钱财说："能卖不少钱吧？"

猴子说："你们俩是不是掉钱眼里去了，咋一天就想捞钱呢？就不怕捞一颗洋手雷炸死你，有钱到丰都城花去。"

钱财说："你他妈的找死呀。我捞钱碍着你蛋疼了。小兔崽子。"

赵大柱说："毛病。别闹了。听我说，这东北军也是二十多万人枪，真的是好枪好炮啊，装备不比小日本差。还有那么些西北军、晋绥军什么的，听说也有二十几万人枪，都归了张少帅管。张少帅手里有四十多万军队，小日本占不了热河。不过，小日本真敢打北平，我看还真得咱们中央军去。"

猴子说："那都是些杂牌军，真正打起来，还是咱们中央军。别的不说，就是打上海，没咱们第五军，根本不行。张治中军长，当年咱们师长还是他手下的团长呢，那是咱们中央军校专教打仗的官。要说和小日本打，还得咱们中央军。"

郑连在一边说："不看中央军这块牌子，我还不当这个兵呢。咱们是国军，国民政府的军队。大清国时，咱们就是正宗的满八旗。"

"郑连说得对，咱是国军，打小日本，还得咱们国军。"赵大柱说着拍拍手中的中正式步枪。

大牛抽出了刺刀，说："都说小日本拼刺刀有两下子，到时候看咱李家枪法。"大牛人长得高大，一身的蛮力气。脑子总是慢半拍，平时大家都叫他傻牛。他家里穷，一直想整点钱寄回家里给父母和老婆孩子。

猴子看看大牛说："你那刺刀，就留着杀猪吧。还以为是大清国哪？小鬼子不是靠大刀长矛占了东北的。那是靠飞机、大炮、装甲车，你的刺刀能挑下来飞机呀，还是能挑翻装甲车呀？傻得没边了你，还刺刀呢，就你这样咋能娶上媳妇呢？谁家闺女嫁给你，倒了八辈子血霉了。我他妈的真怀疑。"

"就是，你寻思那是打把式卖艺呢？有钱帮个钱场，没钱帮个人场？"钱财接过了话。他平时就爱气大牛，谁一说大牛，他总爱帮上几句，溜缝，气气大牛。有时候那些溜缝的话，更烦人，比直接说的人还让大牛生气。

钱财的话让李大牛生气，猴子更让他生气："猴子，你小子又皮子紧了，我又得给你熟熟了。"说着站了起来，朝猴子走过来。要讲说，大牛嘴笨，可是他有力气，两句话说不过就想伸手解决。

猴子人长得小，可机灵，手脚麻利。还没等大牛走过来，他已跑出了几步远。

"毛病。别闹了，准备睡觉。"赵大柱的话音刚落，外面响起了紧急集合号。

3. 戴团长出征誓言：
血洒疆场，马革裹尸，军人之本分

正月了，正是月黑头的时候。一四五团近两千人，全副武装集合在操场上。操场的讲台上，已站了好多的军官，讲台的大棚子上挂了两盏汽灯，雪亮。讲台下面，摆着全团的重机枪、六〇迫击炮。各连长官站在前面，接下是排长、班长。

操场上摆枪炮，还是第一次看到，郑连想，是要打靶了。当了几个月兵，也该来点真的，整出点响动了。要不当一回兵没打过枪，说出去，也真的让人笑话。

这时团参谋长来到台前，大声喊道："立正。"接着回身报告说："报告团座，全团到齐，请训话。"

团长戴安澜走上台前，喊了一声："稍息。"接着他大声地喊道："军部命令！"听到长官的命令要立正，只听"咔"的一声响，全团立正的脚步声在夜空中回荡。"国民革命军陆军第十七军第二十五师第七十三旅第一四五团奉命北调，参加热河保卫战。限2月26日到达蚌埠火车站。立即开拨。"念完命令，戴团长放下公文，大声说道："现在，我命令，取消全团官兵休假，外出人员马上归队。"

台下开始有人交头接耳了，声音由小到大，嗡嗡的说话声响成一片。郑连想和钱财说，真的是去打日本了？还真让赵大柱说对了。可是看到身边的人像抽了大烟似的，都兴奋了起来，就没说。这时前面的大牛回身对他说："郑连，咋样，这下好了，还真的去打小鬼子了。"郑连在心里骂道：你真是大傻×呀，打仗，你想打死人家，就不怕人家打死你？真他妈的没见过你这样傻的了，当官的能升官发财，你能得到啥呢？这时台上戴团长一挥手，台下的声音渐渐平息了。

"弟兄们，国难当头，匹夫有责。作为军人，血洒疆场，马革裹尸，军人之本分。国人都说校长不抗日，扯淡！今天就让他们看看，我们中央军是不是抗日军人。我相信，我们一四五团，都是有血性的汉子。绝不能让一寸国土在我们一四五团手里丢掉。从现在起，全团实行连坐法。班长丢阵地，斩排长；排长丢了阵地，斩连长；连长丢了阵地，斩营长；营长丢了阵地，斩我。如有违令者，坚决执行战场纪律。现在我命令，全团半小时后开拔，北上抗日。"说话间，戴团长手一挥，就这么一挥，有劲。全团官兵自觉地来了个立正。

各班班长都去连里开紧急会，战士们赶紧回营房做准备。

回到营房，开始收拾行装。当兵的除了几件人称二尺半的军装，也真的没什么好收拾的了。因为新兵训练的时候有规定，军人不得有个人物品。郑连想把军装叠好，这样可以少出褶皱，可他的手一直在抖。他一再告诫自己，去打小日本，全团都去，没啥可怕的。可是手就是抖，抖得拿不住东西，他攥了几下拳头也没用，使劲朝床上拍几下，拍疼了，才好一些。这让他很生气，还没打仗呢，还有几千里的路呢，抖什么呀。越想越生气，他把军装卷到一起，放在被子里，胡乱地捆扎在一起就算完了。

2月天虽然中午有些热了，可是到了晚上，还是有些凉。打完行李，郑连发现，身上的衣服都让汗水浸透了。还没容他喘口气，赵大柱在门口就喊了起来："快快，都快点。集合了，准备出发。"

钱财小声骂道："真他妈的成了追命鬼了。"说着他来到门口，"班长，我在镇里还有点东西呢。给我个假，取回东西我保证追上你们。"

赵大柱看都没看他就说："毛病。我长几个脑袋呀，这工夫敢让你离队，那就是逃兵，要是让执法队抓住了，非当逃兵给毙了。烧鸡蛋，崩瞎眼，看不出火候。毛病！集合去。"

猴子在一边接过话说："那叫打铁烤煳卵子，看不出火候。"

钱财说："班长，我真的不会当逃兵。我拿脑袋瓜子担保，我真的有东西呀！"

"别说了。这时离队，就是裤裆抹黄泥，不是屎也是屎了。抓一个毙一个，没好。快走吧。毛病！"赵大柱说着，一把将钱财拉出了门外，又推了一把。

钱财一拍大腿，圆圆的小眼睛闭上了，就像要晕过去似的，嘴里说着："要是早知道这样，那些东西还不如放到被子里背着了。这可倒好，便宜那个王八蛋了。"

可郑连感到不是那么回事儿。他想钱财肯定是听说打仗，要开小差了。一个新兵，他哪来的东西放在镇里。那不是编瞎话嘛。要说不想去打仗，他也不想去。可是没法子，全团都去，也没啥理由不去呀。

大牛背上行李，说："快点吧，还得上蚌埠火车站呢。"

猴子说："傻玩意，你寻思这是娶媳妇呢？这是去玩命，去打仗，皇上不急，太监急，你急什么呀？两百多里地，你以为是啥近道呢。"

郑连在一边看了一眼李大牛，像李大牛这样的傻玩意，他真的不想和他说啥。人要是傻到这地步，说啥也没用。他记得他爹说过，人有尖中傻，也有傻中尖。发昏挡不了死，慢走当不成歇着。还是走吧。可是刚要走，来尿了。他不知啥时落下的毛病，一有事就来尿。他向班长报告，要上便所。

赵大柱骂了一句："懒驴上磨房，屎尿多。快点去。"

郑连还没到便所，就见那里站了许多人。原来不止他一个人吓出了尿，好在是黑天，也用不着进便所里，找个地方就尿。离开便所，轻松了许多。可是一想到要去打仗了，就感觉还有尿似的。

部队出发了。一连跟着前面的尖刀排走,算是全团的先头部队了。

郑连心劲不足,走起来就觉得脚下沉。大牛在前面,步子大,郑连走一会儿就跟他拉开了距离,就得跑上几步。可是身上背着的行李、枪越来越沉。他知道大牛越说他能,他就越显能,越说办不到,他越要去办。他紧跑了几步,说:"还是牛哥有劲,背这么些东西走得还这么快。"

"这点东西算个啥。"

"不轻,好几十斤呢。也就是你吧,换个人也走不了你那么快。我是跟不上你了,太重了。"

"这点东西,不算个分量。你要是不行了,把枪和背包给我。"

"我怕你背不动。还有那么远的路呢,远道没轻载,千里不捎针。要是给你了,没等到地方就给你压趴下了。"

"拿来。这点东西还算个事儿?"大牛说着把郑连的枪拿过去,又把他的背包也拿过去,一块背上了。

郑连空着手跟在大牛后面,可大牛的步子比先前还快了。郑连恩将仇报地想,这是去打仗,又不是娶媳妇。这时要是把班里几个人的东西都给他背上,看他还显不显能了。

这时猴子从后面传来了命令:"团长命令,加快行军速度。往前传。"

郑连接着往前传给了大牛:"团长命令,加快行军速度。往前传。"

"知道了。能跟上我的,就算快的了。往前传,加快速度,团长命令。"大牛朝前面喊完,又加快了脚步。

这一夜,部队不断地加快、加快、再加快。尽管如此,行军速度还是没有那些参谋在图上画得快。跑到26日早上,上面还是说已经迟到了两个小时。天亮了,部队开始强行军了。部队都跑步前进,一路朝蚌埠火车站跑。那里有火车在等着呢。

太阳要落山的时候,终于看到蚌埠城了,路也宽了。部队排成了四路纵队,排长走在前面,朝大家喊道:"整好军容风纪,部队要进城了。"

这不用排长说,每个人都整好了。郑连从大牛那拿回了枪和背包,因为路边有人看，他走起路来也提足了精神头。

终于，部队走到了蚌埠车站。可以直起腰喘口气了。

杜聿明3月1日早上到了北平，住前门外铁拐李斜街中国饭店。住下后，他马上让随行的司令部、后勤部人员去通县，建立兵站，安排部队到达后的有关事宜。上午10点，给国民政府军事委员会北平分会打电话，请求见张学良，军分会交际处说张副总司令今天不会客。再打电话给顺承王府张学良的家里，对方也说张副总司令今天不会客。

杜聿明没办法，只好借蒋委员长的命令，说："我是奉蒋委员长的命令，前来见张副总司令的。有紧急军情报告张副总司令。"

对方说，向少帅请示后再答复。

杜聿明只好守在电话旁边等待电话。到了中午，他没敢出去吃饭，就让饭店把饭菜送到客房里吃。直到下午2点，还是没接到通知。他急了，再用电话询问，副官处说："少帅今天开会，恐怕今天不会客。什么时间会客，到时电话通知。"

军情紧急，杜聿明无奈，只好亲自去少帅府，看有没有希望见到少帅。

顺承郡王府位于西城区赵登禹路。顺承郡王名勒克德浑，系礼亲王代善第三子萨哈林第二子。顺治五年晋封顺承郡王。成为清朝开国"八大铁帽子王"之一。府邸布局自外垣以内分三路，中路是主要建筑，和其他王府形制一样，也是前殿后寝，有正门、正殿和两侧翼楼、后殿、后寝。东西两路为生活居住区。张作霖入据北平时占用作为大元帅府。从那以后，这里就是张家在北平的住宅了。

虽然杜聿明肩上扛的是少将军衔，可是在少帅府，没人会多看一眼。因为这里进进出出的大多是将校级军官。就是中将上将在这里也是常见的。他来到大门旁边的传达室，报上姓名，说明是奉蒋委员长之命，晋见少帅，有紧急军情。说着递上军官证。

一位上尉军官看了杜聿明的军官证，说："少帅今天不见客。谁也不见。请回吧。"

杜聿明看那上尉与自己年岁相仿，就说："老弟，能不能给通报一下，我们十七军是来增援北平的。我有重要军情要面见张副总司令。"

"不行。老哥，你也是将军，帅府的规矩，我长几个脑袋，敢在这个时候进去报告。还是回去等吧，这事副官处会有安排的。"上尉看在杜聿明是少将的面子上，没发火。

杜聿明没办法，对上尉说："还请老弟在副官处说一下，军情紧急。我住在中国饭店，张副总司令什么时候接见，请及时通报一下。"

"杜将军，少帅的事儿，我们一刻也不敢误了。你就放心地回去等吧。"

杜聿明只好回去等了。他在回来的路上，在一报刊亭里，把北平的大报小报都买了一份。他想通过这些报刊了解一点前线的情况。

回到饭店房间，杜聿明打开报纸一看，脑袋轰的一下。

1933年2月25日，日军以通辽、绥中为根据地，集中兵力分三路进犯：北侵开鲁，南寇凌南，中犯朝阳。日军七万人，伪军三万人，总兵力十万人。附有飞机、坦克、装甲车、山野炮等，并有运输汽车八百余辆。我方也分三路应战：北路开鲁为第九军团孙殿英部两个师，义勇军冯占海、李海青、刘振东、邓文等部和热河崔兴武（战斗开始即投敌）部。一经交战，便将开鲁、赤峰丢掉；中路董福亭旅守南岭、北票，因董旅团长邵本良投敌，董军溃退；南岭、北票失守，朝阳也相继失陷。南路万福麟部两个旅，节节抗击，伤亡惨重，凌南失陷。

热河一半的领土沦陷了。

这一夜，杜聿明根据报上的消息，在地图上标着日军占领的地区，同时标出东北军撤退的路线。但从报上看到热河省会承德有汤玉麟四万多守军，又有张作相坐镇指挥，他想，只要承德不失守，就有反攻的机会。关东军虽然势如破竹，但总兵力不过七万人，又分成三路，每路两万多人，只要组织得好，张副总司令手中还有三十几万军队，足可一战。

第二天上午，杜聿明接到通知，约午后4点在顺承郡王府接见。

吃完中午饭，杜聿明早早地就出了中国饭店，来到少帅府等候。3点钟，他来到了副官处，一位中校副官说："长官，请你在这里等一等，少帅约见你的时间是4点。"

杜聿明边等边看手表，还有十分钟。虽然他心里生气，可也没办法。只有坐在传达室的椅子上等十分钟。从昨天到北平，他一直等待见这位少帅副司令，守着电话，什么也干不了。可是部队还有三天就到达通县了，一万来人，吃住总得有个地方吧。再说还有新兵补充的事，一点眉目还没有呢。部队冬装也没有落实，北平的寒冷就让人受不了，再往北走会更冷，眼见天又阴了下来，马上又要下雪了，现在冬装比弹药还重要。可急也没用，这是北平，这是少帅府。

好不容易等到了4点，杜聿明对那位中校说："还请老兄再给看看，我实在是有紧急军务。等办完事，我请老兄喝酒。"

那位副官看看杜聿明说："杜副师长，来这儿的人，都有紧急公务。你们中央军就派你个副师长来？"

"没办法，师长和军长正在往北平调集部队，我就是个打前站的。见不到副司令，我没法向军长交代。"

"你们中央军就是谱大。"说着不情愿地进去了。

中校副官出来的时候，天已要黑了。杜聿明真怕说副总司令没有时间，他看着中校副官那张没有表情的脸，心里直跳。

"请杜副师长跟我走吧。"中校副官说完，转身先走了。

杜聿明赶紧跟在后面，边走边整理军装。拐了几个弯，在一排七间正房前，中校副官说："请杜副师长抓紧，副总司令5点用餐。"接着把杜聿明领进了屋。

杜聿明进屋，看坐在办公桌后面的张学良，几步上前，敬礼报告："国民革命军陆军第十七军第二十五师副师长杜聿明向副总司令报到。"

张学良看看杜聿明，无力地挥一下手说："坐下吧。"

"是。"杜聿明回答完，依旧笔直地站在那。

"你们二十五师编制是多少？"张学良问。

"报告副总司令：第二十五师为两旅四团。步兵连定编，一百七十二人。团两千三百零一人。全师一万一千人，现缺额两千人。"

"装备情况怎么样？"

"报告副总司令：因命令紧急，部队只带轻武器。目前弹药不足一个基数。每营一个小炮排。步兵连增一个机枪班十一人，两挺轻机枪，每营有一重机枪排。团里配属一个迫击炮连。"

张学良点点头，看看杜聿明说："很好。部队什么时候能到达？"

"报告副总司令：第二十五师3月5日到达通县集结待命。"

"那么其他部队呢？"张学良问话的声音显得很疲惫。

"报告副总司令：其他部队随后跟进。"

张学良目中无光地四下里看了一下，又等了一会儿说："部队训练到什么程度？"

"报告副总司令：部队新组建，按陆军操典，还没完成全部的训练。单兵作战能力还没达到操典上的要求。"

"部队生活上怎么样？"

"报告副总司令：由于部队开拔时间太急，3月份伙食费是在当地借的，部队都可以吃饱。只是部队大多是南方士兵，吃惯了大米，怕是北方没有大米供应。部队到达后，想办法从南方调一些，只是运输上有困难。"

"很好。你们中央军是国军中的精锐，有你们来，一切都会好的。东北军打得很好，日军吃了很大的亏，中央军来了更有办法。你们集结后，等待命令。好吧，就这样。"说完话，张学良人似乎已瘫倒在椅子上。

杜聿明此行的目的一样还没有说，可见张学良那样，知道说了也没有用，只好立正，敬礼，出去了。

跟随杜聿明来的副官、参谋、警卫见副师长出来了，都围了上来。

副官问："副师座，咱们的事怎么样了？"

杜聿明只说了句"去通县"便先上了车。他从不在部下面前发牢骚，虽然现在他是满腹牢骚，但他更不想让部下知道张学良精神萎靡不振，而背后议论长官，也不是他的所为，那样会直接影响士气的。他一言不发地坐在车上，顶着风雪，朝通县进发。

3日的大雪是从半夜下起的，一直到天亮，平地积雪就达到了半尺厚，山白了，树白了，屋顶全白了，那大雪纷纷扬扬的还没有一点停的意思。作为南方兵，很少看到过这种被称为棉花套子的大雪。杜聿明到了这儿的时候，才真正相信了那句"燕山飞雪大如席"的古诗。而这场大雪，也更让他着急部队的冬装了。除此之外，还有招兵，也是一个大事。

通县虽然距北平不远，但终是个小县城，根本解决不了一万多人的棉衣。正在杜聿明为这事发愁的时候，北平朱庆澜先生领导的东北抗日后援会来了。

朱庆澜，字子桥，原籍浙江绍兴，出生于山东济南。辛亥革命时，响应孙中山先生号召，参加革命，公众推举为四川省大汉军政府副都督。民国成立后，调北京政府，授镇安右将军、卓威将军称号，曾任总统府高级军事顾问、黑龙江省督军、省长、广东省省长等职。晚年，致力于社会赈济。九一八事变后，成立东北抗日后援会。在社会上募捐，为前线部队提供后勤支援。

起初，当后援会的人要见杜聿明的时候，杜聿明并没有真的相信这些民间组织会有什么能力帮助军队，只不过是喊喊口号罢了。可是当他听到朱庆澜先生的名字时，他一下子兴奋了，因为，朱将军的大名他在黄埔的时候就听过，那是一位德高望重的老将军。

杜聿明立刻让副官请朱老将军，他也来到门口，站在纷纷扬扬的大雪中等候着。

朱老将军走过来了，远远地，杜聿明就看出来，这是一位标准的军人，脚下有根，步伐有力，腰杆挺直，目不斜视。这让他更加敬佩老将军了。

副官先走前一步，介绍说："这位是朱老将军。这位是杜副师长。"

"朱老前辈好。"说着杜聿明敬了一个标准的军礼。

"杜将军劳师远征，辛苦了。"

"哪里，老前辈，您还是叫晚辈聿明，或是光亭吧。您老这冰天雪地的来到前线，真的是让晚辈汗颜。快请屋里坐。"说着帮助朱将军把身上的雪花拂去。

杜聿明把朱庆澜让到椅子上，面带笑容地说："老前辈，晚辈代表全师官兵对老前辈的犒军，表示衷心的感谢。"

朱庆澜笑着说："那我就叫你光亭了，如今我老了，不能上前线抗击外敌血战沙场了，我们只能做点小事。抗日后援会只为抗日做事，凡是我们能做到的，光亭不必客气，请讲。"

杜聿明见状，也没客气，说："老前辈这样说，晚辈也就不客气了，因军情紧急，我们一万多官兵从南方过来，眼下最难的，是棉衣、棉鞋。钱的问题，我们可以给军政部报告，只是眼下还不能马上就到……"

朱庆澜没等杜聿明把话说完，用手挡住了，说："棉衣、棉鞋的事，我们会全力解决。只是要等上一两天才能到齐。钱的事，我们就不用谈了。我们后援会不是商会，从不谈钱。只是棉大衣没法保证统一，因为这要北平各界和百姓捐赠。不知行不行？"

杜聿明没想到朱庆澜会这样痛快，他马上说："老前辈，只要能御寒就行。时间紧，顾不了那么多了。这可帮了我们大忙了，晚辈在这里先谢谢了。"

"光亭，这是全国民众的心意，我只不过是转手之劳。还有什么事要我们做的，一并讲出来，我也好一并谋划。"朱庆澜说。

杜聿明想，干脆都说了吧："我们部队远道而来，运输问题还想请老前辈帮忙。"

"这个我们会尽力。机动车没有，我们用马车、人力车也能保证前线供给。"朱庆澜肯定地说。

"那就有劳老前辈了。我代表第二十五师全体官兵，向老前辈敬礼。"说着杜聿明一个标准的军礼。

"光亭，这就见外了，抵御外侮，是我们共同的目的。你这么一说，不是把我们后援会当成外人了吗？"

杜聿明见朱庆澜认真了，忙说："老前辈，晚辈说的不是这个意思。是觉得老前辈的精神让晚辈感动。有老前辈和全国人民的支援，我们一定能打败日本鬼子，收复东北四省。完成我们军人的职责。"

"后生可畏。看到你们，我们就看到希望了。光亭军务繁忙，就此告别。老朽还得回去准备。"说着朱庆澜抱拳致礼，朝门外走去。

杜聿明把老前辈送到大门口，直看到车子走没了影，才返身往回走。他悬着的心终于可以放下一半了。

安排营房的事好办，有国防部的命令，通县政府自然是全力帮助。可招兵的事，出师不顺，一个上午，才招来几个人，又都是奔着白面馒头来的。照这样下去，三天也招不来几个兵。杜聿明把补充团团长找来说："想想办法，这样招法肯定不行。"

补充团团长也没有办法，说："开始是一块大洋，如今都涨到两块大洋了，可还是没人肯当兵。都说当兵有啥用？东北军几十万人，不是照样把东北四省丢了。"

杜聿明说："你看这样，得让他们知道，我们是中央军，是来守长城，收复东北的。对了，你找块大红布来，就写上：国民革命军（南京中央军）第十七军第二十五师，保卫长城，收复东北。一定要标明南京中央军，这样就把咱们和东北军、西北军、晋绥军区别开了。"

补充团团长看看杜聿明，有些怀疑地问："副师座，能行？"

"行不行吃服药看看。另外，多讲讲，咱们第二十五师就是上海抗战张治中将军的部队，就用张治中将军的名字。"杜聿明这样说是有道理的，上海抗战，张治中的第五军打出了威风，国内外报刊都给出了极高的评价，一致认为他是一位抗日英雄。

"那我现在就去写标语。打出张军长这张招牌，肯定行。"补充团团长说完敬个礼，便急忙地出去了。

4. 新兵难招，打出抗日名将牌

　　下午，在通县大街广场上，一条红色的标语挂了出来："上海抗战张治中将军的国军部队招兵抗日保卫长城收复东北。"来来往往的人都过来看。特别是一些逃难的东北人，都在边看边议论。

　　"真的是南京政府的中央军过来了？"

　　"那还有假，你看那衣服，跟东北军、西北军、晋绥军的都不一样。是南京政府的中央军。"

　　"是张治中将军的部队，标语上都写着呢。"

　　"听说中央军还真能打两下子。可能不能收复东北不敢说，能守住长城，咱们这儿就念佛了。"

　　这时补充团团长拿着一把洋铁打的话筒喊道："老乡们，我们第二十五师，是参加过上海抗战的部队，是张治中将军部队改编的，是来守长城，收复东北的。交人要交心，当兵要当中央军。我们奉蒋委员长的命令，守卫长城，收复东北。好小子要当兵，是骡子是马，上了战场就知道了。收复东北大好山河，解救东北三千万父老乡亲，靠的就是我们中央军。"

　　这时有几个年轻人过来问："长官，你们真的是来守长城，收复东北的？"

　　补充团团长说："这还有假？我们从南方过来，行军千里，除了来抗击日本鬼子，收复东北，还能干什么？"

"我报名，打回东北去。就是战死了，也比这逃难强。"一位青年说。

"只要不往南跑，谁往北打，我就参加谁。"

很快，报名的人排成一队。除了一些中青年，还有一些四五十岁的也站在队伍里。

在一边的人群中，一对从东北逃难的男女青年小声说着话。男青年说："玉儿，我想当兵去，当中央军。"

玉儿说："郑福，你咋想起了当兵？书不念了？咱们逃到这儿来，不就是想完成学业吗？"

"家都没了，念书有什么用。能把日本人念走吗？"

"要当兵，咋不上你爸的部队呢？"

"别提他。要不是我亲眼看见，别人说死我都不信。一个旅的部队，还没看见日本鬼子的影儿，前面败下来的兵说日本兵来了，他们一枪不放，也跟着汤大虎跑了。都气死我，我还当他的兵？！我都没脸说。"

"那中央军就不那样了？不都是蒋委员长的兵吗？"

"不一样。咋说中央军是从南边往北来，朝日本鬼子去。咱东北军是从北往南跑，那是逃兵。"

"你当兵，我咋办？"

"你先到北平，找咱东北大学。等我在这里守住了长城，就去看你。"

"那我也报名参军，咱们一块打鬼子。"

"不行，你是女孩子。上战场是男子汉的事。我身上的钱都给你，当兵的有吃、有喝、有军饷。你还是快点去北平，找学校吧。"

"还是你留着吧。你当兵，我也去当兵。我是学医的，部队打仗，需要我这样的人。当个医生我还不够格，可当护士，我可是当护士长的水平。"

"行。咱们一块去报名，要是部队不收你，你就去北平念书。这钱你先拿着吧，念书用钱的地方多。"说着郑福把兜里的钱全掏了出来，交给了玉儿。

玉儿拿出两块大洋，交给郑福说："你留两块。看有什么急用的。"

郑福接过来，放进兜里，说："那咱们去报名啦。"说着排到队伍里。

玉儿排在郑福前面，她来到报名桌前，说："我叫王玉，报名当兵。"

"我们这儿不收女兵。"登记的少尉军官说。

"我是学医的，可以到医院。为什么不要？"王玉问。

"学医的？哪个学校的？"

"东北大学医学部外科。"

少尉军官回身喊道："团长，这有个学医的女学生，咱们收不收？"

补充团团长在后面说道："学医的，收下。"

王玉回头朝郑福扮了个鬼脸，朝院里走去。

当郑福排到报名的桌前，登记的少尉军官问："姓名？"

"郑福。"

"年龄？"

"十九。"

"籍贯？"

"承德。"

"特长？"

"念书。"

少尉军官看了郑福一眼，说："好了，招了。"

跟在郑福后面，是一位穿着东北军军服戴着上尉军衔的青年。

少尉官一看说："你不行。"

上尉说："咋不行？"

"现役军人回你部队去。"

"部队打没了。"

"东北军全打没了？找你们少帅去。"

"我要当中央军。"

"不行。下一个。"

上尉看了看四周，回身就走。郑福想说什么，可是那位上尉走出了队伍。

报了名，领了两块大洋的军饷，郑福便马上进了营房，他急着想去看看玉儿。可是进了营房，他刚往玉儿去的方向走了几步，就让一位当兵的给拦住了，说："新兵连在那面。这里是卫生队。"

郑福说："我去看看我同学。你看她就在那儿。"说着他往玉儿那一指。

"不行。当了兵就有纪律。"那位当兵的说。

这时玉儿跑了过来，朝郑福喊："福儿。"

郑福对那位当兵的说："我就在说几句话，行个方便，都在一个军营里，算是战友吧。"

那位站岗的兵点点头。

郑福拉着玉儿的手说："玉儿，我说当兵有军饷吧。这两块钱你拿着，我第一个月的军饷，交给你了。"

玉儿的眼泪出来了，手里攥着两块大洋，两眼一直盯着郑福说："我也有军饷了。"

"别哭，看潲了脸。咱们一块打鬼子，又不是干别的。再说了，军队打仗那点事，我从小就知道。兵者，诡道也。你就放心吧。只是你也要注意，在这里没人照顾你，事事听长官的，别使小性子。"郑福掏出手绢给玉儿擦泪。

玉儿还是一句话也说不出来，只是哭泣。

这时一位军官喊道："刚入伍的新兵，走啦。"

郑福把手绢塞给玉儿，朝队伍跑去。

营房是部队刚刚占下的一家大院子，进了营房，就开饭。白面馒头，猪肉炖土豆大白菜。郑福刚吃一个馒头，就有一个新兵坐在他边上了。郑福一看，是刚才那个东北军，可是他已换上了一身老百姓的衣服。他刚要说话，那人笑了笑，给他个眼色说："吃饭，吃饭。"

吃完了饭，郑福刚离开饭桌，那位上尉就跟上来了，说："老弟，是个学生？"

郑福说:"你不是东北军上尉吗,咋跑这儿来了?"

"小声点。部队跑了,中央军打鬼子,我就来了。他们不要东北军,我把军装跟老百姓换了,咱是老百姓了。我叫吴浩。"

"吴大哥,你在东北军当了几年兵了?"

"十来年兵了。好不容易当上连长了,可他妈的小鬼子来了,一仗还没打完,旅长降了小鬼子了,我不想当亡国奴,就跑了。"

俩人正说着话,集合哨又响了。新兵们跑出来,站好队,少尉军官大声说道:"大家准备好,去卸军用物资,然后集合,发军装武器。"

一辆接一辆的大马车进了营房,新兵们跑上去往下卸东西。一会的工夫,院子就堆满了东西。卸完了车,大家边走边擦汗,集合。

在一张桌子前,大家排成了一队,听到念自己的名字,就上前去领军装和枪支弹药。接着回到屋里去换军装。一些新兵穿上了军装,就开始看领到的中正式步枪。

一些新兵拿着枪,好奇地端详着,开始议论怎么用枪。郑福则详细地讲解这种步枪的使用方法,以及它的优势和劣势,娓娓道来。

吴浩看看郑福,眼睛里露出好奇,他想,看这小子,白白净净的脸,人也瘦瘦的,顶多十七八岁,可看他那样子,像个老兵。

"郑福,你是从哪学的使枪?看样子,你小子比我还精啊。行家看门道,外行看热闹。你小子一出手,我就知道你小子是个行家。"吴浩说着拍拍郑福。

"都是瞎学的,哪比得上吴大哥。"郑福说着拿起了中正式步枪,找了一块破布,擦拭了起来。

大伙见了,都跟着学了起来。屋子里立刻飘荡出一股枪油味。

5. 前进！前进！
戴安澜率军踏上北去的火车

　　戴安澜带着一四五团官兵来到了蚌埠火车站的货场，在货场上，摆放着一堆堆的弹药。部队原地休息后，戴安澜带着参谋长来到了车站上的师部。

　　师部设在火车站候车室的大厅里，进进出出的人很乱，电话兵在不停地和各部队进行联系。戴安澜走进去，一位参谋迎过来说："戴团长，师座正等着你呢。"说着领他走进一个房间。

　　"报告：一四五团戴安澜奉命赶到。"

　　"安澜，好快呀。我算计你们咋的也得两个小时后赶到。"关麟征放下手中的放大镜。

　　"官兵都快跑吐血了。"说着他端起了桌子上的一杯水，喝了下去，"师座，这回动真的了？真的要和小鬼子干上一仗？"

　　"军中无戏言。光亭已先行了一步，去北平了。这回校长是下大本钱了，把咱们十七军全调上去了。"说着他朝戴安澜招下手，示意他过来，到地图前来。

　　"你看，这是通县，你团到北平后，马上赶往通县，与光亭联系，作为全军的先头团。现在前面的情况还不清楚，长城一线还都在咱们手里，东北军、西北军、晋绥军正分守长城各处隘口。咱们大体上是古北口，就在这儿，这是从承德进北平的必经之路。现在还在东北军手里。承德有东北军十万人马守着，到了通县，等待命令。"关麟征说。

"明白，师座。"

"配发给你们的弹药都在货场上，命令部队马上领取，分发下去。"

"师座，我们团的新兵还没打过枪呢，能不能给一天时间？"

"没有时间了，边走边教吧。在火车上，有的是时间学。北京、上海各界都去南京请愿，这个时候，只有咱们这些黄埔学生为校长分忧了。"

"是。我明白了。"戴安澜说完，朝身后的参谋长说，"你马上带人去领弹药。"

"是。"一四五团参谋长出去了。

戴安澜一边看地图，一边朝关麟征说："师座，还有个事儿，请师座帮个忙。"

"说。"

"去北平，可部队的冬装还没解决呢。"

"我知道，军政部说把冬装都发北平了，让部队到北平领。想想办法吧，军情紧急。军座为这事儿跟军政部也吵了几回了。"关师长说着看看戴安澜。

"我明白，部队啥时出发？"

"带上弹药就上车，马上出发。我让后勤准备了一些干粮，都放到车厢了，边走边吃吧。"说着关师长拿起大衣披上了。

"是。我马上出去安排。师座，能不能抽时间找机会搞个演习，让新兵放两枪，扔颗手榴弹。要不到了战场真成了乌合之众。"

关麟征想了一会儿，说："只要不误了行军，这事儿你自己决定。"

"是。"戴安澜敬礼后出了候车室。

戴安澜是随先头部队到的车站，他从师部里出来，团部还没有赶到车站。他直接到了货场，看装备。

三个营都在货场排好队，战士们一个接一个地接过子弹、手榴弹。一些新兵接过来后，看着子弹袋和手榴弹袋发愣。

戴安澜走近郑连身边，这时一连长看到团长来了，喊了一声："立正。"

所有官兵都立正站好，戴安澜一摆手，让战士们稍息。他帮着郑连把子弹袋披到身上，系好带，又帮他把手榴弹袋挂好，系上带子。一些新兵看了，都照着样子做。

"打仗怕不怕？"

"报告长官，不怕。"郑连大声说。

"真不怕？打过仗吗？说实话。"

"没打过，有点怕。"郑连小声说。

"这就对了。怕就是怕，说实话。打过几仗就好了。到战场上，服从命令，小鬼子不会因为你怕他就不打你了，你先消灭他，就不怕了。"说着戴团长拍拍郑连的肩膀，走了。

郑连第一次背上子弹和手榴弹，心里真的有些紧张。子弹不往枪里放，响不了。可是把手榴弹装挂在身上，他心里一直犯嘀咕，可别一跑一撞的就响了。手榴弹袋放在后腰屁股那，这实在让他不放心，他怕走起路来晃动更大，把它们晃响了。他找了根绳，把手榴弹袋单独往腰上系住了，让它贴在身上，这样它就不晃了。

部队发完弹药，开始进入站台，等着上火车。

终于等上了火车，全团都登上了黑乎乎的车厢，这车厢如棺材一样，让所有的人感到压抑。他们虽然是新兵，但他们似乎知道了自己的命运，等待他们的或许就是马革裹尸血洒疆场。

伴随着鸣笛声，火车在凝重压抑的氛围中缓缓启动，许多人都争先恐后地往窗外看，向他们的故乡投去最后的一瞥。

现在的长城雪还未融化吧，到了那里伴随他们的将是寒冷、炮火、生与死的考验。

一直到天亮，郑连、猴子他们都没有睡，就盼着天亮，虽然天亮了会更

37

冷，可还是盼天亮。盼，就是一种煎熬。那是一个等待，结果并不重要，过程，让他在希望中伴随着煎熬度过时光。

天，终于亮了。

火车在一个小站停了下来，加水，加煤。

戴安澜把团部设在了尾车上。尾车不大，只有正常车厢的一半，但里面有炉子。另外可以看到前后，在尾车上可以用灯光与车头进行联系。在出发的时候，师后勤部就通知了，在这个小站里，给每个车厢发一盆炭火。从这往北，天更冷了。

火车一停下，戴安澜就命令通信兵开始挨个车厢传令：一、部队在小站临时兵站吃饭，三十分钟后发车。各车厢，饭菜由排长负责领取。二、教授新兵使枪用手榴弹。以班、排车厢为单位。教授时，一律打开车门，防止发生意外。三、专人负责火盆，防止发生火灾。

车上的人纷纷跳下车，有的去上便所，有的在地上走动，活动一下坐僵了的筋骨。

各车厢排长带着一个班长朝小站的临时兵站走去，打饭。

兵站设在小站候车室里，三间房的候车室，进门放着一排的水桶。进去的人拎起一个，到里面去领取饭菜。饭是白面馒头，菜是猪肉白菜汤，上面一层的油，闻着就香。

排长们打回了饭菜，忙着返回车厢，给大家开饭。

当兵吃粮，饭菜管够。大家都拿出了茶缸装汤。一手拿馒头，一手端着茶缸。热饭热菜的下肚，人们身上也暖和了，人也精神了。

饭还没吃完，火车又开了。

车厢里的火盆，风越大火越旺。车厢里也一下子暖和了起来。

大家吃完了饭，一排长站了起来，来到车厢中间开始教习，战士们使用枪。

排长的话刚说完，新兵们就拿出了子弹，要往里面压。排长忙喊道："停。"

大家都抬头看着排长，不知啥意思。

"现在由三个班长，一个个手把手地教。子弹上膛可不是好玩的，千万别走了火。打着别人还不怕，我就怕你们打着自己了。"

赵大柱以郑连做示范开始教授新兵用枪方法。

在一四五团的新兵里，除了打枪扔手榴弹外，别的训练都做了。大家练完了装卸子弹后，排长开始教大家用手榴弹了。

天亮，天黑。又一天。

坐了几天像爬一样的火车，过了安徽、江苏、山东、河北、天津的地界，前面就要到北平了。从车窗望去，外面一片雪白，道路、房屋，都盖着厚厚的白雪。看着白雪，更感到身上的单军装薄了。刮进车厢里的风，像钢针一样，扎到哪都一样的疼。官兵们都围着被，半铺半盖地坐在车厢地板上。没人走动，怕坐热了的地方让风给吹凉了。

钱财推了一下大牛，说："你看看。"

大牛慢慢抬起头，从门缝往外一看，真的吓得吸了口凉气："我操，还真是这么大的雪呀。那小日本不用打了，冻也把他们冻死了。"

猴子正睡得迷糊呢，听到雪，他一惊，喊道："谁出血了？啊，谁出血了？"

"下雪了。"钱财说。

"什么下血了？"猴子还是有些蒙。

"冬天里的白雪。"郑连大声说。

一听说下雪了，车厢里的人都从门缝往外面看。好大的雪呀，莽莽茫茫，银装素裹，一望无垠。车上的南方人不是没见过雪，可是没见过这么大的雪。看到外面的雪，每个人都感到一阵寒冷，身上立马起了一层鸡皮疙瘩。其实，那只是一种感觉，到了北平就意味着到了战场，面临生死的考验，对于他们来说，这个冬天便是最寒冷的冬天。

火车出了天津十几里路，渐渐地慢了下来。外面的雪越来越大了，在列车车尾守车上,信号员回身朝戴安澜说:"长官,前面大雪,把路封住了。"说话间,车停了下来。

戴安澜放下地图,朝外面看了一眼,对身边的参谋长说:"命令通信连、步炮连下车铲雪清路,各车厢安排老兵守车,捡柴草。其余的全部下车,实弹演习,进攻。各连、营长到这里集合。"

参谋长带着几个参谋和通信兵下车了。

戴安澜对身边的警卫员说:"小李子,把你的草鞋脱下来。"

小李子一愣,马上照团长说的脱下草鞋,穿着袜子站在车厢上,把草鞋递给了戴安澜。

戴安澜接过草鞋,脱掉自己的皮鞋,说:"穿上。"

小李子没敢去接,愣愣地看着团长。

"穿上。"说完他把皮鞋往地上一扔,开始穿草鞋了。

小李子看着团长穿着草鞋,还愣在那。他怎么敢穿团座的皮鞋呢。

戴安澜穿上草鞋,看小李子还愣在那,大声说:"这是命令。"

小李子这才捡起皮鞋往脚上穿。

"下车。"戴安澜穿着草鞋下了车,站在雪地上。一些连长、营长已到了尾车,看团座穿着草鞋下车了,都一愣。不知团座这是唱的哪一出。

戴安澜把大家往一起招了招,说:"火车道让大雪封住了。参谋长带着通信连和步炮连清雪,全团以营为单位,分三路,攻击前进。各连组织实弹射击,新兵每人三发子弹、一枚手榴弹。沿铁路前进,看到前面那个小山包了吗?全团攻击。一营在铁路左,二营居中,沿铁路,三营在路右。间距一公里。看信号弹发起攻击。我的指挥位置在右边的小山包,各营到位后,马上报告。听明白了吗?"

"听明白了。"全体答道。

"还有一条,各营长、连长回去换上草鞋。注意士兵冻伤。马上行动。"戴安澜说完一挥手,散会。

跳下车的官兵,站在雪地上跺脚,嘴里骂着天。可是当他们看到团座也穿着草鞋，一个个的不说什么了。一些排长看到从团座到连长都换上了草鞋，都找出草鞋换上了。

部队在雪地中散开了，朝前面的小山包围了过去。戴安澜带着团部的人员与部队一起朝前面山包跑去。在铁路右边的一个小土包上，戴安澜把指挥所设在了那里。从望远镜中，他看到部队全都运动到位，只是有个别的士兵落在了后面。但这些士兵没有停下，只是走得慢了些。

这时三营的通信员跑来报告："报告，三营到达攻击位置。"

"报告，二营到达攻击位置。"

"报告，一营到达攻击位置。"

"发信号弹，攻击开始。"戴安澜命令。

枪声和手榴弹的爆炸声响成一片。山上的雪在爆炸声中腾起一波一波的雪浪，在大风中刮向远方。枪声和爆炸声响过，部队开始向山上攻击了。平时奔跑如飞的年轻士兵，在雪地却如小脚老太太，一步步地移动着。

就在部队演习的时候，火车道上的雪清除了，火车跟了上来。

戴安澜点点头又摇摇头。

"吹集合号，部队上车。"戴安澜最后命令道。

戴安澜心事凝重，虽然他还没有和日军交过手，但当年在黄埔军校他已清楚地知道了日军的实力。面对日本的精锐军队，这些入伍的新兵能否抵挡得住，能否筑成保卫民族的钢铁长城，他心里一点底也没有。

6. 昼夜行军，戴安澜率团抵达北平

火车迎着大雪又走了几个小时，路边出现了一片青砖灰瓦，朱红大门的房子。房子的烟囱都冒着浓浓的烟尘。一排长说："进北平了。"

车门缝那，让一排长和三个班长占了，士兵们就只能挤那几个小窗口，朝外面看北平。这可是大清皇帝的京城啊，全连也没有几个人到过京城，至少一班里没人到过。一听说到了北平，每个人最想看到的是皇帝的金銮殿。大家都想看看这皇帝住的金銮殿是个什么样子。可是一个窗口，一个脑袋瓜子就挡严了。那些挤不上的人，就只能听那些看到外面的人发出的惊叹声，想着那是个什么样。

北平的美景和繁华暂时让他们忘记了寒冷，忘记了恐惧。

"吱——嘎，咣当——"车门拉开了，光亮和冷风同时进来了。一排长大声说："整理内务，把背包都打好。我们是中央军，应该有中央军的样子。让北平人看看，让东北军看看。一会儿将有大批的记者来，大家注意军容风纪。排队下车。"说完，他迈出车门，可刚一出车门，脚下一滑，就坐在了站台的地上。站台踩实了的冰雪，高低不平，镜面一样的滑，排长穿的是皮鞋，就更滑了。那些没踩过的地方，大家不知深浅，就都挤到了一条小道上了。

赵大柱把着车厢门框下来，把排长扶了起来，又回到车门口，一个个地把弟兄们接下来。可在站台上站了一会儿，草鞋不挡雪，脚下又冻得受不了，还不如在车厢里呢。

下了车，没了挡风的东西，大家虽然把军装全穿上了，可是让风一打就透了，比在车里还冷。

这时连长过来了，大声喊着："集合，一连集合。卫生兵！卫生兵！快他妈的给老子过来，给弟兄们发药。疏风散寒，防止风寒感冒。"

钱财小声地骂着："奶奶的，下车不吃饭，先吃药，这是哪家条令规定的？"

大牛接过药说："水，水呢？"

卫生兵看都没看他，就给别人发药去了。

一班长赵大柱在一边说："还水呢，用不用再给你找个媳妇来喂你？有药就不错了，也不看看啥时候，打铁烤煳卵子，看不出火候。"

大牛翻了一个白眼，把药放在了嘴里。说："就怕烤不煳，都冻硬了。"

钱财一下车，就感到北风直往耳朵上刮。他把军帽往北风刮来的那面歪过去，护住耳朵。看着钱财那样，一些士兵也学着那样。这时连长走了过来，指着钱财这些兵骂道："他娘的，都是冻死鬼托生的。军人死都不怕，还怕冻？这样下去哪有点军人的样子，别给老子中央军丢脸。注意军容风纪。"骂完了，连长捂了下耳朵。"他妈的，非把军装送到什么他妈的通县。让老子望梅止渴啊？"

郑连把帽子戴正了，北风直吹了过来，像刀子一样地割着耳朵。没办法，只有捂着耳朵。可是捂一会儿，手又冻得受不了。好在在车厢里，就用布把脚包上了，可在车站上只站了一会儿，还是冻得有些发麻了，没法子，只有不停地原地踏步走。步枪和手榴弹都冻得像冰块子似的，贴在身上，双手抄在袖子里，缩着脖子，脚下不停地跺着。鼻涕流出来，就用袖子左一下右一下地抹，一会儿的工夫，袖子便亮晶晶地冻上一层冰。可是谁的眼睛都没闲着，都想看看北平，看看皇帝住的地方。

北平火车站分东西两个站，京奉站和京汉站。东站是从奉天到北平的，西站是从汉口开往北平的。大家是在西站下车的，出了车站，往东一走，就是前门大街。部队一走在前门大街上，官兵的眼睛就不够用了。特别是前面远远地就看到的高大的房子，建在城墙上面，大屋顶，飞檐翘角，大红的柱子，气派。

大牛就问赵大柱："前面那就是皇宫吧？"

"我也是第一回来，谁知道呢？看那架势，像是皇宫。可就是太高了，这皇上出来进去也真挺费劲的。问问排长，人家识字，有见识。"说着赵大柱紧走了几步，追着排长问："排长，你说皇上就住在这里吗？"

"扯淡。皇宫在这北边呢，得过了金水桥、天安门，在午门后面的太和殿里，至少二里地之外呢！这是皇宫的前门，也叫大前门，就是烟盒上的那大前门。"

钱财问："班长，你说这长城比这城墙还高吗？就凭大刀长矛的，这城墙能攻进去吗？"

"别说有人守着，没人守着都爬不上去。"班长说。

排长说："哪有攻不进去的堡垒，北平这皇宫都换了多少主了。古今中外，就没听说过有攻不破的天险。八国联军就是从天津一路打过来的，皇帝和太后扔下紫禁城，跑到陕西去了。李自成带着一帮泥腿子，从居庸关一路攻进来，坐了金銮殿。东北军在关外吧，直奉大战的时候，他们说进关就进关，就像串门一样。那么强大的东北军，见了日本人就跑，动脑子想想吧。"排长说着用袖子擦了一下流出来的鼻涕，又把袖子在衣服上擦了几下。

大牛接过话说："那是小日本没碰上咱们中央军，他要是碰上咱们，别说还有城墙挡着，就是挖几个散兵坑，他小日本也别想过去。我就不信，这小日本不是爹妈父母养的，还刀枪不入了呢！小兔崽子。"

赵大柱说："听你这话就是个愣头青。你他妈的以为东北军都是吃干饭的。毛病，是骡子是马，拉出来蹓蹓再说。"

这时排长在前面喊道："跟上。"

赵大柱紧走几步，追上排长问："排长，你说这长城和这城墙比，哪个好守一些？"

排长看看赵大柱，边走边说："按说，守长城比守城要好守一些。可也比守城苦一些。咱们要去的是哪一段长城还不知道，但往通县进发，就可能是往承德去的那几段了。行了，别说了，到时候就看见了，你们还是好好看看这前门大街吧，这可是全北平最繁华热闹的地方，也是中国最好的大街了。"

这时跟在后面的猴子问："排长，什么叫最繁华呀？"

什么叫繁华？排长没有正面回答，他边走边说："就是你想到的热闹，这儿有，你没想到的这儿也有；你想到的东西，这儿有，你没想到的这儿也有。知道什么叫买东西吗？"

"知道。"赵大柱和大牛同时答道。

"为什么叫东西呢，咋不叫南北呢，知道吗？"

"不知道。"赵大柱和大牛同时答道。

"这买东西呀，是从大唐长安城来的，长安城有东市和西市，东市卖国货，西市卖洋货。简称就是买东西。这前门大街，把长安城的东西市都合到了一起。别说了，你们还是好好看看吧，要不是去打日本，怕是一辈子也没机会来北平。"

排长这么一说，大伙都往南面看去，前门大街上，店铺一个挨着一个，门前挂的各幌和招牌在寒风中摇动着，让人们看得眼花瞭乱。街上走的人，大多穿着长棉袍，戴着皮帽子。还没等大家看仔细，队伍就走过去了。

六十里路，部队一刻不停地赶，因为停下来更冷。路人见了都说，中央军来了一路往东北跑，东北军一路下来往西南跑。看来守住长城，还真得靠这中央军。郑连听了没有丝毫的高兴，因为他们这是上前线，那就是与日军决战，能否活下来，只有天知道。

7. 关麟征在通县的师部还没建完，就迁往密云

1933年3月5日黄昏，先头部队刚把第二十五师师部设在县政府大院里。师部司、政、后各部门还没有全部到达，先期到达的官兵正在收拾屋子，院里也显得有些零乱。

作战室设在会议室里，几个兵正往墙上钉地图。师长关麟征、副师长杜聿明、七十五旅旅长张耀明、一四五团团长戴安澜、一四六团团长梁恺、一四九团团长王润波、一五〇团团长张汉初一行走进了团部。

见师长进来了，参谋长喊道："立正。"正在忙着的官兵都立正站好了。

关麟征一挥手，"忙吧。"走到会议桌横头，摘下手套朝杜聿明等说："都坐下吧，参谋长，师直部队到达情况怎么样？"

师参谋长詹忠言上前报告说："报告师座，师直属部队刚刚到达，正在安排食宿。"

詹忠言1901年生于广东文昌，虽然只有三十二岁，但在师里的军官中，却是老大哥了。他毕业于云南陆军讲武堂第十五期、陆军大学第一期。

关麟征对詹忠言说："给北平军分会发报，同时发给军长，请示下一步行动，问一下日军情况。"说着他指一下会议桌，"地图。"

参谋处主任姚国俊把一份小地图摆上，用杯子压住地图的四角。

"参谋长，把情况说一下。"关麟征说。

詹参谋长指着地图说："我们的部队都在通县周边集结完毕。按部队到达顺序，七十三旅在城北，七十三旅在城东。"除了部队到达的情况外，日军的情况他知道的还不如师长知道的多。他是和师长乘一辆车过来的。说着他回头看一下杜聿明。

关麟征笑笑说："还是由光亭说说吧。"

杜聿明靠近地图，指着承德以北说："汤玉麟的三十六师约三万二千人，部署于承德。冯占海的六十三军一万多人，位于敖汉旗以东地区。李海青的抗日部队三千多人，位于奈曼旗以东地区。邓文的抗日部队六千多人，位于内蒙古的天山地区。孙殿英的四十军约两万人，位于承德以北的隆化、围场地区。张学良副司令的四个步兵旅三万多人，两个骑兵旅三千人分别驻平泉、凌源、叶柏寿、喀左、建昌一带；三个步兵旅、两个骑兵旅约两万七千人，位于抚宁、卢龙、昌黎；四个步兵旅位于天津；七个步兵旅位于北平；一个步兵旅位于古北口。商震的三十二军约三万六千人，位于唐山。宋哲元第三军团之二十九军一部约两万人，位于蓟县、遵化、玉田地区。东北军沈克的一〇八师约八千人，位于喜峰口以东之董家口、青山口、太平寨、小马坪一带。张副总司令还有飞机二十二架。以上是这一地区的兵力部署。2月23日，日军下达总攻击令，当天占领北票；24日占领开鲁；25日占领朝阳，接下来三路并进。从日军进攻的速度来看，应是逼近承德了。但目前承德情况不详，还没有准确情报。汤玉麟部有三万多部队防守承德，至少顶上几天不会有太大的事吧。"

"日军的兵力和重武器情况如何？"关麟征问。

"据情报分析，日军有两个师团、两个步兵旅团、一个骑兵旅团及炮兵、战车、航空部队总计八万多人，分五路齐头并进、相互策应、加强右翼快速迂回的作战方法。第一路是第八师团一并指挥混成第十四、三十三旅团及配属的战车队从锦州经义县击溃朝阳、凌源、平泉沿线地区的守军，攻占承德及长城沿线之古北口、喜峰口、冷口、界岭口、义院口。第二路是第六师团一并指挥骑兵第四旅团,以高田美明之三十六旅团从北路的通辽,主力从中路的彰武和南路的打虎山向西击溃沿途守军攻占赤峰,然后以一部攻占赤峰西南之朝阳地、边墙山、张三营子,从北面策应第八师团进攻承德。第三路是混成第十四旅团由绥中向西北经高台、西平坡、宽邦、大屯、雷家店、建昌、平房子、三台子,攻向四官营子。第四路是混成第三十三旅团在发起进攻后的二月初,从绥中向西经黄家攻向明水、秋子沟、王家内、龙王庙,然后由该地左转向南,一路攻占长城线上的界岭口,一路攻占界岭口以东约二十五公里之义院口。第五路是骑兵第四旅团,主力由通辽向西南迂回经东来、东明、八仙筒、白音塔拉、奈曼旗、红山镇、哈拉道口、安庆沟进攻赤峰……"

说到这儿,杜聿明看了一下师长,接着说:"我们当面之敌,是日军第八师团主力,配有炮兵第八联队,临时派遣的有第一战车队,重炮兵中队,列车重炮兵队,关东军自动车队。另有飞行第十、第十一、第十二大队。我部从通县到密云有二百二十里,一条沙石公路。从密云到古北口,一百多里,多是山路。古北口到滦平一百多里,滦平到承德一百来里。另有情报,北票、朝阳、平泉、凌源已于上月25日失守,本月2日,日军开始攻打赤峰城。我的话说完了。"杜聿明报告完,坐下了。

梁恺说:"师座,我们的炮兵部队什么时候能上来?"

梁恺,1907年生于湖南耒阳,字克怡,黄埔一期步科。

"'围剿'鄂豫皖苏区也正在节骨眼上,一时半会儿调不过来。北平军分会那我去了电报,还没消息。怕是难指望。"关麟征说。

张耀明说:"师座,部队没有重武器,又是打的防御战,那不是只能挨打,没有还手的份吗?还是跟军长说一下,快些把重武器调上来吧。"

张耀明,1905年生于陕西临潼县张庄,黄埔一期步科。关麟征任独立旅旅长时,他任第一团上校团长。

关麟征看看张耀明,又看看杜聿明说:"听天由命吧。有重武器这仗得打,没有也得打。校长交代,中央军的脸面不能丢在我们十七军手里。军长说十七军的脸面不能丢在我们二十五师手里。二十五师的脸面，就看你们的了。詹参谋长，再打电报给北平军分会和军长，催重武器。同时请马上把前方战况通报，日军第八师团的情报通报给我们。"

杜聿明说："目前东北军兵败如山倒，官兵都让日本人吓破了胆，目前知道的，只有宋哲元的二十九军在喜峰口一带阻击日军。我们周边都是些溃散的东北军部队，有的失去了建制。这样的部队根本没有战斗力。张作相总司令到达承德亲自督战，至少眼下承德是安全的。"

戴安澜说："我研究了热河、北平的地形，如日军进了长城，我军将无险可守。眼下，唯一的办法是长城各关口设重兵防守。在这冰天雪地中，要想守住长城一线，后勤补给是关键。否则不用日军来打，非战斗减员就把部队拖垮了。"

关麟征听完戴安澜的话，说："这事儿还得光亭和朱老将军的后援会联系。北平军分会怕是一时顾不上咱们了。"

这时一位参谋进来，报告："报告师座，北平军分会张副总司令急电：战字第五〇一五号命令，命国民革命军第二十五师，即进驻密云集结待命。"

作为职业军人，关麟征知道前线已到了十万火急的程度。可是军人生涯又告诉他，虽然第二十五师暂时受北平军分会，也就是张学良的指挥。可是这事一定要听一下军长的命令，虽然军部尚在徐州。他命令参谋说："给徐州军部发电，转发北平军分会电报给军座，请示行动。"关麟征口述完电报，接过参谋的记录本看了一遍，签上名字。

一会儿，参谋进来报告："报告师座，军长急电。"

"念。"

"服从北平军分会命令，立即向密云进发。军长徐庭瑶。"参谋念完电报，站在那等师长说什么。

关麟征看看大家，站起来发布命令："现在我命令：部队收拾装备，略作休息，晚11时向密云出发。七十三旅一四五团为全师先头部队，七十五旅随后跟进，尽快赶到密云待命。"

司令部里正忙着往墙上挂地图的官兵，又忙着往下摘，比先前更显得忙了。

关麟征对参谋长詹忠言命令道："立即组成一支前指司令部，带上一部电台，随杜副师长先行。你带司令部直属队马上跟进。我再与北平军分会联系，看看能不能有重武器增援一下。"

战争的氛围越来越浓了，北平城渐渐被硝烟弥漫。

8. 临上战场，吃上了一顿丰盛的红烧肉

1933年3月5日，农历二月初十，太阳落山前，一四五团到达了通县，但部队按照命令，从城北出了城，在城郊住下了。

一连的营房是城郊的一个大户人家，两米多高的青砖围墙，青砖的大门洞，可走车马，进去了，是个大院子，可以停十几挂大马车。门洞两边，各有五间倒座房，对着大门的，是五间正房，正房两边还各带着两间耳房子，正房和大门之间，是东西各三间厢房。一班在东厢房占了一间。没有床，没有炕，就在地上铺上黄黄的谷草，打地铺。屋子里东西一丈四五，南北一丈三四，地铺靠在东墙上。屋子四面没窗户，墙壁是用黄泥抹的，棚是高粱秆铺的，还算是干净。进门右转的西墙边上，摆着一个脸盆大小的火盆，红红的炭火，正旺，让人看了就觉得暖和。赵大柱先进的屋，他把背包往对着门的地铺上一扔，骂了一句："猪圈哪这是。毛病。"四个战士跟进了屋，大家背包都没来得及放，就围在火盆边上烤。现在最亲的，就是火了。烤上火，才闻出这屋子里一股子土腥味。看来这厢房原本就不是住人的屋子，像是个仓房，临时腾出来的。

赵大柱见大家把火盆围上了，生气地骂道："都他妈是冻死鬼托生的，大牛、郑连，去打饭。钱财、猴子去领棉衣。毛病。"

钱财问:"上哪去领?"

"你没长嘴呀。"班长又骂了一句。

钱财挨了骂,郑连和大牛也没敢问伙房在哪,出了门四下一看,正房的西耳屋子,开着门,冒着热气,连部伙房准是用这家大户的伙房。大牛在前,郑连在后,跑到门口,炊事班的细脖在门口,守着一摞盆,一个班两盆。大牛接过一个,郑连接过一个,跟着前面的人往里走。进门右边的大锅正冒着热气,一大锅高粱米饭,左边的大锅,是菜。还没进屋,郑连就闻到了肉香。心里想,真的能是红烧肉?大牛在前面,他直奔饭锅打饭,郑连只有去打菜了。都说大牛傻,可他一点也不傻,饭是管够的,不够了可以再打,没啥好说的。菜就不同了,多少就那些,打少了,全班人都不高兴,只有自己少吃。打菜,掌勺的是炊事班王班长,大家都叫他王半勺,在连里也是老资格。这名字的由来,就是不论给谁打菜,不管几勺之后,总要来上半勺。谁也搞不懂,这半勺是多给的,还是原本一勺,扣下来半勺。还没到锅前,郑连就从别人端的菜盆里看到了,是红烧肉。见到红烧肉,郑连真想从他们的盆里抓一块放在嘴里。排到郑连的时候,郑连拼命往脸上堆笑,希望能多给点。走了一天的路了,又累又饿,就是不累不饿,看到红烧肉,吃完饭也能再吃上一碗。王半勺看都没看郑连脸上的笑,一大勺子肉就扣到郑连的盆里。郑连想接下来该是半勺了,可又一大勺子肉扣在盆里。一勺肉,是两大碗,两勺肉,是四大碗肉,差不多了。郑连想接下来该是半勺了,可郑连眼见着又是一大勺子肉扣在盆子里。郑连有点愣住了,接下来,郑连脸上是真的笑了。王半勺看郑连没动,说:"还他妈的不够?不怕撑死了。新兵蛋子。"

郑连缓过神来,忙说:"够了,够了。"可是他心里想的却是,半勺呢?虽然想着半勺,可还是乐得他合不上嘴,回身就往班里跑。这回郑连算露脸了,刚才脸上堆出的笑没白费。一大盆红烧肉,大块的红烧肉,油汪汪的红烧肉,有肥有瘦,正是猪腰条。香。郑连一路上闻着香味往班里跑,几步就超过了大牛,他在郑连的后面喊:"小心点,别他妈跌倒了。看班长不吃了你。"

赵大柱坐在火盆边上,脸让火烤得红红的,像是喝多了酒似的,嘴里叼着卷烟。他只扫了一眼郑连端回来的一盆红烧肉,依旧用木棍拨动着炭火,脸上一点表情都没有。见班长没高兴,郑连小心地把菜盆放到火盆边上。大牛进屋了,饭盆还没放下就说:"红烧肉,这回可得好好造一顿。"说着放下饭盆,从背包里拿出茶缸和筷子,坐到火盆边上就往菜盆里伸筷子。饿。

"毛病。急着去投胎呀!"赵大柱的小木棍带着火朝大牛头上比画了一下,吓得大牛朝后一躲,一屁股坐在了地上。

不知道班长为啥不高兴,坐在那儿,阴着脸,卷烟从左边吸进去,从右边冒出来,腮帮子的肉一松一紧的变换着。钱财和猴子都没回来,郑连帮着班长先把茶缸和筷子拿出来,摆在他面前。

钱财和猴子终于回来了。进了屋,他们把棉衣往地铺上一扔,骂道:"就他妈这个破烂衣服,还不让挑。谁知道大小?"

衣服扔到地上,马上就腾起一团的尘灰和草末。大牛赶紧用身子挡着菜盆和饭盆,嘴里喊道:"轻点,轻点。"像母亲照看婴儿,怕让人碰着一样。

赵大柱看看钱财和猴子说:"你当是装老衣裳呢,照你身上做呀。有穿的就不错了,这还是北平后援会从老百姓那收上来的呢。吃饭。"赵大柱终于吐出了嘴里的烟头。

红烧肉,香。咬一口,满嘴流油。只一个回合,一人一缸饭,盆里的红烧肉就剩下一半了。大牛边吃边说:"香,真香。我们村大地主,有钱,上百垧地,他家孩子过满月,也做了红烧肉,比王半勺做得差远了。一人才一块,还没吃出啥味,没了。小心眼。"几个谁也不说话,只是闷头吃。这个节骨眼上,就恨嘴慢肚子小,哪有工夫说话呀。只有大牛,傻乎乎的,还在那说个没完。

大牛吃上几口就要说上几句,大家第二缸饭吃完,这盆里的肉就没剩下多少了。可大牛第二缸饭刚开始。大牛夹起一块肉说:"你们吃得也太快了，跟他妈抢肉似的。这好东西得慢慢吃，才能吃出味来。"

人们都说大牛实在，可是郑连看，那就是比说傻好听点。看着大牛那个傻样，有时候真感到好笑又可气。

赵大柱一筷子打在大牛的头上，说："你他妈的得话痨了。快吃，还他妈的等人喂你呀。你没看到这都是一群狼，再说一会儿，汤都没了。毛病。"赵大柱说着把几块肉用筷子护住了，说："这几块给大牛。"

除了大牛，四个人都吃饱了，要不是赵大柱发话，那几块肉照样可以吃进去，现在，都留给大牛了。饭盆前只剩大牛一个人了。饭盆里还有两大缸子饭，菜盆里还有赵大柱留给他的几块肉，剩下的全是油汤。屋子里冷，盆边上的油凝成了白色。

猴子说："这点饭菜，大牛一个全能包了。大牛就是饭量大。"

大牛一听说他饭量大，来劲了，说："都吃完了吧？那我全包了。"说着就把茶缸里的饭倒进了菜盆里，又把饭盆里的饭也倒进了菜盆子，一搅和，连汤带饭，大口大口地吃。可是剩到有一缸子饭菜的时候，他站了起来，走了几步，又蹲下了，蹲了一会儿，又起来了，饭菜在嘴里干嚼就是咽不下去。

猴子在一边看着，说："看看大牛的饭量，咱们全连也找不出第二个。我看全营也是第一，再有一碗也吃下去了。"

猴子这一说，大牛真的咽下去了。可是看着缸子的剩饭，他是真的吃不下去了。郑连想上前把他的缸子抢下来，可郑连和大牛的交情没到这个份上，郑连怕他脸上挂不住，跟他急。大牛在屋里来回走了几步，真的把剩下的饭全吃下去了。

一盆肉，一盆饭，让一班五个人吃得光光的。应该说大牛吃了两人还多的量。

饭吃完了，大家把眼睛都盯在棉衣服上。赵大柱把衣服一件件拎起，又放下了，说："钱财，你把衣服按大小放成一排。按大小个，拿。"

赵大柱第一，大牛第二，郑连第三，猴子第四，钱财第五。这是一班出操时的顺序，可是按大小个，大牛第一，赵大柱第二。剩下的几个差不多，都是按个头这么排。可是钱财摆完衣服，非站第四，他说他比猴子高。可猴子也不让劲，他第四，这是早有定论的事儿。赵大柱把他俩拉到墙脚，说："立正。大家看看。"

要是不细看，真的分不出谁高，赵大柱把他俩的帽子摘下来，在他俩头顶横上木棍，这样大家都看清了，猴子高点。赵大柱也看出了，可是他让郑连和大牛说。大牛吃得肚子难受，正在来回走呢，那就只剩下郑连了。

郑连说："班长在跟前，你就说吧。听班长的。"

"是呀。"大牛边走边说。

赵大柱看看郑连和大牛说："你说你们俩，就是个当大头兵的命，平时不让你们说了算，你们想说了算，可是叫你们说了算，你们又不说了。狗肉上不了台面。毛病。"

"我说，"大牛一指猴子，"他比钱财高出几头发丝。"

"高一头发丝也是高。"赵大柱说，"猴子第四，钱财第五，我第二。拿衣服。"班长都降到第二了，谁还能说啥？拿吧。

大牛拿过衣服就喊："太小了，这能穿吗？"

钱财喊道："班长，我这套是女人的衣服，我不要。"

"将就点吧，是荤强似素，胜过老道吃豆腐。咋说也是棉的，十层单不如一层棉，总比挨冻强。毛病。"赵大柱说。

钱财说："我不穿。整个老娘们衣服让我穿，说出去，别说丢咱们中央军的脸。我丢不起这个人。"说着把衣服扔到了地铺上，来到大牛眼前说："我说李大牛哇李大牛，真没看出来，你这眼睛也真行啊，一头发丝都能看出来了。你真行啊，比孙猴子的火眼金睛还厉害。我看你就是水筲没梁，饭桶一个。"

赵大柱看钱财去找大牛碴儿了，骂道："有种你就他妈的不穿，看他妈的谁冷。阵地上蹲半天，冻硬了你个驴操的。毛病。"

从吃红烧肉开始，赵大柱就不高兴。郑连想班长一定是有什么事没说。靠近班长，小声问："班长，啥事让你不高兴了。"

55

赵大柱看了郑连一眼，接着拨动着火盆里的火，叹了口气说："我当了六七年的兵，最怕的就是吃红烧肉。没有一回吃完红烧肉，班里不减员的。不过年不过节的，吃了红烧肉，就是有大仗要打了。"说着赵大柱又叹了一口气。

9. 两个来历不明的东北人加入二十五师

门被拉开了，是一排长。一班的五个人赶紧立正。赵大柱报告说："报告排长，一班正在发棉衣。"

一排长朝身后说："进来。给你们班分两个新兵。一班长，你是老兵了，好好带带这两个新兵。"

进来的两个新兵，岁数大的，有三十岁左右，中等个，一脸的横肉，眼神里都露着凶狠。另一个，看样子也就十七八岁，也是中等个，白白净净文文雅雅的，准是个学生兵。这年头能念起书，不是个公子，也是有钱人家的少爷。有新兵了，班里的新兵就不是新兵蛋子了。几个人都拿出老兵的样儿，像马市上买马似的，认真地看着两个新兵。

排长对两个新兵说："这是你们一班长，赵大柱。你们自己介绍一下吧。"

"报告，我叫吴浩，奉天人，三十岁。"

"报告，我叫郑福，承德人，十九岁，高中毕业，刚考进大学，日本鬼子来了，就当兵了，报告完毕。"

这两人一报告，就让郑连看出来军人素质了，比他们训了几个月还强。报告词，一点没打奔，一口气说完。那个敬礼，标准的军人姿势，有军人气势,那气势就在手的举落之间,利索。这不是一两天的工夫可以练出来的。

排长说:"你们慢慢熟悉吧,一个班的兄弟,一口锅里吃食,上阵亲兄弟,好好相处。"说完头也不回地走了。

送走排长,赵大柱说:"我给你们介绍一下,这个叫李大牛,这个叫孙小圣,这个叫钱有才,这个叫郑连,再加上你们俩,咱班都在这儿呢。你们俩把背包放下,挨着我睡。现在都围着火盆坐下,聊一会儿。"

大家都坐下,赵大柱拿起小木棍,一边拨火,一边说:"我先说下,这当兵的规矩,不论岁数,就看来的早晚。早来一天,也是老兵。晚来的,就是新兵蛋子。新兵蛋子,三勤:眼勤,腿勤,手勤,嘴别勤。多干活,少说话。打起仗来,长点心眼,多跟老子学着点,保你没事。子弹没长眼睛,可你们也别撅个屁股看天,有眼无珠。咱们是中央军,打仗要打出中央军的气势来,别让小日本小瞧了咱们中央军。让小日本知道,咱中央军不是东北军、晋绥军、西北军那些杂牌军,咱是正宗的国军。战场上,没有能商量的事,老子的话,就是命令,违令者斩。家里的派头,别往这拿,在家里是爷爷,在这儿先给我装孙子,少给老子犯毛病。"谁都听得出来,话,是说给吴浩和郑福听的。可是打骡子马也惊,话里话外的,也把大家都捎带上了。

郑福看看吴浩,对赵大柱说:"一切都听班长的。"

"听命令的。"赵大柱纠正道,"你呢,老吴。"

"听命令的。打小鬼子,指哪打哪。来当兵,就是来打小鬼子的。没啥可说的,行不行,战场上见。后退一步,你毙了我。"吴浩说话的时候,低着头,脸上看不出表情,声音也不大,可是大伙都听出点味道,不像新兵。横。

赵大柱看看吴浩,又看看大家,说:"休息,养足精神。听说小鬼子占了北票、朝阳,快打到承德了,几十万东北军争着往南跑。老吴,你说说,你们东北养的这叫啥军队,还能干点啥?"

"还不是'攘外必先安内'政策才丢的东北,现在想起来了。妈了巴子的，早打还用到今天？早把小鬼子打出去了。"

"老吴，那国民政府可不是我说了算的。"

"那东北军是我说了算的？"

"你不是东北人吗，老子就是问问。休息。"

吴浩没再往下接话，拉过背包，想休息了。他从铺位上捡起衣服，说："谁的衣服？谁的？"

赵大柱说："钱财，把你的衣服拿走。"

钱财："我不要，整个老娘们衣服给我了，老子冻死也不穿。"

吴浩："将就点吧，冬天不穿棉，冻死不可怜。再往北走，比这儿还冷，进了山，更冷，嘎嘎的。"

"新兵蛋子，用不着你教我，冷热我还不知道？这没你说话的份。"钱财拿出老兵的派头对吴浩骂道，刚才没撒出的气，这回有地方了。

"小鸡巴崽子，还来劲了。"吴浩骂着把衣服扔到门口去了。他根本没把钱财这个老兵放在眼里。

钱财脸上挂不住了，自然也不能让这个劲，要不以后咋在新兵面前混呢。他一下子从铺上跳了起来，朝吴浩边走边解皮带边说："新兵蛋子，不教训教训你，你他妈的不知道马王爷三只眼。还反了你个新兵蛋子。"

吴浩坐到铺上看着钱财过来，没动。几个老兵都以为他不敢动，郑福怕吴浩吃亏，就上来拉钱财，让钱财一下子给推到边上去了，说："滚边上去！裤腰带没系住，咋跑出个你来了，敢挡老子的横。"

赵大柱没动，郑连和大牛、猴子也都没动，都想看看事态能发展到什么程度。

吴浩盯着走近了的钱财，还是坐在铺上没动，就在钱财举起皮带的工夫，吴浩一个鱼跃，从铺上弹了起来，伸手抓住钱财裤裆里那两样东西。一较劲，钱财一下子腰就弯了，站也不是，跪也不是，疼得一声大叫，脸像蒙了纸似的，白了。举起的皮带也停在了空中，像是让人点了穴道一样，动不了了。

大家不能不管了，都从铺上站了起来。可是咋管，谁也不知道。是劝？是帮？谁都没想过的事儿就发生了，都站在那看着班长。

吴浩看都没看大家，低着头，狠狠地说："干啥！谁动一下，我就废了他！让他回北平当太监。小鸡巴崽子，跟老子来这一套。小样啊。"

郑福忙跑过来，拉住吴浩说："大哥，都是一个班的兄弟，可别。大家都坐下，没事儿。大哥，松开吧，都是一块的兄弟。玩笑开大了，玩笑开大了。大哥，大哥。"说着他上去扳吴浩的手，可扳了几下，没扳动。回过头看大家都还站在那，又回头去劝吴浩，他怕大家一块帮钱财。

赵大柱早就听说东北人的脾气暴，从吴浩的动作和眼神上，看出这不是一好惹的主。不是行伍出身，也是个练家子。虽然刚才他们俩话不投机，可是这会儿，再不能往前赶了，他说话的口气自然也软了一些："都是兄弟，别这样。老吴，看样子你比我大，我叫你一声吴老哥。弟兄小，不懂事儿，开个玩笑，开个玩笑。"

吴浩动了一下，想说什么，被郑福拉了一下，没有说。

"是，是开玩笑。大哥，开玩笑。"钱财边点头边说，皮带早扔到边上去了，两手把着吴浩的手。

"是开玩笑？"吴浩看看赵大柱。

"是开玩笑，开玩笑。"赵大柱忙说。

"今后少他妈了巴子跟老子开玩笑。跟老子来这一套，别说老子废了他。"吴浩说完，松开了钱财，拍拍手，回到了铺位上，拿起水壶，喝了一口。一股子酒味飘了出来。

郑连想班长他们也能闻到酒味，可是谁也没说，因为吴浩的脸还是阴着的，眉头上的疙瘩还没开呢。这个时候，谁去找那个不自在？

钱财感受到了吴浩的力量，抓他的那只手，就像铁钳子，刹到了骨头里，只要再一用力，他那传宗接代的家伙事就给报废了。只这一下子，就服了，这真是个惹不起的主。他捂着裤裆，把棉衣捡了起来，拎到他的铺位上，慢慢地坐下了，擦了头上的汗。

钱财丢了面子，班长不能再丢面子了，见老吴松了手，没啥事了，他说："吴老哥，看你这架势，也算有点功夫，你比弟兄们大几岁，有个大哥的样，别和弟兄们一般见识。我看还是把功夫用到把东北夺回来，把小日本赶回老家去。要说打日本，咱们一班，没一个熊货，个个都是好样的。"

"班长说得对。我跟吴大哥一定跟班长学。"郑福说。

赵大柱看看郑福说："你小子挺会拍马屁呀。不过溜须总比骂人强，老子爱听。我告诉你，这大山不是堆的，火车不是推的，打败小日本，不是用嘴吹的，得拿出点真本事来让老子瞧瞧。知道咱为啥是一班吗？那就是一个顶一个。吴老哥，说说，会啥？"

吴浩一边收拾铺位，一边说："除了当兵，不会啥。"说着把谷草捆成枕头，塞在褥子下面，没理会赵大柱。

"不会啥！不可能。上阵父子兵，打虎亲兄弟。都是一个班的兄弟，有啥绝招，别藏着不露。"说着问郑福，"你小子会啥？"

"报告班长，啥也不会。"郑福坐在那敬礼说。

"你小子不是个学生嘛。会不会写字？"

"报告班长，写字写不走日本鬼子。这个不算。"

"算。老子说算就算。记着点，明天给老子买点纸笔，帮老子往家写封信。不是有句老话吗，烽火什么几月，家书是黄金吗。排长说的，我没记住。"

"班长，是'烽火连三月，家书抵万金'。"

"是这么说的。明天给弟兄们都写封抵万金的信，咱们来打鬼子来了，让家里别惦念。"

"是。"

看着郑福文文静静的，是个书生。可是他没戴眼镜，让郑连有些怀疑。一想到往家写信，就让郑连不舒服。平时没事儿，写封信，报个平安，正常。可是眼下这封信，是啥？是告知家里别惦念？都上前线了，还让别惦念，扯淡嘛，只能让家里更惦念。除此之外，就是壮士一去不复返的诀别

61

信。一想到诀别，心里就更不舒服了。总有那种晦气的感觉，像是追命信。郑连虽然没有家，也没写过家信，可是越想这事儿，心里越是不舒服。总感觉像是有什么事儿要发生似的，那心就老是悬着，干什么事都没心思。郑连虽然没有家，可每年的清明、过年，见别人到坟茔地去烧纸上坟，郑连就在十字路口上，给爹妈烧几张纸。郑连虽然不知道他们死在哪了，反正在阴间，收着收不着，郑连也管不了。烧点纸钱，算是个孝心吧。那天晚上，郑连就翻来覆去地想这个事儿，越想脑子越乱。

吴浩收拾好铺位，问郑福："会不会玩，玩两把。"说着从兜里拿出纸牌。

郑福说："我不会玩。"

吴浩说："谁会？实在不会就玩对对和，两颗一样的，扣下。谁先没牌谁赢。这没啥难的。大长的夜，不玩干啥去？"一说到玩，吴浩像是变了个人，一脸的笑。他见没人跟他玩，问赵大柱："班长，来两把。"说着他开始洗牌了。

玩牌的吴浩，认真，每一张牌他都仿佛使出全身的力气去抓。到对方去抽牌的时候，像是很动脑子一样，一句话不说，紧紧地掐着手中剩下的牌。当剩下最后一张的时候，他的眼睛里放着光。可是当他抽来对方的牌，没有配上对的时候，他的手在头上使劲地拍打着，似乎损失了他全部家产一样。

吴浩输了第一局。大牛赢了三个弹脑嘣的权利。他把中指在嘴上吹了口气，对着吴浩的脑门，连弹了三下。眼见得吴浩脑门那就红了起来。

第二把，正好反过来，是吴浩弹大牛三个脑嘣。吴浩看似慢悠悠没使劲的样子，可是从弹的响上听，就像瓜地里挑瓜一样，当当响，大牛的脑门上马上就肿起了一个红红的小包。

吴浩弹完了，拿过牌来洗。这时熄灯号响了起来，赵大柱说："行了，今天先到这儿，明天再玩。睡觉。"

吴浩也没坚持，他知道这是赌场上的规矩，可以随时的锁呆。他收起了牌，又洗了几把，说："这才几点，就睡觉了？"他嘴上说着，还是放下被子，躺下睡觉了。

吴浩很快打过了呼噜，可是其他六个人怎么也睡不着，战争马上就要打响了，而且是第一次和日本人交战。心生恐惧在所难免，他们都睁着眼睛望着漆黑的夜空。

10. 赴战场，戴安澜约法三章，杜聿明率先开路

戴安澜回到团部，天刚黑下来，他马上命令参谋长召开连以上军官会议，布置行军中的事项。说完他先来到了会议室，坐在了前面，对着地图开始研究行军路线。接着陆续进来的军官，看到团座已坐等了，都选好自己的位置坐下了。所有参会的军官都到齐了，戴安澜示意参谋长开会。

"诸位一路行军，辛苦了。军情紧急，客套话就不说了。刚接到军座命令，全师开往密云。我团今夜出发，作为全师的先头部队，随旅部赶往密云。下面我说一下行军序列：我随团座带团部通信连随一营行动，二营、三营跟进。副团长带步炮连、政训处、后勤处收尾。晚7点休息，10点30分集合部队，11时出发。下面请团座训示。"参谋长说完坐下了。

戴安澜对着北平及热河省地图说："刚刚我在师部参加了会议，眼下热河战局不容乐观。凭我的经验和五年前我在济南了解到的日军情况，日军近日有可能打到长城一线。"

参会的军官们都小声地议论起来。

戴安澜接着说："日军23日开战，当天占领北票；24日占领开鲁；25日占领朝阳，接下来三路并进。而朝阳距承德六百里，以日军机械化程度，这点路并不算远。假如东北军能依险拒守，日军不可能长驱直入，但眼下从战

报上看，东北军都在保存实力，还有一部分地方部队投降了日军，这样反而加快了日军的进攻速度。从这一点上看，日军应是逼近承德了。据情报，承德有东北军汤玉麟三万多守军，可是我听说过这个人，是张作霖的把兄弟，少帅对他也没办法。张作相虽然说是方面军总司令，但眼下前方没有战报，承德战况不明。我军千里行军，势必要与日军一战，给国家一个交代，给校长一个交代，给自己一个交代。但是，仅靠我们二十五师之力，挡住日军第八师团，那是万万不可能的。而我们的后援部队要在十日左右才能到达，这就要求我们只能拒险死守，等待援军。我这里说这些，就是请大家有个舍身成仁的准备。给家里留个信吧。"

会议室里一片安静。

"诸位，"戴安澜的脸色一下子严肃了起来，"虽然我们是不畏生死的军人，但大战在即，我还是要约法三章：一、各连夜行军注意非战斗减员。冬装都换上了，虽然差了点，也只能将就了。各连非战斗减员超过百分之五，连长就地免职；二、部队扰民，视情节，严加惩处，甚者枪毙；三、自今天起，军衔不得外露。防止日军间谍和狙击手。听明白了吗？"

"明白了。"

就在戴安澜团长刚刚开完会的工夫，旅长杜聿明在旅部接到了师长关麟征的电话，他马上赶往师部。

杜聿明赶到师部，一进屋，关麟征就铁青着脸把一封电报递给他。

电报是北平军分会发来的，电文："国民政府北平军分会令：查第二方面军副总司令兼第五军团军团长汤玉麟弃守承德，致使热河省府本月四日沦陷，通缉查办。"

"承德昨天就丢了！"杜聿明大吃一惊。承德外围十几万军队不说，仅承德就有三四万军队防守，而且那是汤玉麟的老窝，经营多年，至少汤玉麟得为保住老窝一战。据情报，进攻承德的日军第八师团也不过两万多人。

关麟征指着地图说："承德失守，就等于放开了北平的北大门。日军三路大军便可以齐聚长城，相互支援，对北平形成合围。"

这时一位参谋进来报告："报告，北平军分会电报。"

关麟征接过电报看了一眼，递给了杜聿明，说："赤峰失守。日军第六师团占领了赤峰。"

杜聿明说："这是迟早的事儿，朝阳、凌源、平泉、承德都失守了，赤峰一座孤城，根本就守不住。赤峰一丢，日军没了后顾之忧，进攻的速度会更快。"

关麟征看了一眼杜聿明说："光亭，眼下我们只有加快赶往密云，古北口是挡住日军第八师团一个重要关口，如果让日军占了古北口，我们就只有背城一战了。"

杜聿明马上答应，说："我马上回去组织部队出发。"

"带好电台，随时跟我联系。"关麟征说。

"是。"杜聿明答完，出了师部。

觉，睡在朦胧中，听到一阵号声。郑连本能地动了一下，醒了，是紧急集合号。身边的大牛，鼾声依旧，郑连用被子盖住头，身子往下缩着，尽力不去听那号声。没人动，郑连也不动，催命鬼一样的号声，使郑连一阵阵地心跳。当号声吹响第二遍的时候，赵大柱大喊一声："紧急集合——！快、快、快！"

这要是别人，郑连准骂他，就你他妈的耳朵尖。可是班长喊了，就不得不起床了。郑连掀开被子，见靠近班长的吴浩和郑福都穿好衣服，正在打背包。摸着黑，耳朵里全是谷草的哗哗响声，就像站在草垛上一样。

队形还没有排好，连长就站在了队前骂道："娘的，稀稀拉拉的，快点。马上开拔，往北一百四十里，密云县城。出发！"

部队上了路，先前还走得顺利。虽然穿上冬装，走起来腿脚总像有什么东西绊着似的，不灵便。新棉鞋踩在雪上，虽然不像草鞋那样抓地，但能站得住脚了，并且脚下也不凉了。晚上行军，路上清静，只要跟着走就行了。更主要的是，没有日军飞机的干扰。当部队转到北平至密云的路上时，就有些乱了。

从北面过来的东北军，看不出像个队伍样。有坐大车的，有步行的，还有汽车、担架。原本不宽的路面，一下子就堵死了一大半。一些逃难的老百姓，背着包，领着孩子，一劲地往前挤，就像小鬼子端着刺刀刺他屁股似的。路窄，都挤到了一起，更走不快了。那些东北军，原本走得无精打采，可是路一堵上，他们倒先急了，生怕走慢了，让后面的日本鬼子追上。好在一四五团没有重武器，部队想办法通过，只是慢了一些。可是当他们走到唐指山口的时候，前面的路一下子堵死了。部队停了下来。

唐指山口是这一段路最窄的了，一辆卡车堵在路上，边上只能过去一个人。后面的兵急着逃命，拼命地往前挤。过不去，也过不来。对头碰，狭路相逢，挤。

一四五团是全师的先锋团，一连是前哨连，一班又是尖刀班。走到这儿过不去了，赵大柱上前骂道："快点让开，把路让开，老子是中央军，奉命增援你们，老子没到，你们倒穿兔子鞋，先跑回来了。"

这时过来一个东北军上尉连长，拿枪指着赵大柱说："一个中央军上士就这么横，东北丢了，你们他妈了巴子的中央军来了，早他妈了巴子的干啥去了？上这儿装大尾巴狼来了。"

前进的部队停下了，一连长从后面上来，指着东北军的上尉连长骂道："打了败仗你还有理了。把东北丢了，你们几十万东北军都是吃干饭的？"

这时一位东北军的少校过来，指着一连长鼻子骂道："你他妈的一个小上尉狂什么？老子打小鬼子的时候你们他妈的还吃奶呢，跑这儿装脾气不好了。"说话间就是一拳，要不是一连长后面跟着人，这一拳就把一连长打倒了。赵大柱见连长吃了亏，还没等那位少校再伸手，上去就是一枪托，一下把那位少校打倒了。这时东北军的士兵都摘下枪。只听双方枪栓乱响，子弹都上膛了。一听枪栓响，郑连吓得赶紧躲在大牛后面，可是大牛端着枪就冲了上去，又把郑连给露了出来。钱财和猴子也往上冲，没办法，郑连也只有跟着往前上。只有吴浩和郑福，真的像个新兵似的，站在那一动没动，枪也没端，看西洋景。

"住手！"两军正端枪争吵的时候，杜聿明从一连长背后过来了，他大声问道："谁是你们长官。车坏了还不推沟里去！"

一位东北军上校军官从车里下来，骂道："妈了巴子的，谁呀，你算是哪根葱啊，管到我这儿来了？"

"你是哪个部队的？"

"老子是第二方面军的。你是干啥的？"

"混蛋！"杜聿明上去就是一个耳光，打得那位上校眼冒金花，转身便去腰里掏枪。杜聿明后面的卫士上前拿枪顶住了那位上校，清一色的德国盖德冲锋枪。杜聿明大声说道："我是少将杜聿明，奉国民政府陆海空军张学良副总司令命令，缉拿汤玉麟，还有临阵脱逃的官兵，谁敢动一下，就地正法。"

那位上校抬头仔细看看，原来是中央军的少将，一下子就软了下来，说："我不知道是长官。冒犯了长官。"

"当了逃兵还有脸坐车。我代表张副总司令命令你们，把车推到沟里，让开大路。马上！"杜聿明大声吼着。

那位上校军官朝修车的几个兵说："别修了，把车推到沟里。过来，都他妈的别看了，快点，快点！"

上来一群东北军，喊着号子，就把车推到沟里。

杜聿明对那位上校说："发现汤玉麟，马上报告少帅。知情不报，同罪。如遇拒捕，就地正法。这是张副总司令的命令。"

那位上校立正道："是！长官。"他虽然不知道杜聿明是谁，但他认得少将军衔，知道张副总司令就是少帅。

杜聿明一挥手，"稍息。"说着边往前走，边朝前面的东北军骂道："都给老子靠边。"那些败退的东北军见少将长官在前面开路，都吓得往路边靠，让出大路。一四五团跟在杜聿明卫队后面，把一条大路占了一大半。

东方发白，一抹淡红渐变成了蓝白色的天光，黑影下的山峦渐渐地清晰起来。白雪中的松柏，载着白雪的翠绿松针，随风摇动着，像春天里湖泊漂着几块浮冰。悠闲。由于昨晚没有睡好，郑连实在是困得不行，只想找个地方睡上一会儿，哪怕十分八分钟也行，可是一个接一个地往前走，郑连也只得闭着眼睛跟着走上几步，睁开看一眼，闭上走几步。越走不动，天越冷，一冷尿就多。这时郑福碰郑连一下说："老兵，咱俩尿泡尿吧。"

郑连的嘴冻得有些不好使了，就点点头，和他往边上走了几步。郑连刚解开裤带，就听郑福喊："老兵，这有一马车弹药。"接着他大声喊："班长，赵班长。"

赵大柱听声跑了过来，问："什么弹药？"

这时郑福已拿起了一支步枪说："三八大盖，是东北军的，日军装备的就是这种枪，比中正式好用多了。"

"小点声，把咱班的全叫来，别让别的班知道。快。"赵大柱小声对郑连说。

全班都过来了。赵大柱说："一人拿一支，子弹能装多少是多少，多拿。这回咱们班可发了洋财了。"

猴子说："班长，拿这些干啥？咱也不是没有。死沉死沉的。还有一百多里的路要走呢，不等到地方都累死了。"

郑福说："老兵，那可不一样，你的中正式，打五百米子弹就自个找地方去了，这三八大盖，八百米子弹不偏。再说这刺刀，钢口好。"

猴子说："新兵蛋子，知道的还不少，等用上刺刀，啥都完了。你以为还是赵子龙大战长坂坡呢。"

大牛说："猴子，让你拿你就拿，真打上了，没了子弹就是没命了。"

猴子说："看你只知道长个，咋就不长长胆呢？咱中央军啥时候缺过弹药？"

大牛胆不大，可他最不爱听别人说他胆小。说："小心没大错，我娘说的。你胆大，刀枪不入啊？"

钱财一句话也没说，他使劲往身上装子弹、手雷。看那样子，像是发了大财似的，顾不上说啥了。

赵大柱一边往身上装子弹，一边骂道："咬，你们就咬吧。我先说下了，谁没子弹谁先上去拼刺刀。到时候可别怪我没先跟你们说，咱们先小人后君子，这可不是闹着玩的事儿，这是战场命令。我让你们瞎咬。"

吴浩没有拿步枪，而是翻动着往下找，终于，他翻出了一挺歪把子机枪。拉动了一下枪栓，是挺新机枪。

郑福看地下还有几箱子弹药，他舍不得，可又拿不动。就对赵大柱说："班长，做个爬犁吧，把这些弹药全拉上。要不这三八式的子弹没有补充啊。咱们用的都是七点六二的子弹，这三八大盖用的是六点五的，口径不一样。没了子弹，啥枪都和烧火棍一样。还有这些手榴弹，丢了太可惜了。"

赵大柱听了郑福的话，点点头。郑福说得在理。因为这三八大盖的子弹拿在手里就与中正式的不一样，细。他认真地看看郑福，想的是这个新兵蛋子咋知道的这么多，这么在行呢？可他还不到二十岁，上哪学的这么多的东西呢？看来这小子有点来头。他这么想着，嘴上喊道："照郑福说的，做爬犁。把这些弹药全拉上，一点不留。"

一班几个人还没追上连队，一排长就过来了，看七个人全在，还拉了一爬犁弹药，说："我他妈的还以为你们都当了逃兵了呢，吓我一跳。咋不报告一声？"

赵大柱说："排长，时间紧，没来得及。别的不敢说，咱一班要是有一个逃兵，你就先枪毙我。"

"枪毙你，我是怕你带头当了逃兵，那枪毙的就是我了。别说了，跟上。到地方奖你们几盒罐头。"

"谢了排长。"

说话时，天已大亮了，路上、山上都是白白的冰雪，看不出哪是庄稼地，哪是荒地。只有路边和山野间的树，在冰雪里摇晃着。一群黑老鸹，在空中叫着，飞来飞去，寻着食物。迎面的北风像刀子一样刮脸，大家都歪戴着帽子，歪着脖子躲着北风走。路上的雪踩实了，跟冰一样滑，不时有人滑倒。特别是这些南方兵，看见过雪，没经过这么冷的天，手和脸都冻肿了。

部队一点要停下来的意思也没有，一直往北走。

部队出发后，戴安澜就在后面收容部队。因为前面有旅长带领着，他大可放心。

3月7日，二十五师正在行军路上，师长关麟征收到张学良电报："敌已侵入平泉、承德，先头已达滦平；我一〇七师在青石梁、曹路口、巴什克营等地构筑工事；我一一二师在古北口加紧构筑坚固阵地，阻击敌人。"

关麟征看了电报，这只是一个情况通报，没有对第二十五师提出什么要求。可是他明白，如果前面的两个东北军师能挡住日军，张学良就不想让中央军上。那样，他在全国人民面前也好挽回一点面子。但是张学良更清楚，两个师不可能挡住日军的进攻。更何况兵败如山倒，军无斗志。他怕的就是前面的两个东北军师撤下来，那他就是孤军作战了。只有他及时赶到古北口，挡住这两个师不下来，他就有信心守住古北口长城一线阵地。想到这，他对作战参谋命令道："将电报转发杜旅长，命令部队加速前进，八日晨全部到达密云集结。"

11. 部队到了密云城，关麟征大发雷霆

3月8日上午，关麟征率领师部到达密云。师部设在一所学校里，架设电台，安排后续部队。由于山路窄，加上部队新换的冬装，到中午，跟进的七十五旅才在密云集结完毕。部队由于连续急行军，出现了一些冻伤、脚伤。为防止出现非战斗减员太多的状况，关麟征命令部队原地休息，等待命令。师、旅、团卫生队马上下到各连，进行检查，帮助治疗脚伤。

现在关麟征最急的，就是情报。至少应知道前面的日军部队的兵力装备情况。再有就是古北口一带的地图。现在部队用的地图，大多是1∶500000的地图，只能了解个大概。对作战用途不大。可是有了，总比没有强。他从进了师部，就一直在地图前面看。

这时杜聿明匆匆忙忙地来到关麟征面前说："师座，刚刚收集到一些情报。"

"讲。"关麟征是个急性子，办事说话都是直来直去。

"3月4日下午，承德失守后，张副总司令立刻命令六十七军一〇七师以一部出古北口在青石梁、曹路口、巴克什营构筑工事，掩护后续部队集结。师长张政枋正在北平医院养病，接到命令，也赶往前线。一〇七师就是'九一八'时北大营的第七旅改编的，只是改了名字罢了。全师从北大营逃

出后，一路损失严重，眼下只四千人左右，步枪两千支。人枪都是东北军中最少的，但素质好，士气旺盛。原七旅旅长王以哲，现为六十七军军长。"说到这儿，杜聿明看了一眼关师长。接着说道："原驻古北口的六二一团于四日晚出发，六二〇团随后跟进，去口外约六十里的青石梁阻击日军。五日下午进入阻击阵地。六一九团及师直属队由距古北口四十里的石匣镇赶奔古北口。另有东北军一一二师也在古北口，师长张廷枢，是张作相的次子。一一二师原是第十二旅改编，是张作相的警卫部队，装备是东北军中一流的。部队没经过大仗，满编。参谋长刘墨林，辽宁西安人。六三四团团长贺奎，辽宁人。六三五团团长白毓麟，东北讲武堂一期；六三六团团长李德明，辽宁黑山人，东北讲武堂一期步科。只是这样的部队，我有点不放心，听说师、团、营、连一级的干部都是军校毕业的富家子弟。只怕是中看不中用。"杜聿明说到这时看看关麟征，因为他知道，他和关麟征都不是富家子弟，官场中原本也没有什么背景，全靠黄埔毕业后打出来的。

关麟征说："打仗就怕这些少爷带兵，平时耀武扬威，一到战场上，谁也没他们跑得快。东北就是让他们这么丢的。"

杜聿明听出关麟征的话里含有对张学良的不满，怕他再说出别的，就转口说道："古北口长城是北齐年间开始修筑的，明初大将徐达在此修筑了关城，后来戚继光进一步增筑，明清两代都有重兵把守。直奉大战时，冯老总的第三路军在此防守。可见这里的战略位置的重要性。"

"日军情况什么样？这北平军分会都是干什么吃的？到现在敌情通报一点没有，这仗怎么打？"关麟征气得把红蓝铅笔扔到了地图上。

杜聿明说："詹忠言参谋长已派人出去了，现在也该回来了。"

正说着，詹参谋长回来了。进了屋，他喝了一口水，说："日军的情况有点眉目了。第八师团师团长西义一中将、参谋长小林角太郎大佐、十六旅团旅团长川原侃少将、十七联队联队长长濑武平大佐等日军将领率军进逼长城。总兵力两万多，全是关东军的精锐部队。另有伪军一万多，主要是后勤。一线上没有伪军。"说着，他来到地图前，指着地图说："目前，日军已占领了滦平。进军速度十分的快，2月23日发起攻击，3月4日占领承德，平均日行近百里，跟我急行军一样。可见一路上，东北军根本就没有抵抗。否则，日军不可能这么快。"

关麟征又来火了，他骂道："别说是二十多万军队，就是二十万只羊，放到山上，两万人十天半个月的他也抓不完呢！都他妈的干什么吃的，手里的枪炮还不如烧火棍。都他妈的该送军事法庭枪毙。"

在第二十五师，团长以上的军官，除了詹参谋长外，清一色的黄埔生。所以，詹参谋长说话办事处处加着小心，特别是对师长关麟征，还有这刚任命的副师长杜聿明。有些话，他都是想好了再说，从不多说一句。见关师长来火了，詹参谋长忙端来水杯，放到关麟征面前，说："师座，用不着跟他们生气。兵熊熊一个，将熊熊一窝。上海一家报纸发表了一首《哀沈阳》的诗，诗中将张副总司令认识的赵四小姐、朱五小姐、电影明星蝴蝶扯在一起，诗中写道：

赵四风流朱五狂，翩翩蝴蝶最当行。

温柔乡是英雄冢，哪管东师入沈阳。

告急军书夜半来，开场弦管不赶催。

沈阳已陷休回顾，更抱阿娇舞几回。

你说这些文人，啥事到了他们的笔下，没有的事，也能说得有鼻子有眼的。"詹参谋长说这些的目的，是因为平时师长他们就看不上张学良，这么一说，关师长的气也就顺了。

果然，听了詹参谋长广东话念的诗，南腔北调的，关麟征的气还真的消了许多。他问道："参谋长，我军的其他部队什么时候能到？"

"第二师和第八十三师都在路上。最快也得五天以后能到达密云和我们会合。"说着詹参谋长拉开一张地图指给关麟征看，"第二师在路上，能快一些，八十三师刚从江西出发，最快的也得十天以后。"

"后勤补给什么时候能到？"关麟征问参谋长。

"后勤补给最快也得三天能到。车辆征集太难了，一些车主一听说往北，都不敢来，再加上路难走。还得防着点溃败下来的部队抢。多亏了北平后援会朱庆澜会长的大力帮助，才保证了后勤运输。"参谋长答道。

"催。让他们加速前进。"关麟征命令道。

外面是冰天雪地，屋子里虽然生了火，可还是冷。关麟征在屋子里却一直地出汗。他急，这仗不好打，可是不好打也得打。别说这是委员长的命令，他也一直想打这一仗，出出火。可是眼下，北平军分会一直没有命令下来。他看了一会儿地图，朝参谋长和杜聿明说："我看先派一个团，前出石匣镇，一旦接到命令，马上可以顶上去。"

杜聿明说："行。先让一四五团上去。"

关麟征朝詹参谋长说："马上命令戴团长今夜出发，前出石匣镇，并派出侦察人员了解古北口情况。命令所有部队做出发准备。"

詹参谋长出去了，关麟征又伏在地图上。可是看了一会，他把红蓝铅笔往地图上一摔，朝身后的参谋们说："快去，到城里找一张密云地形图来。这是他妈的什么图，从承德到北平就一条路，不可能。真的成了自古华山一条路了？"

关麟征的担心是对的，他怕部队在古北口死守，而让日军断了后路。日军的战斗力他是知道的，"一·二八事变"时，日军的一个中队，就敢穿插到国军一个团的后面打阻击。其单兵作战能力至少是一比十。山地作战，打的就是单兵作战。日军虽然一路杀过来，可是弹药兵员损失不大，后勤保障大多是机械化。可以说日军现在是士气正盛。假如真的就是一条路，那倒好办了。可他怕的就是还有大路，而地图没有标出来，那就要吃大亏了。

12. 秀才用一封封家书拉近了兄弟们的感情

一四五团作为先头部队,从密云城穿过,在城西北的郊区住下了。

距离长城越来越近,一班的几个人心事重重,对于他们来说,死亡的危险离他们更近了一些,他们心中的恐惧又平添了几分,只是谁都不会说。只有吴浩显得很平静甚至还有几分兴奋和激动。

吴浩进屋了,就从爬犁上把歪把子机枪抱进了屋,像抱新媳妇入洞房似的。机枪放到炕上,炕上是芦苇编的炕席,很干净的,可他还是找来一块干布,铺在炕上,机枪放上去,开始拆卸了。几个老兵刚想围过去看,他已经拆完了。说"快"都是说慢了,那叫麻利。布上全是机枪零件。他认真地擦拭着每一个部件,有的地方,他还在衣袖上擦两下,又对着光亮看一眼。看那一招一式的,行家。

赵大柱看得有些出神了,问:"老吴,早干过这个?"

"庄户人家。一个新兵蛋子,没干过。"吴浩头都没抬一下,用着不阴不阳的语气。

这话让郑连听了都不信。一个农民,不可能对机枪有如此了解,在乡村,要说看家护院,有一支老套筒子,就是老百姓说的快枪,也就够了,顶好的,也就是他们手中的中正式步枪。除此之外,都是些老洋炮。哪来的机枪？他可以肯定，吴浩一定是个行伍出身，至少也是个排长，要不就是当过土匪，还得是个头。否则，他拿不出那个劲来，也不可能对小鬼子机枪这样的熟。再有，就是他行军的时候，小鬼子飞机来的时候，他说的是行伍话，要是没当过兵，肯定做不出来。那做派，就是个当过官的。可他一句庄户人家，把话说死了，别人也不好再问什么。再说了，大家还是真有点怕他，不敢惹他，他的脾气太暴了，就像一只东北虎。要是不知道哪句话得罪他了，让他打几下，不上算。

一个新兵老吴，擦机枪，没人敢支使。

另一个新兵，更没人敢支使了。

郑福进屋放下背包，就出去了。一会儿，买回来纸和信皮，往饭桌前一坐，铺开纸，从上衣袋里拿出钢笔，开始要给大伙写家信了。

看郑福拿出钢笔，郑连赶紧上前，可是他刚靠上去，赵大柱就过来把他推一边去了，说："有老子，还轮不到你先来。"

郑连退后两步，原来他就没想跟班长争。郑连问："郑福，笔是啥牌的？"

"派克。"

公子。不是公子也是个少爷。郑连肯定了他的猜想。庄户人家种两年地也买不来这样的一支笔呀。只是他没戴眼镜，不像先生，也不像学生，有点像少爷。

"班长，信写给谁？"

"爹妈，还有老婆儿子。"

"说点啥事？"

"没啥事，就是告诉他们，我们上长城，打小鬼子。前两天，我到了北平，看到皇宫了。太忙，没进去。"

"就这些？没有给嫂夫人的？"

"有。告诉她，早上给我爹装袋烟，算是替我尽孝了。养好儿子，大了让他念书，识字，给老子写信。"

郑福一边问，一边写。钢笔在纸上发出沙沙的声响。

几个老兵都围着看郑福写字，赵大柱回过头来，横了他们一眼。"钱财、猴子，打洗脚水去。看啥？你能学会呀？手比脚都笨。"

郑福给班长写了三页纸的信，这让班长高兴了。他从没见过信能写三页纸，那得是多少话，多大的学问呀？原来求连里文书写信，好话说了一大堆，又递烟，又倒水的，最多是稀稀拉拉的字，把一页纸写满了。剩下的这些人，就是半页纸的事。再看文书的字，虽然歪歪扭扭的，也是尽到力的样子，和秀才那龙飞凤舞的字没法比。

"班长，我给你念念？"

"不用。写这么些，啥都说明白了。郑福，你真的是个大秀才呀。记住，打仗跟着我，伤不着你。今后，就叫你秀才了。"

"那就谢谢班长了。"

赵大柱一脸的笑，朝大牛说："该你的了。有啥话，跟秀才说，啥都给你写明白了。"

大牛坐过去说："我没啥好说的，就是给爹妈报个平安。告诉我媳妇，好好带孩子。再没别的牵肠挂肚了。"

这时钱财和猴子打回来洗脚水，钱财先给赵大柱倒上，放到赵大柱坐着的炕沿下，赵大柱把脚伸进盆子里，一指郑福："给他倒上。"

钱财把倒上洗脚水的盆子往郑福桌子前一放，说："你行啊，会他妈写个字就是爹呀，还得给你打洗脚水。"

郑福笑笑说："多谢老哥了。下回我给你打水。"

猴子说："我说钱财呀，你想当爹，那时候我供你念书，你他妈的不念，赖谁。当不成爹，那你就当孙子吧。小样，也就是个孙子的命。"

钱财一举拳头说："你小子找揍。你比我也强不到哪去，也是个孙子的命。"

大牛说："别闹了，误了秀才写字。我的还没写完呢。"

钱财和猴子先前没在屋，听大牛叫秀才，看着郑福说："转眼工夫，新

78

兵蛋子成了秀才了,再过一会儿,就成了举人老爷了吧!"

赵大柱在一边喊了一嗓子:"停,今后都管郑福叫秀才。看看三大张纸的信,连里的文书也写不了这么些。今后就叫秀才。"说着把信在空中晃得哗啦啦响。

从这往后,郑福的名字就改成秀才了。

猴子听赵大柱说完,走过来,蹲在秀才跟前说:"秀才,我把鞋给你脱了,先泡上,水凉了就不好了。"

秀才忙说:"老哥,可使不得。我自己来。"

猴子忙按住秀才的脚说:"别,秀才,我不是白给你脱。一会给我写信的时候,也像班长一样,写三张纸的。"

秀才答应了,把脚泡进盆子里,又接着写信。

赵大柱、大牛、钱财、猴子的信都写完了,秀才问郑连:"老哥,该你了。咱哥俩一个姓,我就叫你哥了。"

郑连笑笑说:"兄弟,谢了,我不写了。给老吴写吧。"从一踏上北上的列车,他就对写家信有一种恐惧,仿佛是在写遗书。在说话中,他也忌讳那些不吉利的词汇,说不上哪句说了,就应验了。来当兵,不是来送什么的。一旦什么了,还当什么兵啊!信,不是这时候写的。再说了,他就一个人,写了寄给谁呀。

吴浩说:"不写了。家里没人了。"说完接着擦他的枪。

"家里没人了。"郑连声音低低地说。

没人写信了,秀才拿着笔,看着信纸,有些发呆。赵大柱过来说:"秀才,别人的都写完了,你的写没写呢?写完了一块寄出去。"

跟班长说话,秀才马上站了起来,可脚在盆子里,他站在盆子里说:"没写呢。写了也不知道寄到哪。"

"往家寄呀,还能往哪寄?"赵大柱看着秀才有些好笑,指了一下,示意他坐下说。

"家里没人了。都逃难去了,也不知道他们在什么地方。"后来大家才知道，秀才不想给他父亲写信，也不想提起他父亲。原来提起父亲是个荣耀，少将旅长。可现在提起来，是件丢人的事儿。他父亲的旅守承德，一枪没放，全旅跑散了。他也搞不清父亲现在跑到哪去了。母亲和家里人现在逃到什么地方，他也不知道。

赵大柱听了，拍拍秀才说："别急，等咱们打败了小鬼子，再找。"

吴浩把机枪装好了，压满子弹，关上保险。把机枪横在炕里脚下。然后拿出水壶，喝了一口，又把水壶盖上了。大家都知道，他喝的是酒。

秀才既然不给家里写信，那他就该收了信纸，可是他还守着信纸发愣。

吴浩过来，小声地问："小老弟，看你是有事儿。"

秀才小声说："吴大哥，跟我出去一趟啊。"说着擦了脚，穿上鞋。

吴浩一直把秀才当了小老弟，这不仅仅是因为两人一块参加的中央军，更主要的是吴浩喜欢他有文化。虽然是个学生，也肯定是个官家或是有钱人家的孩子，可他一点也没有公子少爷的坏毛病。他的有礼貌是骨子里的，不是装的。

两人来到了外面。

隔一层窗户纸，郑连靠着窗户，听俩人在外面说话。

吴浩问："小老弟，有啥事要大哥办的？"

"我有个同学叫王玉，跟咱们一块参加中央军的，她分到了咱们团卫生队，我想找找她。"秀才小声说。

"就是跟你一起的女学生？我见过你们俩在一起报的名。是个好闺女，不过这个时候请假，班长肯定不敢批。要是部队开拔了，把你落下，别把你当成逃兵了。这叫临阵脱逃，没二话，死罪。"

"那咋办呢？大哥，想想法。你肯定有法子，大哥。"秀才拉着吴浩晃动着。虽然他穿着军装，可这个动作真的像个小孩子一样。吴浩喜欢他的也有这一点，天真。

吴浩说："别晃了，有法也让你晃丢了。我看这样，一会儿你就说肚子疼，咱们不就到团卫生队了吗？"

"大哥就是大哥。"秀才说着就要往回走。

吴浩说:"别急,现在就得装,要不,一会儿让人看出来了。"

郑连听到这儿,他出去了。外面的俩人见郑连出来了,不说了。郑连走过去,小声说:"老吴,我都听到了,要是信得过我,一会儿我帮你们。"

吴浩看看郑连,又看看秀才,说:"行。郑连是个实诚人,没花花心眼。"

郑连说:"那我先进屋。"

郑连和秀才的铺位挨着,上了炕,他把被子打开了,做出准备睡觉的样子。

秀才捂着肚子回来了。吴浩在后面说:"肚子疼,不算病,一泡稀屎没拉净,没事,一会儿就好了。不行赌两把,看小牌还是支骰子?大长的夜,又没个娘们,不玩干啥去。"

郑连对秀才说:"刚才就听你说肚子痛,现在还没好哇。不行上团卫生队吧,这要是部队开拔,可就误了事了。"

秀才说:"不用。"说着上了炕。可是刚躺下,就捂着肚子喊疼,身子缩成了一团。

赵大柱说:"快上团卫生队。"

吴浩背起秀才就往外跑。郑连跟在后面说:"往东,不远就是。"

到了团卫生队,吴浩把秀才放到病床上,朝郑连说:"你在这儿等,我去找。"

不到一袋烟的工夫,吴浩找来一位女护士。那护士一看秀才,一下子就跑过来,"福儿,你咋的了?"

秀才笑笑说:"想你了,玉儿。"

玉儿穿着军装,胳膊上有红十字袖标,头发都在军帽里,耳朵脸全都露了出来。形容不出有多美,只觉得和年画上的人似的。高鼻梁,小嘴,粉白粉白的脸,眼睛一眨就像一汪水似的,会说话,美。只是玉儿看都没看别人一眼,就拉住了秀才的手。

郑连只顾上看美人了，吴浩拉了他一把，他马上明白了，跟着他出了屋。

等了二十几分钟的工夫，大约快吹熄灯号了，吴浩正准备进去召呼秀才回去，突然一阵紧急集合号划破夜空。

突然集合号响了，部队紧急集合。出发。

3月8日晚10时，一四五团刚出发不久，关麟征接到张学良的电报："据报，日军今晨向我古北口外围阵地开始攻击，刻正对战中，着第二十五师迅速向古北口前进，与在古北口之王以哲军长极力联系。"

关师长是个急性子，又加之军情紧急，立即通知杜聿明随他先行，赶到古北口。部队一个小时后出发。

3月9日上午8时多，关麟征和杜聿明带着先头部队刚到过石匣镇，就让一辆军用吉普车给拦住了。一位少将高参带着一位中校参谋下了车。

那位中校跑到关麟征的车前，报告说："哪一位是关麟征师长，北平军分会少将高参传达北平军分会命令。"

关麟征下了车，朝那位中校还个礼说："我是关麟征。"

少将高参过来说："关师长辛苦了。我现在传达南京军政部长何应钦的命令：部队停止前进，就地待命。"

关麟征一听就火了，对高参说："日军已经和古北口守军接上火了，如果日军占领了古北口及其以南的南天门防线，这不仅影响在长城抗日的友军，而且危及平津。这个责任谁来负？我这是奉北平军分会张副总司令的命令，军长也有命令，服从北平军分会，何部长不知道吗？既然何部长有令，请把何部长的命令给我。"

少将高参说："我只是奉何部长命令，口头传达。"

"来人！把这两人给我绑了。"关麟征一声令下，跑过来几个卫兵把这两人扭住了胳膊。

少将高参说："关师长，你这是干什么？"

"干什么？我看你们是日伪特务。何部长一张纸都没有吗？写几个字的工夫都没有吗？有电报不用，让你们跑这么远传个口头命令？跑这来装神弄鬼来了。拉出去毙了。"关麟征一挥手，几个卫兵推着就往路边走。

杜聿明忙喊住卫兵："等等。"他上前说："既是何部长的命令，我们坚决执行。可是我们的先头部队已赶往古北口，部队在行进中，没法联系。我和关师长必须赶到古北口。要不高参同我一同去古北口，到了那里，我们再电告何部长，请示命令如何？"

少将高参说："我就不用去了。我要赶回北平向何部长复命。执不执行，你们看着办。"

杜聿明说："要是那样，谁也救不了你了。"

少将高参说："我身上有证件。"

关麟征说："什么他妈的证件，那不都是人造的。"

"我现在可以和何部长通话，证明我。"

"老子没那工夫。"说着朝卫兵说，"把他交给密云警察局，严加审问。"

少将高参一边走一边大声喊道："关麟征，你要想想后果。"

"把他嘴堵上。"关麟征大声喊道。

几个卫兵把两个人押走了，关麟征来到吉普车前，拍了一下说："这么好的车，给他们坐，瞎了。上车。"说着他先上了吉普车。

这时几架日本轰炸机飞了过来，开始在石匣镇进行轰炸。

关麟征看着轰炸机飞走了，对杜聿明说："为避免敌机轰炸，部队休息到晚上8点，继续赶往古北口。所有部队暂由张耀明旅长指挥。我们俩坐汽车先赶往古北口，和六十七军王以哲军长联系，以便决定作战部署。"

从密云往古北口虽是清朝时的官道，可是近百年都没有过维修，路上坑洼不平，汽车走起来，比马车也快不了多少。加上前面不断有运送伤员的车马通过，日军飞机也来轰炸，师长关麟征的车到达古北口已是晚上了。

13. 三支部队，谁也命令不了谁

3月9日晚，古北口村里，从青石梁上退下来的一〇七师正在往后方运送伤员，村子里乱成了一片。

这是一座典型的四合院，前面是一排的倒座房，进了门洞就是院，大门对着北屋。关麟征和杜聿明刚到了大门，就听到里面王以哲正在和一一二师师长张廷枢大声争吵。门两边站着几十个全副武装的士兵。一位少校挡住了他俩说："我是军部副官，二位长官是……"

杜聿明对副官说："请通知王军长，奉张副总司令命令，国民革命军第二十五师少将师长关麟征到。"说着指了一下关麟征。

副官听了，马上跑步进去通报。

王以哲一听中央军第二十五师上来，非常高兴，说："快请。"同时拉着一脸怒气的张廷枢往外去相迎。

关麟征和杜聿明见有人出来相迎，便朝里面走来，王以哲迎上前说："关师长真是兵贵神速。有你们中央军，守住古北口就没问题了。"这既是他的真心话，也是故意给中央军戴上高帽子，让中央军推脱不了。都说我们东北军不行，这回看你们中央军如何，东北丢了才想起来派兵。

关麟征笑了笑，他知道王军长是话里有话，是让他们来守古北口，说：

"没有你们六十七军的阻击，我们也赶不到古北口。我们是奉委员长军令，来增援东北军，又是奉张副总司令的命令，协助你们守古北口。"关麟征特意把协助两字说得重些，意思也十分明确，我们是来配合你们的，古北口还是由东北军来守。说着他介绍说："这位是第二十五师副师长兼七十三旅旅长杜聿明将军。"

王以哲边和杜聿明握手，边说："久仰大名。黄埔一期的高才，委员长的高足，真的是久仰了。"

杜聿明说："还请王军长提携。"

王以哲说着侧过身子介绍说："这位是一一二师师长张廷枢中将，张辅帅的公子。"

关麟征和杜聿明都是少将，而眼前的王以哲和张廷枢都是中将，高了一级。所以王以哲在介绍的时候，特意加上了中将军衔。这不仅仅是显示，还有告知。

张廷枢只是朝关、杜二人点了一下头。对中央军，他没有好感，也没把关、杜二位少将放在眼里。一副公子哥的派头显露在脸上，回身朝屋里走去。

进屋坐下后，王以哲说："我部一〇七师在青石梁、长山峪一带阻击了三天两夜，六二一团、六一九团打得很苦，两个团就剩一千多人了。目前全部撤回了古北口。我部虽然编制上有三师一旅，可守在古北口的只步兵一〇七师，炮兵一个团。其他部队远水不解近渴。现在防守古北口的是一一二师，他们正在一线阵地与日军激战，请你们协助一一二师共同防守古北口。"

张廷枢听王以哲的意思，还是想让他留下和中央军防守古北口，他认为王以哲的一〇七师在外围和日军一个不满员的联队作战，刚打了三天就想跑了。现在日军增援部队已经上来，自己一个师要面对日军一个师团。军事实力差得太远，但他不怕，他是真的想和日军决一死战的，可是，他不想背上丢失古北口的罪名，他要留下王以哲和他的部队，让王以哲来承担责任。想到这儿，他说："王军长，你的一个师和日军的一个大队打了两天，就跑回来了。而要我顶住日军的一师团，这可能吗？不行。要守，咱们一起守。你的部队撤，我的部队也撤。"

王以哲军长见张廷枢想不战而逃，便拿出军长的身份怒斥说："张师长，你这是违抗军令，临阵脱逃。"

但是张廷枢根本不买王以哲的账，他说："我只听命于少帅和蒋委员长，除非有少帅或者蒋委员长的手令，你说了不算。少帅命令你接手古北口防务，你却要走，让我在这儿顶着？我决不会留下来拿我全师的性命为自己立功德碑，更不会拿弟兄们的生命去给别人当枪使。你的部队能跑，我的部队就不能撤？不信你就看着，到时候咱们上南京说理去。"说着拿起军帽，弹了几下，做出要走的样子。

王以哲气得脸色铁青，说："副总司令让我全权主持古北口防务，我是这里的最高指挥官，你这是在抗命，如不执行，军法处置。"

屋门外王以哲的卫队闻听军长要军法处置，立即持枪拥进指挥部。黑黑的枪口指向了张廷枢。

张廷枢根本没把王以哲放在眼里，虽然这是在王以哲的司令部里。很快他的警卫员就冲了进来。清一色的德国冲锋枪，对着王以哲和他的卫队。因为来的时候，张廷枢就做好了这方面的准备。而他的警卫连是东北军里装备最好的部队，这也是原来要装备给他父亲张作相的，因战事紧急，他先装备起了自己的卫队。

双方子弹都上了膛，互相的眼睛里都冒着火。而王以哲和张廷枢都在运气，谁先说一声，屋里的枪声就会响起来。这时要是有一个人的枪走火，那就是一场火并。

此时关麟征和杜聿明看这样闹也不是办法，关麟征知道，这时候说王以哲没用，只有先说动张廷枢。他几步从后面来到双方的中间，对着张廷枢说："张将军，现在日军第八师团主力南下进攻古北口，我二十五师主力还没有到位，你一一二师如果放弃了北古口，就再也找不到这样的阻击阵地了。日军三四天内就打到北平了。如果北平丢了，我们几个连着少帅都要上军事法庭。张将军要好好想想！"

张廷枢找到了台阶，对王以哲说："我一一二师现在人员装备不整，我要求和二十五师换防。一一二师驻守古北口二线阵地，二十五师上来顶在一线。由王军长统一指挥我们三个师。否则，我带部队撤回北平。"

王以哲听了张廷枢的话又大怒，他说："二十五师刚刚赶到前线，主力部队还没到达。我的一〇七师两个团打得不到千人，你一一二师是东北军的精锐，齐装满员，和日军一枪没放，你凭什么撤退？你现在要撤就是临阵脱逃，你就提着脑袋撤吧。"

张廷枢立即反唇相讥，他说："如果你王军长肯留在古北口前线主持大局，咱们按照兵力各守一段，我一一二师就不撤。就是打到剩下一兵一卒，也绝不撤出阵地。你看这样公平吗？"

王以哲气得说不出话来。他原想让中央军帮一把，不行的时候让中央军顶上去。可这个张家二少爷不领情，还当着中央军的面和自己顶牛，让中央军看东北军内部不和的笑话。但他又无可奈何这张家二少爷。

关麟征进了古北口就没听到枪炮声，王军长说前面正在激战，显然不实，只为了留住二十五师。而张廷枢是想让他们接替一线阵地，也好随时撤到后面去。还有就是王以哲想撤，带部队离开，这是万万不行的。想到这儿，他说："我的意见是一一二师张师长还是在一线阵地，别说我军尚没有全部到达，就是到了，这个时候换防，不是给了日军可乘之机了嘛！刚才王军长还说一一二师正在和日军对垒，待我师主力赶到，马上在南城构筑二线阵地。如一一二师阵地被突破，我师一个反击，就能把日军打回去，收复阵地。同时由王军长统一指挥古北口各部队，我们都会服从你的命令的。"

张廷枢不是不想守古北口，也不是怕日本人，而是想让王以哲的部队留下来，共同防守古北口，那样才有守住古北口的把握。因为日军来的是精锐师团，两万多人。而他和二十五师加起来，还不到两万人。他说："我的意见，王军长指挥，咱们三个师按兵力，各守一段。一〇七打残了，但不是不能打，让他们先选阵地，我最后选。"

关麟征对张廷枢的想法不了解，他感觉张廷枢在耍无赖，很是瞧他不起，但是大敌当前，又不能翻了脸。他对张廷枢说："张将军，古北口一线阵地非常重要，它的地理位置比二线要高，是整个古北口的制高点，只要占领了一线阵地就可以轻松地俯射整个古北口地区。说白了，谁控制一线阵地，谁就胜了九成。一一二师只要固守一线阵地几天，一旦支持不住二十五师立即从二线上来换防，另外，我第二师、第八十三师都在往古北口集结。但是现在换防不可取，因为日军已经直逼关下，随时可能进攻。此时如果仓促换防，就是犯了兵家大忌，非常容易被日军乘势打击，全线崩溃。"关麟征反复强调的是日军逼近，不是换防的时候。这是常识。

张廷枢听了这位黄埔系著名智将的分析以后，自觉无言，只能勉强表示同意。可是他还是坚持，王以哲必须在古北口指挥。这是他认定的死理。

而此时王以哲是想尽快离开古北口，而要离开，就必须由中央军接防一线阵地。一一二师在二线，否则，这个张廷枢不可能让他走。他改变了想法，转过来对关麟征说："要不还是请关师长接替一线阵地为好。我已接到上面的命令，撤回北平，这里还是由关师长指挥，直接听命于北平军分会。南京的何部长也在北平，这样对大家都好。"

关麟征坚决地说："不行。我已和张将军说明白道理了，还是由张将军守一线，我坚决服从张将军的指挥。再说我的部队还没有到达，正从密云往这行进。"

这时一〇七师师长张政枋进来了。病中的张师长一身疲惫，面色苍白，脚下虽有些不稳，但军人气质依旧，眉宇间一股英气。

王以哲知道这样争下去也没个结果，就说："大家见个面，认识认识，一〇七师中将师长张政枋。下面咱们共同研究一个古北口防守办法。"

王以哲见关麟征不肯接防古北口一线阵地，也没有什么好办法。因为虽然说二十五师归他指挥，可是他知道，中央军他指挥不了。在古北口，他的军除打残了的一〇七师，另外两个师都不在身边。他把话锋一转，说："还是让张廷枢师长介绍一下古北口的防守情况。"

张廷枢来到军用地图前,指着地图说:"目前我师在长城一线阵地右翼六三四团以将军楼为核心的蟠龙山进行防守,正面扼守关口的是六三五团,左翼六三六团防守卧虎山一线,目前全师七千部队有六千在一线阵地。"

王以哲看看张政枋说:"政枋你也说说。"

张政枋咳喘了一阵后说:"我们一〇七师,目前不足三千人。六二一团、六一九团基本打残了。保持基本编制的,只有六二〇团,也不到一千五百人了。但我们师坚决服从命令,军长让我们打,我们就打。"说着又虚弱地喘了一阵子,接着说:"日军的战斗力很强,特别是炮火和坦克、装甲车。目前我们没有反坦克炮,只能牺牲战士抱炸药包去拼命。我想,要想守住古北口,应请副总司令马上调重炮支援。在青石梁,我师大多是伤亡在日军的炮火之下的。"说着张师长在桌子上重重地打了一拳。

王以哲看看关师长,说:"请关师长给我们说说你们的情况。"

关麟征说:"我们第二十五师此次奉蒋委员长命令北上,共有四个步兵团,全师九千多人。因时间紧急,重武器尚没到达。到达北平后,我们按北平军分会张副总司令的命令,增援古北口,协助六十七军王军长防守住古北口,一切听王军长指挥。"关麟征说的听王以哲的命令,一半是真,就是同六十七军一起守古北口;另一半意思,是二十五师只是协助守古北口,而不是单独去守古北口。

"既然如此,下面我说一说,大家看看如何?"跟这几位师长说话,王以哲虽然是军长,可他也不敢以长官自居。除一〇七师外,都不是他的部队。"在我们这些部队中,只有关师长的第二十五师是乙种师,我想把古北口的指挥权交给关师长全权指挥。所以,请关师长让部队接替一线的一一二师进行防守。一一二师和我的部队可以用炮火进行支援。"

关麟征没有让王以哲把话说完,就抢过话题说:"王军长的说法不妥。我们二十五师是增援六十七军的,这个指挥必须由王军长担任。一一二师既然占领了一线阵地,一枪没放,就让我们接防,这没道理。是一一二师不能打？还是伤亡过重？还是我们二十五师比一一二师强？是我会指挥还是张将军不会打仗？说不通，我不同意。还有就是我刚才说的，我的部队还没到达。"

张廷枢说："我们是奉第二方面军的命令增援的，守古北口只是临时的任务，为了接应一〇七师。现在一〇七师回来了，我们自然也该撤了。可是大敌当前，我还是以大局为重，只要王军长能带领我们守古北口，我一一二师打剩最后一个人，也要打下去。"

关麟征说："我们现在是执行军事委员会的命令，至少也是北平军分会张副总司令的命令来增援的。如果让我主持古北口防务，请拿出命令来。如果有，请拿来让大家看看，我们马上接手古北口防务。没有军委会的命令，我们就只能是协助防守。"

王以哲想立刻交出指挥权后撤。因为他算计，古北口是守不住的。他不想在他手里丢失古北口。还有就是，中央军他指挥不了，一一二师他也指挥不了，而自己的一〇七师，根本不能再打了。再打下去，这个师的番号就会被军委会取消。他决不能在自己的手里把东北军一个师的番号打没了，那样，至少是对不起少帅对他的栽培。要达到此目的，古北口的指挥权必须由关麟征接任。

关麟征有些急了，说："不行。这没道理，让我一个师长指挥军长，坚决不行，必须由王军长亲自指挥。"

张政枋说："关师长，能者多劳，就请你帮一下我们东北军吧。一〇七师虽然打残了，可是只要关师长一句话，我们留下来陪着关师长，打光了拉倒，我张政枋决不会后退一步。"

关麟征说："张师长，两码事。这个指挥权，必须由王军长亲自担任。"关麟征两次说出了亲自，意思是任何人也代替不了王军长。

王以哲说："那么我请关师长立刻接防一线阵地。"

关麟征说："不行。我们的部队还没到，接了防线就等于把防线交给了日军。我的部队一到，马上在南城构筑二线阵地。"

王以哲也知道,打这样的防御战没重武器,不行。就问:"关师长,你们的重武器什么时候能到?"

重武器什么时候能到,关麟征也没把握,可是又不能不说出个时间表,就模棱两可地说:"徐军长正在往这里运,最快也得五天后。"这就是说,五天之内,他是不会接手一线防务的。

杜聿明一直在边上听,尽管他有很多想法,但因为有关师长在,他不便说什么。他看出来,王军长是想马上脱身,而张廷枢就是想拉着王军长一起守古北口。张政枋是主战,可是部队打残了,根本就没能力守住古北口,还有他的身体,虚弱得就快倒下了,还在硬挺着。在这样的情况下,还不如二十五师接防一线长城好一点。至少在士气上可以保证,如果东北军守不住,兵败如山倒,势必会影响中央军的士气。而长城一线如被日军攻破,想夺回来,可能性极小。但这个想法与关师长正好相反,不能说。杜聿明只能坐在那里听,分析着每个人的心里想法。可就这样的争来争去,没头。而前面的战况还一无所知,他坐在那干着急。

王以哲见说服不了关师长,就对杜聿明说:"杜将军的意见说出来听听?"

杜聿明看了一眼关麟征说:"卑职完全服从关师长的意见。眼下只有王军长主持大局,三个师共同防御,等待援军。我们的二师、八十三师正在日夜兼程往这里赶。徐军长带领军部也在这几天赶到。有王军长在这儿主持,我想六十七军的另外几个师也会马上赶到的,别说守住古北口,一个反击,收复滦平县城也不是没有可能。"

会议就这样争来争去。争到快天亮了,王以哲让准备夜宵。大家开始吃夜宵。

饭后,几位军师长的争论还在继续,谁都不肯让步。

这时从古北城北的长城一线上,传来一声清脆的炮声。接着一一二师的一位参谋跑了进来,对张廷枢报告说:"报告师长,日军先头部队到达关外,看样子要开始朝水关发起进攻了。"

屋子里的将军们都停止了争论。

张廷枢问道:"日军有多少部队进攻?有没有重炮?"

"报告师长,日军进攻的部队有一个中队,配有迫击炮。看样子没有重炮。可能是先头部队的试探性进攻,火力侦察。"

"命令部队,守住,不要出击,将北门给我垒死了。命令工兵营马上准备把潮河的冰炸开,防止日军从河面进攻。"说着一挥手,让参谋马上去传达。

王以哲抓住这个机会,说:"现在我命令:一一二师防守一线阵地。二十五师防守二线阵地。一〇七师马上撤到昌平进行休整,补充弹药、兵源,随时增援古北口。军部设在密云。此令同时上报少帅。立即执行。散会。"

三个师长对这个命令没说什么,一是没时间说了;二是说了也没用,这个时候是不可能换防的。而重要的是,没有谁是古北口两支部队的指挥。看来是王军长在密云指挥了。

张廷枢回到师部,命令各团坚守长城一线,师部设在距古北口几里地的南天门。下完命令,他率师部朝南天门出发。可是到了南天门,他没有停下来,而是直接到了石匣镇才停下来。他觉得有了南天门这个保险,石匣镇可以安全些。师部就设在石匣镇。

张政枋率领一〇七师的残部,经过石匣镇,退到了昌平县城休整去了。

二十五师的两旅四个团经过急行军,天亮前全部到达了古北口。詹参谋长已选好了师部的位置,两个旅也选好了旅部位置,就等着命令进行布防了。

此时天已放亮了。

3月10日6时,关麟征回到师部。

二十五师师部设在南山下北山根的一座庙里。庙,背南,后面是南山;朝北,大门正守着古北口城的北口,是个可进可退的地方。庙,是关帝庙,因庙里的关帝像较小,当地人便称之为小老爷庙。在小老爷庙的对面道北,是药王庙、财神庙。

关麟征回到师部,庙里的道长把关麟征迎进了大殿里。

道长姓王,名明恺,号乐如,六十四岁。王道长也是古北口几座道观中全真教的总道长,有亲传徒弟二三十人。他正让徒弟们帮助收拾屋子。

关麟征对王道长一抱拳说:"打扰了,打扰了。"

王道长说:"无量天尊,长官太客气了。教主说,吾所以有大患者,为吾有身。长官为国,贫道何患为身呢?"

关麟征一抱拳说:"雀占凤巢,还得谢谢王道长高义。"

王道长一抱拳说:"无量天尊。贫道何以担起一个谢字。前辈丘真人,为了和平,去天山,进大漠。贫道所做实不足挂齿。当年冯大帅冯玉祥总司令就在小庙设的司令部,又从这里回的北京,一个大清朝,就在冯大帅的一来一往中给灭了。看来是英雄所见略同啊,长官有冯大帅的风度,也一定有冯大帅的作为,不让日本人过了咱这古北口,拒虎狼于关门之处。"

关麟征说:"道长高看我们了。我们怎敢和冯老总相比呢。守长城,不过是看家护院的小事儿,还想请教道长指点一二。"

"长官请讲,贫道知无不言,言无不尽。"

"道长说这长城哪里最为要紧啊?"

"贫道不懂军事,只是按史上守关者所诫,守潮河大关最为要紧。潮河关水上长城被水冲破多少年了,现在河上冰封,冰下水有一丈之余,可炸开冰面,以冰水阻之,可胜过天兵。加之左有卧虎,右有蟠龙山之头大关瓮城,守住当不成大事。如此,最为要紧的,当属将军楼了。那是蟠龙山上的最高点。谁得了他,谁就占了上风。居高临下,势如破竹,正是如此。另外,从齐有长城始,多有从东门破古北口者,东有龙王峪、金山岭、司马台,皆可抄古北口之后路,将军不能不戒呀。"

这时杜聿明从外面进来,见师长正和道长说战事,就没有急于报告,站在边上听道长讲。

关麟征问:"东面有大路吗?"

"没有。只有几条小路。可长城往东的龙王峪、金山岭、司马台,哪一处破了,都可以从小路绕到古北口东门。到了东门,就是断了古北口的后路了。那古北口就是一座死城,不攻自破了。三国时邓艾破蜀,就是用的这个法子——攻其后路。"道长的话说得很慢,可是字字洪亮,底气十足。

"多谢道长指点。"

"贫道也是一家之言。长官雄才大略,还是少受贫道误导才好。如长官没有事,贫道告辞了。"

"多谢了!道长走好。"

关麟征和杜聿明送走了王道长,开始对着地图研究长城防守的细节。看了一会地图,关麟征命令道:"立刻命令七十三旅一四五团赶到龙王峪长城,一四六两个营担任将军楼南面齐长城防守,留一个营作为旅预备队。七十五旅一四九团在古北口南山东西两侧修筑。一五〇团两个营在河西镇后面,防止东北军撤下来。留一个营作为师预备队,在古北口南的娘娘庙一带,随时准备增援。"

杜聿明对师长这样使用兵力感到有些不妥,龙王峪阵地有一个营就够了,顶多两个营。这样可以节余出一个营的部队作为机动力量。另外,对古北口来说,除了地图上那点了解,一无所知。而他最担心的还不是这些,他怕的是东北军如果突然放弃一线阵地,那样如果没有部队马上补上去,仅凭一个师想收复阵地几乎是不可能的。但这些话他都没说,因为在没有看完阵地前,他心里也没有底。

"师座,一会儿各团长来了,我带他们到阵地上看看。按你的命令,先把部队摆上去。我还是想能不能争取点炮火支援,至少再给军长发个电报,看看能不能通过上面做一下张少帅的工作,哪怕给一个重炮连也好哇!"杜聿明看着师长的脸色说。

"行不行吃服药看看吧。马上给军长去电。"关麟征说。

这时一位参谋进来报告:"报告,七十五旅张旅长带两个团长到了,七十三旅梁团长到了，戴团长一早就上南山观察阵地了，现正在山上。"

"知道了。"关麟征一摆手，参谋下去了。

杜聿明说："师座，那我带他们去阵地了。"

"去吧。"

14. 看阵地，戴安澜绘制古北口草图

戴安澜带一四五团到达古北口，命令部队原地休息后，便带着参谋长、作战参谋，还有被他从少校降为上尉的步炮连连长也登上了古北口南山的烽火台。

天刚放亮，但长城和烽火台都显露得清清楚楚。

古北口南山，在古北口村西，这是一条东西走向的山，山不高，和镇内相对高度不过几十来米，但对着北面大关一面，全是悬崖峭壁。站在南山上，往西，是三个烽火台，再往前，就是悬壁，下面就是潮河了。往东北看，远处的制高点，是蟠龙山长城的将军楼。东西的长城都在将军楼的脚下，但将军楼的北面山峰也伸向了将军楼，相对高度几乎相等。这便使得将军楼成了必争之地，也是北面日军的必攻之地了。

戴安澜看了一会儿，对作战参谋说："看明白了吗？"

"看明白了。"作战参谋答道。

"冯连长，你现和陈参谋绘制地图。他画，你测距。"戴安澜边说边把望远镜递给了冯连长，说："西边那是卧虎山长城，海拔665.2米，是这一带的最高峰。东面蟠龙山最高点是370米，就叫三七〇高地。高地对面的烽火台肯定是将军楼了。剩下的，就看你这个炮兵连连长的眼力了。"

"你就看好吧团座。咱这眼睛,要是差上三五米,你把我降为少尉。"冯连长说着把望远镜还给戴安澜,伸出大拇指,开始测距了。

"少尉?想得美。我让你到步兵连当二等兵就不错了。"戴安澜一边说着,一边举起望远镜朝远处望去。

陈参谋说:"团座,蟠龙山将军楼东面看不见。那里太洼了,是整个长城防线的最低点。"

"在这画完了,你和冯连长过去,把地图画完整了。咱们到现在手里也没有一张古北口的地图,这怎么得了。一定赶在战斗打响前绘制出来。"

"是。"陈参谋边答应着边继续画着。一张地形图已看出个大概了。

大战在即,戴安澜的心情更加沉重了。过不了多久,他就要率领这一团的新兵与日军精锐军队兵戎相见。

这时杜聿明带着七十五旅旅长张耀明、一四九团团长王润波、一五〇团团长张汉初、一四六团团长梁恺,还有师部的几位处长上了南山。

杜聿明看戴安澜正在用望远镜往远看,走过来说:"海鸥,一早就上来了?怎么样?"

"报告副师座,我正在绘制古北口地图。"戴安澜报告说。

"好,我看看。"杜聿明说着来到陈参谋绘制的地图前,看了一眼,就一拍手说,"好。快点画,画好了,马上复制出来,送到师部,然后下发到作战部队。"

杜聿明在东北角上看了一会儿,对戴安澜说:"海鸥,看到那个烽火台了吧,那就是将军楼。你们团在从那往东的第一个烽火台至龙王峪长城布防。特别是将军楼,东北军顶不住的时候,支援他们,必要的时候马上接防。那是长城一线的支点,没了这个点,就没有可守的地儿了。"

戴安澜答道:"是。"

杜聿明说完,接着看地形。在几条峡谷汇集的地方,有一座山,孤立在那,是东面的制高点。山上是一座烽火台,与周边没有长城相连。显然是古人用来联络的烽火台,杜聿明边在望远镜里看那山势边说:"安澜,看到前面那个烽火台了吗？命令你团派上一个班，配上几挺机枪，守住那个烽火台，安上电话，作为师部和你团的观察哨，随时报告前面的战况。守住那个烽火台，必要时，可救全团的命。"

"是。现在怕的是金山岭长城和司马台长城一线，日军要是从那里绕过来，一个班能行吗？"戴安澜说。

"金山岭、司马台那面是宋哲元的二十九军一个营配合东北军一个团在守，虽然他们的装备差一些，可北平军分会最近给补充了一些。另外，这是冯老总的部队，能打。那面的长城比古北口险，又没有大路，日军重武器上不来。我想守住三五天不成问题。"杜聿明说。

"东北军不是有二十多万吗？都哪去了？"戴团长有些不理解地问。

"汤大虎一跑，谁还有心抗日。少帅用的都是些什么人呢？要是张大帅活着，还能镇住他这些土匪哥们儿，可少帅就难了。就说——二师的张师长吧，张作相的公子，和少帅是哥们，少帅能当上东北王，全靠张作相，这个人情往那一摆，少帅能把这个张师长怎么样？要不张师长能不把王军长放在眼里。靠这样的军队，东北能不丢才怪了呢！"杜聿明边朝远处望边说。

看完了东面的阵地，杜聿明对一四六团团长梁恺命令道："梁团长，你们一四六团是从将军楼南面的齐长城一线布防，到古北口镇东山，利用老长城，加紧构筑工事。"

梁恺马上回答："是。"

大家开始看西边。西面的卧虎山，长城从潮河一直爬上山顶。杜聿明看完了卧虎山，朝张耀明旅长说："张旅长，我看这个卧虎山日军是不会强攻的。可越是这样的阵地，一旦失守，夺回来就难了。大意失荆州。"

对杜聿明，张耀明还是尊重的。因为杜聿明从没在他面前摆过副师长的架子。他说："副师座，我看我们在河西村的南面布一个营，在南山上布个观察哨。发现东北军有撤的迹象，我们马上顶上去。卧虎山阵地要是丢了，那潮关也就丢了。"张旅长说完看着杜聿明的反应。

"还是按师长说的，让一五〇团张团长布上两个营吧。以连为单位，尽力往前靠。同时也得看看东北军。他们要是真想打，战斗力还是很强的。我们是配合，他们要真想跑，就放他们走，我们就马上占领阵地。一定告诉下面，不能设永久火力点，日军的炮火十分准，跟日军在长城上打游击。让他们的炮火用不上。尽量减少伤亡。"杜聿明的想法十分明确，不能硬让东北军打，更不能逼他们打。要是引起两军冲突，那等于是自掘坟墓，找死。

张旅长也明白这个道理。可是他真的不想让东北军撤走，因为他手里没有重武器，守在长城上只能挨打。而东北军在炮火上，可以和日军抗衡，至少可以用炮火支援潮关，让日军对卧虎山有所顾忌。

杜聿明和张旅长说完西山，接下来，他说："按照师座的命令，王团长的一四九团就放在南山，构成大关的二线阵地。从这山上看，人多了没用，日军飞机来了，只能干等着挨炸。山上放一个营在一线就足够了，余下的两个营作为预备队。布置完成后，报给师座就行了。"

"是。"张旅长十分认真地回答。

3月10日晨，二十五师一四五团最先到了古北口镇，戴团长命令部队原地休息。

可是这冰天雪地的，坐没法坐，站没法站，只能找背风的地方靠着。好在太阳要出来了，虽然阳光还没照过来，可是有了阳光总比黑夜要好过一些。

赵大柱的一班刚在河东村一条两面是居民的路边休息，从北面就过来一批伤兵部队。说是伤兵部队，是伤兵比没受伤的多。看到有部队在路边上休息，一个拄着木棍子的伤兵问："你们是中央军？"

赵大柱说："我们是中央军第二十五师。你们是哪个部队的？"

"我们是东北军一〇七师六二一团的，在青石梁、曹路口打了三天，全团就剩下我们这些，不到一半了。哪位弟兄有烟？来一根。"

"我这儿有。"吴浩说着上前给了伤兵一根烟，把剩下的半包给他装兜里了。"老兄，你是咋受的伤？"吴浩看那个伤兵是伤在腿上，就问。

伤兵狠狠地吸了口烟，一口就吸了小半支，说："炮。小鬼子的炮兵太厉害了。大部分弟兄都是在炮上受的伤。这山上全是石头，挖不了战壕，散兵坑也挖不了。这亏就吃在这炮上了。哥们，你们中央军没发钢盔呀，那更麻烦了。听口音，东北的。得了，老乡，我这顶钢盔给你了。"说着那个伤兵把钢盔摘下来，给了吴浩。"我得往前走了，这古北口就看你们的了。哥们，小心点炮。凭打，咱哥们不服他们小鬼子，可这炮，不服不行啊！"说完，伤兵又吸了口烟，一瘸一拐地往南走去。

几百人的伤兵队伍过完了，一班七个人在西边一户居民的山墙下站着休息，脸朝东看。西北风刮来，这里多少背点风。越过东面居民的房顶，看到东面山上的长城还有残破的烽火台，构成一道高低不平的天际线，太阳正从天际线那升起，长城和烽火台上生出一道虚影，像长城和烽火台都长高了似的。

大家在路边上休息，大牛顺着路往北走了几步，站住了，他看到路东边的一条胡同，胡同里面是一家高大的院墙，他回过身来喊："秀才，秀才你过来，看看，这肯定是个大户人家，进去找点吃的。"

赵大柱也听到大牛喊了，他说："你是饿死鬼托生的，一天到晚总饿。这两天全是红烧肉，你都吃哪去了？毛病。"

猴子说："班长，我也饿了。"

秀才说："班长，那我过去看看？"

赵大柱说："那你们去看看吧。毛病。"

这条东西的胡同不长，二三十米远，进了胡同走到头，是个丁字路口，往南走上几步，又是一条往东的胡同，有三四米宽，几个人刚走进胡同口，就看见对面胡同尽头的白色粉墙上写着"气壮山河"四个黑色大字。走进去，是青砖青瓦的小门楼，坐北朝南，上面有块牌匾，刻着四个金黄色的大字"杨令公祠"。两边白色粉墙壁上也写着字，右边是"威镇"，左边是"边关"，合起来是"威镇边关"。

大牛问："秀才，写的啥？"

秀才说:"杨令公祠。"

大牛说:"我的妈呀,原来杨老令公领着七郎八虎就是守在古北口这儿啊!"

秀才说:"杨令公哪是守这儿,他是把守山西雁门关那儿,离这远了去了。"

猴子说:"那咋在这儿建了祠堂了呢?要建也得建在山西才对呀?再不就是建在开封也对呀。天波杨府不是在那吗?"

郑连说:"猴子,知道的还不少呢,也成了秀才了。"

猴子:"听说书的讲的,《杨家将演义》谁没听过呀!"

大牛小跑着回去找赵大柱,小声喊道:"班长,快过来,秀才说这里是杨令公祠堂,杨家将啊!"

赵大柱一听,也跟着跑了过来。看看庙门,赵大柱对秀才说:"秀才,讲讲,真是杨令公祠堂,七郎八虎那个杨家将那个杨老令公吗?"

这时秀才指着杨令公祠的牌匾说:"这杨令公,名叫杨业,又叫杨继业。杨令公,是他老了之后人们给他的尊称。山西人,他和辽国契丹人打仗的事儿,就不用我说了,杨家将的故事,全国人民都知道。我说的是他在打仗的时候,受了重伤,让辽国契丹人给俘虏了。这辽国人也敬重他,就劝他投降。可是杨令公死活不降,并拒绝疗伤,绝食三日而死。他的故乡百姓为纪念他,早在辽代就在他的家乡建有'杨家祠堂',而契丹人也敬重英雄品格和爱国精神,就在当时他们的领地古北口这儿建了杨令公庙纪念他,供人祭拜他,教育他们的子民忠于国家,忠于皇上。我跟你们说,这英雄,不是自己说的,也不是自己一伙人封的,只有他的敌人封的,那才是真的大英雄。自己封的,那叫吹,敌人封的,那叫敬。"

大家都在静静地听着,秀才是有两下子,这话说得,让人听了服气。英雄不是自己封的,只有敌人封的,那才是真英雄。可眼下要是让小鬼子说我是英雄,那可能吗?看来这事儿,除了杨老令公,没谁能做得了。

赵大柱说:"那咱们还不进去拜拜杨老英雄,也沾点英雄气。别说死后有人给修庙了，就是立块碑，也算有名了。"说着上前推门。门从里面插上了，他拍了几下门环，里面有人答应着把对开门拉开一扇，大家一看，是个道士。

秀才小声说："是全真派道士。"

赵大柱说："师父，我是国民革命军第二十五师的，来守古北口。我们想进去拜拜杨老令公，能行个方便吗？"赵大柱是这么说的，肩膀顶在了门上，脚已往里面迈了，枪也从肩膀上拿下来，提在了手里。

道士有十六七岁，侧过身子让出道，说："长官不要叫我师父，小道月清，请各位长官里面请吧。"说着把另一扇门也拉开了。

七个人进了大门，院子不大，青砖铺地，对着大门的，是三间大殿，左右各有三间厢房。月清在前面，他推开大殿的正门，赵大柱先进去的，大家跟在后面。大殿正北，是杨令公坐北朝南的塑像，金盔金甲，三缕银色长髯，丹凤眼、卧蚕眉，威风。在塑像上方挂着一块牌匾，上面写着"忠勇传世"四个鎏金大字。伺候在杨令公左右两员武将，年轻、帅气、精神，不用说，准是他儿子。

赵大柱、猴子像佛家那样双手合十地拜。

郑连和钱财、大牛三个人是跪在地上磕头。

秀才是按着道家的右手握住左手大拇指，抱拳去拜。

吴浩则是江湖礼，抱了一个五湖四海拳去拜。

站在一边的月清，也不管他们咋拜，就站在那看着他们，也不说什么。

赵大柱问月清："月清师父，这庙有多少年了？"

月清说："大约有八九百年了。"

秀才说："应该是北宁元祐年间。公元一零八几年到九几年间修的。"

月清在一边说："这位南军长官真是好学问，好记性。我只知道有八九百年了，是辽代，可是什么年号，真的是不知道。"

猴子说："他是我们的秀才。"

月清说："失敬失敬。"

在这些人面前，秀才也不客气，接着说："我刚才说的是宋朝的年号，按辽代应是大安元年至寿昌元年之间。初建时，是由一火神庙改成'杨继业祠'的。后来宋、辽和好，都来拜祭杨令公。北宋时的大文学家苏辙出使辽国，路过古北口，拜谒杨令公庙时称杨无敌庙，还写了一首诗。我上初中的时候，爷爷让我背过，现在不知能不能背全了。"

大家都说："秀才，背一个我们听听。"

月清也说："还请长官赐教，也长长见识。"

秀才咳了两下，站在台阶上，大声地背诵了起来：

行祠寂寞寄关门，野草犹如碧血痕。
一败可怜非战罪，大刚嗟独畏人言。
驰驱车为中原用，尝享能令异域尊。
我欲比君固子隐，诔彤聊足慰忠魂。

最先叫好的，是月清。他一连喊了三个好！好！好！

大家一起跟着哄了一声好。

秀才见大家都爱看古迹，对班长说："班长，这古北口的古迹多了去了。要不咱们走走，我领你们看看？"

"秀才，你知道不知道你是干啥的了？命令是原地休息，一会儿命令下来找不到咱们了，给你个临阵脱逃，枪毙你都不知道是咋死的。"赵大柱说着伸了一下懒腰，"快回去，原地待命。"

郑连看出来了，这要是别人，还不知道班长能说出个啥。少说也是"毛病"，可他只对秀才说了这些，没事了。可这话还是让吴浩不高兴了。

吴浩过来说："不看就不看呗，瓜子里出个臭虫，多大个事呀！还枪毙！都是生死兄弟，用不着来这一套。谁是三岁小孩子，吓大的！"说着拉起秀才，"走。找个地儿，睡觉去。爷们还不伺候了呢！"

赵大柱脸上挂不住了，急了。在班里，没人敢和他这么说话，没想到一个新兵蛋子敢和他这样。虽然他知道吴浩不好惹,可是当着大伙的面,还是等于打了他的脸。他大喊一声:"吴浩!你他妈的给老子站住!毛病。"

吴浩回过身来,看班长的样子,火气一下子上来了,往回走了一步,说:"谁毛病?谁毛病?咋的!跟老子来这一套。你以为老子是吓大的。三刀六洞,老子见过。真刀真枪的,老子都没怕过,还怕你个小上士班长?少在爷们面前装大尾巴狼。"说着,他把机枪往地上一放,把棉帽子往脚下一扔,就朝班长奔了过去。

秀才一把没拉住吴浩,郑连拉着大牛上前合起来才把吴浩给拦住了。大牛说:"吴大哥,都是自家兄弟,有话好好说。"

赵大柱大声喊着:"别拦着他,让他过来。我倒要看看你是只东北虎还是只病猫?想跟老子来这个。"班长嘴上说着,可是脚却不往前动一点,只有手在挥舞着。钱财在前面挡着班长,但没像郑连和大牛这样死拉硬拽的。

猴子朝赵大柱说:"班长,可别,两虎相争,必有一伤。这事要是让上面知道了,谁也落不下好。再说了,要打,也得等把这小鬼子打完了,咱们再打呀。到时候,咱们搭个擂台,比出个高低来。"

钱旺看着吴浩说:"吴大哥,你也是的,打人不打脸。他是咱们班长,你咋的也得给他留点面子。这就是你的不对了。大哥,服个软吧。"

郑连抱着吴浩,吴浩还想甩开郑连跟班长干。郑连知道,这时候还是不说的好,俩人都不是他能惹得起的。他死死地抱着吴浩不松开,可是他感到了吴浩的力量之大,要不是秀才和大牛一人拉着他一只胳膊,郑连是拉不住这头东北虎的。

这时排长在路边那儿喊:"一排集合。一班?一班的人呢?"

15. 一班登上帽儿山，烽火台设下观察哨

戴安澜带着参谋长一行人下了南山，在路上，他问参谋长："杜副师长让在帽儿山设个观察哨，你去安排一下。还有，带上几挺机枪。"

"就帽儿山上，我看就一个烽火台，去人多了也没用。我听说一营一连有一个班在来的时候，捡了不少东北军扔下的弹药，还有一挺机枪。就让他们带着那些东西去得了。听说这个班除了班长是老兵，全是新兵，没啥战斗力，但放个哨没啥问题。"参谋长说。

戴安澜点头应允。

"东北军有的旅全配备的日式武器，还有全是德式装备。张副总司令是真有钱哪，部队的装备一点不比日本人差。听说那些调归东北军的杂牌部队都收到东北军的一些装备。多的能装备一个团，少的装备一个警卫连。老张家的家底是真厚啊，东北都丢了，可一点看不出穷，出手照样大方。"参谋长说。

"东北军给谁也不会给中央军。别想着那些好事儿了。别忘了，千万跟观察哨那几个人说明白了，观察啥报啥。最重要的是，没有我和杜副师长亲自命令，不准撤退。"戴安澜起初并没有在意帽儿山观察哨能有多大的作用，可是越往前走，他越觉得这个帽儿山观察哨的重要了。在古北口镇的东

北，蟠龙山南面这一片地方，都是一个个独立的小山，视线不清，沟壑纵横，如没有一个好的观察哨，真的有小股敌人溜进来，不易察觉。

"我这就去落实观察哨。"参谋长说。

"行。你去把部队也一起带过来，我先走一步，看看龙王峪那的地形。"戴安澜边说边往前走。

参谋长带着通信兵朝一营走去。

吴浩正要和赵大柱打一架的时候，排长喊集合。大家都松了一口气。

排长背着手看班长带着全班来了，脸色一下子和缓了下来，没问大家干啥去了，说："一班长，人都齐了？"

"报告排长，齐了。"赵大柱上前报告。

"带上你们捡来的那些日式装备，我还从连里给你们要来些手榴弹。跟我来。"

部队正在集合，一排长带着一班来到团参谋长面前。在团参谋长的背后，是营长和连长。

"你就是一班长赵大柱？听说你们发了点洋财。"团参谋长拍拍赵大柱说。

"报告长官，是。"赵大柱立正报告。

"现在我命令你们，到帽儿山设立观察哨。发现敌情马上向师部和团部报告。发现我们部队有调动情况，也马上报告。没有杜副师长和戴团长的命令，不许撤退。违令者，军法处置。听明白了吗？"

"听明白了！"赵大柱回答。

"全体回答！"团参谋长大声喊道。

"听明白了！"七个人一起喊道。

团参谋长指着两个背着电话线的通信兵："这就跟他们走吧。"

"是！"赵大柱给团参谋长敬了礼，带着六个人，跟着两个通信兵往南面古北口走。

赵大柱他们早晨走进古北口的时候，天还没太亮，没注意到两边的建筑。回来的路上，他们从杨令公祠往南直走，一路上坡，走到南山脚下，是个丁字路口，一条东西的路横在前面：右边是财神庙，三间泥瓦房，一个不超过二十步的小院子，左边，是一组以药王庙为主的庙宇群，包括关帝庙、药王庙、菩萨阁，都建在一个高台上，俗称"两步三座庙"。

在药王庙前，东西路的北面，连着路，有一座高三米，宽四米左右的琉璃影壁。影壁正中装饰着一幅二龙戏珠的图案，珠是蜘蛛。影壁下半部分是大海图案，上有游鱼、海马等动物。那图像雕刻细致，形态美观，惟妙惟肖。

秀才用手点着影壁，只说了两个字："神了。"可是接下他不说了。

因为有刚才吴浩和班长的事儿，大家都没了心情，谁也不好意思让秀才给讲了。秀才也没多讲，说完"神了"，就再也没话了。大家都觉得心里别扭，那看景的心情也没了。没了心情，也就没了景色。

影壁对面，是小老爷庙。殿大，像小，庙却由此而有了名气。特别是庙门的对联，把关公生前身后的荣耀全写出来了：

汉封侯宋封王清封大帝
儒称公释称神道称天尊

现在，这里是第二十五师的师部。两个通信兵和赵大柱进师部接电话线去了。六个人都站在影壁下面等着，谁也不说话，都沉着个脸，郑连想，马上就要打仗了，兄弟们心里别扭，咋说也不是个好事儿，抓住这个机会，他说："秀才，讲讲这块影壁。"

吴浩说："秀才讲讲，我去一下就来。"说着跑回了镇里。

秀才看看郑连，笑了。郑连不知他是啥意思，秀才转过脸，指着影壁讲道："据传说蜘蛛的肚子里藏有无价之宝，自古以来古北口人就用这个蜘蛛的肚子来观测天气。每逢天旱无雨的时候，只要蜘蛛的肚子上挂满水珠，天就要下雨了；如果是阴雨连绵的日子，看到蜘蛛的肚子是干的，就要晴天

107

了。屡试屡中，灵验无比。尤其是雨天，龙的一双眼睛活灵活现，呼之欲出，群众称其眼为宝眼。说起这个影壁的由来，还有这样一段传奇故事。这咱就不说了，但琉璃影壁靠大道，是古北口的一大奇景。"

赵大柱还没出来，几个人就追着秀才接着讲那个传奇故事。

突然，秀才甩开大家，朝西边跑去。大家不知道发生了什么，都跟着往西面看。原来是团卫生队从西面来了，队伍里有玉儿。秀才跑过去，玉儿摆了摆手，脚下没停，跟着队伍急匆匆从大家面前过去，出了古北口关门，往东去了。

秀才尴尬地站在那，看着卫生队走远了，蔫头蔫脑地回来了。吴浩不在，班里只有郑连知道是咋回事。别人都不明白是咋回事儿。

钱财问："秀才，你去干啥去了？"

秀才没回答。

猴子也过来问："咋回事儿？往那面跑啥？"

秀才看看郑连，说："看差人了。"

这时吴浩跑了回来。他从大伙身边一过，大伙就闻出了一股酒味。

赵大柱和通信兵从师部里出来了，他脖子上挂了一部电话机的方盒子，朝大家一挥手："走。"

过了二郎庙，沿着大道，往东走了二里多路，就是帽儿山脚下了。

从山下看，帽儿山上的烽火台连着蓝天白云，黑黑的箭窗，看不清里面是什么样。山坡上，远看，不是很陡，可是走近了，才看明白，只有北面的坡缓一些，可那要绕个大圈子，其他三面都是陡坡。别说扛着弹药，就是空手，上去也很难。由于山坡长满了荆棘，所以连砍柴的小路也没有。看一会儿，个个的脖子都酸了。爬犁拉到这儿，就再也拉不上去了，只能背着东西往上爬。可是前几天的那场大雪使山路更难爬了。好在不用急，通信兵要架线、埋线，大家可以缓缓劲儿。

赵大柱背的东西多，也爬不动了，他坐在山坡上喘着粗气说："大家先把弹药放下，少带点，先上去。让通信兵先把电话安上，然后再下来取弹药。这是他妈什么山，没看出高来，咋这么难爬？"

钱财说："班长，你们上去，我在这儿看着弹药。"

赵大柱说："别他妈的跟老子耍滑头，就你那点小心眼，跟老子玩这个，当老子是看不出呀，还他妈的关公面前耍大刀呢！给我往上爬。毛病。"赵大柱自从早上跟吴浩的那事，就一直心不顺，这大家都看得出来，也就格外的小心着。

大家是从南坡上去的，接近山顶烽火台的时候，一块大石壁挡在了前面。石壁有二十几米高，笔直笔直的，光滑得像是刨过的一样，搭脚的地方都没有。猴子围着石壁转了一周，才在东北角上找到一条可以爬上去的石缝。

猴子先爬上去的。跟在猴子身后的是吴浩，他扛着机枪，身上还捆了两箱子弹，挂着二十几颗手榴弹，还有十几枚手雷。再后面的是大牛、班长、郑连、钱财，最后一个是秀才。那两个通信兵在后面，他们一边走，一边把电话线埋好。

山崖上面是平的，五六米高的烽火台就建在大石头上。这是南北朝时期北齐修的烽火台，外面是用大块的条石筑成的，灰黄色的条石长满青苔，和山体溶成了一个颜色。这儿不像明长城上的烽火台只在顺着长城的方向有门洞，这个烽火台上四面全有门洞，门洞很窄，只能容一个人进出。

在里面的东南角上，有通往二层的一个口。原来是有木梯子的，可是年久了，那梯子早就烂掉了。安装梯子的石眼还在。

猴子说："老吴，你帮我一把，我上去看看。"

吴浩过来了，猴子踩着吴浩的肩膀，爬了上去。上了二层，猴子喊道："班长，上面看得更远，哪都能看见。"

赵大柱正在和通信兵安装电话，听上面喊，他说："看见什么了？看到小日本了？瞎他妈的喊，咋咋呼呼的。毛病。"

"长城。北面的长城全看见了。那儿有个最高的楼，上面还有人呢。东南西北全在脚下，真眼亮。"猴子在上面喊着。

电话装在了烽火台下层，接通了，通信兵试了一下，说："赵班长，装好了。你只要摇动这个把柄，那面就通了。那面来电话，这个电话铃就会响，拿起来就能通话了。你再试一下。"

赵大柱摇了一下，拿起话筒说："喂？喂？啊，我是帽儿山观察哨，一班长赵大柱。你是师部吗？啊，啊，马上报告。你等一下。"说着他朝二层的猴子喊道："都看到哪儿了？快说！"

猴子说："北面的长城，西面的长城，东面的山沟，南面的山，都看得清清楚楚。"

赵大柱对着电话说："北面的长城，东面的山沟，西面的长城，都能看清楚。啊，是，有情况马上报告。"

秀才过来说："班长，我看把电话放到上面吧。看到了就报告，省事。"

通信兵说："我把线多留了点，拿到上边够用。你们可记住了，这两根线是接师部的。我这还有两根线，是接团部的。给师部打完电话，换上团部的，再给团部打。两边一起打，就乱了。"

赵大柱看看那两个通信兵说："记住了。"又回过头对秀才说："记住了吗？拿上去吧。"

秀才说："报告班长，记住了。"说着把电话递给上面的猴子。"班长，咱们修个梯子吧，要不上下太麻烦。这一天还不定跑多少个来回呢。"

"用啥修？"赵大柱说。

秀才说："看有没有木头？"

"我有法儿，刚才上来前我看了，有几棵树，砍下来就能绑个梯子。"吴浩说。这是从早上他和赵大柱要打架以来，第一次和赵大柱说话。

赵大柱也借梯子下台阶，说："行。那让大牛他们去砍吧，砍回来你绑。"

吴浩说："班长，那我上台顶看看。"

赵大柱说："老吴，等梯子绑好了再上吧。"

110

吴浩说:"不用。"说着往后退了三步,一纵身,一脚蹬在墙壁上,身子已从出口钻了出去。

就这一下子,不但让郑连看傻眼了,班里的弟兄都傻眼了。这是真功夫,武功高手也不过如此,飞檐走壁呀。更吃惊的是赵大柱,和这样的人动手打架,别说是他一个人,就是班里人都上,也不一定占到便宜。

"把机枪递给我。"吴浩在上面喊。

郑连忙把机枪抱过来,递上去。机枪可比他的步枪重多了,一个手举着,还真有点费劲。举上机枪,吴浩把他也拉了上去。上面没盖,周边是齐胸高的箭垛,灰黄色的大条石垒的。结实。

吴浩上了烽火台,端着机枪四下里转了一周,把机枪架在了东面的一个垛口上。他决定先在东面修个机枪阵地。他刚搬动了几块石头,赵大柱就在下面喊上了:"都下去,把弹药运上来。"吴浩本不想去,他要先修好阵地。可是想想,还是放下手中的石头,跟着下去运弹药了。

赵大柱没想到吴浩也能跟着下山取弹药。吴浩真要是不动,他也没办法。看来吴浩不是个小肚鸡肠的人,这也是真的给足他面子了。

弹药取上来,大家又都累了一身的汗。吴浩还要上去接着修他的机枪工事。

赵大柱说:"都歇一会儿吧。"

从第一眼见着吴浩,郑连就看出他不是个新兵。可是什么来头,他也说不明白,只是感觉。他想班长自然也看出来了,就冲他敢和班长打架,敢伸手,也不是个新兵蛋子,至少玩过枪炮。听说东北胡子多,张大帅就是从胡子起家的,东北军里有不少就是靠这个起家的。说不定他就是胡子大当家的。

刚坐下,赵大柱说:"老吴,老新兵蛋子,我咋看你都不是新兵。看你这样,少说也是十年以上的兵龄。给弟兄们说说,来咱们中央军之前,干啥了?"赵大柱说吴浩是老新兵蛋子,是个玩笑话,因为赵大柱说话时带着笑,多少有点恭维的意思。他说话的这种口气、神态,跟班里其他人是从来

111

没有过的。

　　吴浩想了想说："老子今天跟你实说了吧，咱们上的这个山，是块绝地。真要是小鬼子围上来，他们上不来，咱们也下不去。就冲这，我告诉你们实话。老子是东北军的，部队打散了。为了打小鬼子，老子就参加了你们中央军，从大头兵当起。东北军叫新兵是大头兵，中央军叫新兵蛋子，一样。老子明白，这没啥。可我告诉你们，老子十七岁当兵，副班长、班长、副排长、排长、副连长，连长老子都当了五年了。别说机枪，部队上的这些家伙事儿，就没有老子不会的。"说着他从衣兜里掏出上尉领章，一杠三花。翻过来给大伙看，那上面写的是吴浩两个字。说完，他把机枪拿过来，盘腿坐在地上，把帽子往后一转，挡住了眼睛，三下五除二就把机枪拆开了。拆下的部件都放在腿上，接着，又把枪装上。一拉枪栓，子弹上膛了。关上保险，他把帽子转过来，看着班长，又看看大伙。那眼神，谁都明白，老子不是装的，牛。

　　几个人都看花了眼，都从心里生出了佩服。赵大柱也还是第一次看到能把枪玩到这个程度的，特别是机枪，他碰都没碰过。

　　赵大柱说："老吴，老哥，真有你的。你是真人不露相啊！"他原想叫老新兵蛋子，可话在嘴边，他改了过来，"好样的，老哥。咱们班就靠你这机枪了。可我就不明白了，刚来的时候，你咋不说呢？"

　　"说啥？说我是逃兵？还是说我是连长？你们中央军征兵的时候有言在先，告示上都写了，不要东北军的人。别忘了，眼下这还是少帅的地盘。我知道，眼下你们中央军还得罪不起少帅，不管咋说，那也是几十万人马的少帅。就是蒋委员长也得敬三分。"说完这些，吴浩长出了一口气。这些天的新兵蛋子压得他喘不过气。

　　"那老哥的部队呢？"班长问。

　　"别提了。上面让我们旅在凌源一线防御，冰天雪地的，我们修了好几天的工事。工事还没修好，小鬼子就打上来了。当兵的有啥说的，打吧！没打上一会儿，上面又下令了，撤！军人就是服从，咱也跟着撤吧。可是撤下来后，听说是团长降了日本人了，要改编我们。老子一听就火了，半夜里串联了一些不想当亡国奴的哥们，跑。可是往哪跑，小鬼子正想打承德呢。就直接往北平跑。一路上都是撤下来的东北军，乱套了，谁也不管谁，哥们几个也跑散了。跑到通县，听说中央军从南面下来打鬼子了，老子的这口气没出，就参加了中央军。只要是打鬼子，管他什么军呢！中央军要是不要咱，咱就去当西北军。冯老总的部队，打鬼子也不二五眼，枪炮不济，就用大刀片子。老子来了，第一回听新兵蛋子，老子就想削你一顿。可是刚来，老子忍了。别鬼子没打上，先把兄弟削了，让人笑话，说咱东北军打小鬼子不行，只会窝里斗。"说着他从身上拿下水壶，喝了一口酒。

吴浩亮了底牌，大家真的不知道叫他啥了。郑连在心里骂这些人，狗眼看人低，他早就看出吴浩不一般。多亏没叫过他新兵蛋子，打起仗来，还真得靠吴浩拉一把。班里有个吴浩这样的，至少不能吃大亏。

赵大柱说："老哥，过去事儿，别记在心里，都是自家兄弟。我知道你壶里是酒，给兄弟们来一口。"

吴浩见把话说开了，赵大柱心里也没疙瘩了，说："班长，那我先绑梯子去了。干完了，咱们也赌上几把，看看手气。"说着站了起来，几个人也赶紧跟着过去帮一把手。

做完梯子，架上去，正好。大家都争着往二层上。吴浩正要上，让秀才拉住了，说："老哥，我是该叫你连长，还是叫你大哥呢？"

"落配的凤凰不如鸡，还啥连长啊，叫大哥。"

"大哥。"

"你小子不愧是秀才，真聪明。以后打仗跟着我，吃不了亏。"吴浩真的是喜欢他这个东北小老乡。

赵大柱在边上说，今后咱们都叫老吴大哥，都这么叫。

从这往后，大哥就是吴浩的新名了。

赵大柱站在台上，开始从西北的卧虎山，北面的大关、蟠龙山、将军楼、龙王峪看到东面的潮河支流的干沟。

大牛说:"班长,咱们这儿真险啊,小鬼子是别想上来。"

赵大柱说:"没听大哥说吗,那咱也别想下去。"

大哥说:"班长,让咱们在这儿守多长时间?"

赵大柱说:"参谋长没交代,看样子,时间短不了。少说得个十天八天的。"

大哥说:"班长,那咱们得准备吃喝拉撒睡呀,这么长时间,咱得准备过日子呀!"

赵大柱说:"饭,一会连炊事班给送上来。"

大哥说:"那咱们也得整点水和烧的,要不这儿到了半夜,还不得把鸡巴都冻硬了,不用小鬼子打,全他妈得冻死个鸡巴的了。"

赵大柱看看大哥说:"大哥,真是姜是老的辣。论当兵,你比我长,可这班长还是我当,但从今个起,这事儿全归你管了,我当家,你说了算。你看领谁去,就领谁去,你说咋办就咋办。多准备点。不过我告诉你,听说北平后援会还给咱们捐了皮大衣,不知道能不能分给咱们几件。"他又看看大伙说:"怎么样,班里生活上的事儿,就由大哥全权管理了。有没有不服的?"

四个老兵都被大哥刚才那手拆机枪给搞服了。再说了,人家原来就是连长啊,只不过眼下是虎落平阳,按理,班长都得听他的。

大哥对猴子和钱财说:"你们俩跟我下山。"

秀才一听下山,他也想跟着去。他去干啥,只有郑连和大哥知道,他是想去团卫生队看他的同学玉儿。可大哥去的是镇子里,团卫生队在龙王峪,两个方向。大哥没让他去。大哥喜欢这个学生兵,大家也是如此,受罪的活,都不想让秀才去。

正说着话,排长领着一个兵上来了。

排长上山的时候,谁也没看见。没人注意南坡,那是后院。待排长到了东面大石缝的时候,大家听到声音,感觉有人上来了,正巧,大哥领人要下去。

排长上来指了一下赵大柱，喘着粗气说不上来话。但从脸色上看，排长是不高兴了。原本就瘦小的排长，弯腰喘粗气，人显得更加瘦小了。大家都站在那等排长喘完这口气，看他对班长说啥。可是排长显然也急，又抬起右手，指着赵大柱问："为啥——为啥没——没——没放警戒——哨？"

赵大柱："报告排长，上面放一个，下面放一个。"

"提高警惕性，旅长让在这儿放上一班人，一是观察哨，二是关键的时候，守住这儿就能救全团的命。咱们全团的退路，就指望你们了。日夜都加双哨，一点都不能大意了。特别是这东北，防的就是小鬼子抄咱的后路。周边的地形都看了吗？"

排长没再追究放岗哨的事儿，赵大柱说放了，那就是放了。因为，接下来的事更重要。

"报告排长，看了。"

"知道哪是哪吗？"

"报告排长，叫不出名来。"

"这不怪你们，走，上去看看。"

赵大柱在前面领着，说："排长，从这儿上，这是我们刚绑的梯子。"

上了烽火台，排长让跟着他的那个兵拿出一张手绘的地图来，他指着西面开始说："你们班的位置，正是咱们团撤退的必经之路。要是日军占领你们阵地，咱们全团就没了退路，全给关在沟里面了。二道防线，是从古北口镇南山到将军楼这一条齐长城，是我们旅一四六团防守。都听明白了？"

赵大柱说："听明白了。可是排长，这地图能不能给我们留下。"

"留给你们。还想要点啥？说。"

"望远镜。"赵大柱指了一下排长拿的望远镜。

"给你。还有啥？"

"报告排长，没有了。"赵大柱刚说没了，大哥拉了他一下。赵大柱马上明白了，可是他想不出要啥。

大哥一个立正，敬个礼说："报告排长，要是有迫击炮、掷弹筒啥的，

115

可以给我们点。我们没有远程的武器，日军从东边路口过来，我们不到眼前打不了。要是有门炮，我们可以火力支援前面。"

排长看看赵大柱，又看看大哥，说："新兵？可我看你比我这个当排长的知道的还多。炮，别说是我，就是连长、营长也没有炮，团里就那几门迫击炮。想要炮，东北军有，关东军有，上他们那借去。咱们军的重武器这几天就运过来，别急，大炮会有的。你叫啥名了，听你口音，东北人吧？"

"报告排长，吴浩，东北奉天人。"

"好好干，打好了，咱们打过长城，收复了东北，你就可以回老家看看了。"

赵大柱举起手喊道："听排长的，打过长城，收复东北。"

大家都举起手跟着赵大柱喊："打过长城，收复东北。"

排长看看大家说："守住阵地，没有长官手令，不许后退。这是死命令，否则，按军法临阵脱逃论处。"

赵大柱说："坚决执行命令。"

"那我走了。有事直接打电话给师部、团部。你们现在就归师部、团部直接指挥了。一步登天了啊！"排长边说边外走。

排长走了一会儿，大哥领着两个人也下山了。

七个人走了三个，赵大柱说："大牛、郑连在上面观察。秀才，跟我下来，收拾一下，看看晚上咋住。大哥说了，咱们得在这上面过日子。"

从班长的口气中，郑连感到大哥在班里的位置了。别说是他们四个，就是班长也不能不拿大哥当回事了。郑连觉得只要有吴浩这样的老兵在身边，就多了一分生还的希望。但是只有吴浩心里清楚，这里便是绝地，绝处逢生的希望很渺茫，说不定这里便是他们的坟墓。

16. 大战在即，三军官长城部署

戴安澜带着先头部队到了龙王峪长城，他一爬上长城，就让陈参谋马上绘地图。接着他开始认真地朝长城内外的山川看着。

在长城的西面，将军楼上，那是蟠龙山长城的制高点，往东是一路的下坡。东北军的部队在上面站岗，还设置了机枪阵地。他现在的位置是龙王峪的中部，也是长城的最低点。再往东，是一路上坡的金山岭长城和司马台长城。在他的对面，有几个山头，已高出了他脚下的长城。在对面的山头与长城之间，是V字形的山沟。

戴安澜问冯连长："你的炮兵阵地放在哪最好？"

冯连长说："没有。这里就没有一个适合。"说着，他指了一下长城南的几个山头说："这几个山太低，根本看不到长城外面。"他又往远指了一下，"那几个山头不低，可是太远，咱都是小炮，够不着。我看，只有大炮上刺刀，在长城上设阵地了，直接打。只是那样伤亡要大，和日军进行炮战，我怕咱们炮太小了。"

戴安澜没有再说什么，他接着看。龙王峪长城这一段有一千多米，上面有十几个烽火台。他想先放上一个连在上面，否则日军的炮火杀伤力太大，还有日军的飞机。放上去多了，只能是挺着挨炸。从长城外的地形上看，日军进攻的重点肯定是脚下这个最低点。好在东西两面的长城上都修有挡马墙,正可以做单兵掩体,看来古人也想到了这一点。看一会儿,他回头对冯连长说:"想没想好炮兵阵地设在哪?"

"只有设在南面这个山后了。我们在长城上设个观察哨,直接指挥。"冯连长说。

"就这么办。炮弹可给我省着点,一两天之内怕是没有补充。"

"是。团座。"

这时参谋长带着几个营长上来了。

戴安澜对一营长说:"你们营守长城一线阵地。除了上面放一个连之外,一定要把部队放到炮火死角处,随时增援。"接着他对二营长和三营长说:"二营为第一梯队,随时增援一营,在这几个山头上设重机枪阵地,火力支援一线。三营作为团预备队,撤到那面山后的林子里隐蔽,将所有火炮交由冯连长统一指挥,进入炮阵地。"

"是。"几个营长同时回答。

戴安澜对身边的二营长说:"假如日军占领了前面的长城,你怎么办?"

二营长说:"组织反击,夺回长城。"

"怎么反?"

"冲上去。"

戴安澜叹了一口气说:"就你这样的,军校咋能毕业呢?打仗得动脑子,不是不怕死就能打败敌人。"

二营长看着戴安澜问:"团座,你给说说,咋打?上来我就看了,我也没法儿。前面那个坡一点隐蔽物也没有,坡又那么陡。"

戴安澜说:"你现在就在这几个小包上修掩体,要深。利用这几个山包,先守住阵地。我调来两门迫击炮给你,一定要在关键的时候用。只要守住就有办法,等咱们的重炮到了,我用重炮掩护你,再去夺回高地。命令战士,千万不可出击。那只能白白地增加伤亡。"

"团座,你这一说,我明白了。"二营长说。

戴安澜说:"我们现在和日军,就如站在沟沿上的两个人,谁要想打对方,都得先跳进沟里。长城前面是沟,后面也是沟。我们的任务,就是守住这沟沿。都听明白了吗?"

"听明白了!"大家一起回答。

"马上执行吧。"

戴安澜刚布置完,杜聿明带着旅部的参谋上来了。

杜聿明是在南山看完地形,来把情况向师长报告。

关麟征听完杜聿明的报告,对杜聿明说道:"这东北军要是不打败仗都怪了,全是些土匪部队。两家守古北口,可他们的布防对咱们还防一手,电话也不让接通,布防情况也不通报,我让人去联系,他们把咱们的人给挡住了,面都不见。这就是张少帅的东北军。"

这时参谋长詹忠言回来了,他派出的侦察员刚刚侦察到一一二师的布防情况。

关麟征问杜聿明:"光亭,你看日军的重点在什么位置?"

杜聿明说:"看师长的部署,日军的进攻重点当在龙王峪方向。"

关麟征说:"你看这古北口,一线长城居高临下,易守难攻,又有两道防线。即使日军攻破了第一道防线,也很难攻破第二道防线。日军虽然进攻能力强,可他们更知道避实就虚,而长城一线最虚的就是龙王峪。日军攻破了这里,就可以抄我们的后路。我想日军肯定会把进攻重点放到这里。"

杜聿明说:"我刚才看了地形,将军楼是全线的支点。将军楼失守,我们将全线崩溃。我们是不是现在就将部队靠上去,一旦那里顶不住,我们就上去。我看日军进攻重点应是三七〇高地和将军楼。龙王峪那没有大路,日军重炮上不去,日军进攻重点放在那里的可能性很小。"

"不对。日军的重点肯定会是龙王峪,那里是长城的最低点,正好发挥日军炮火。"关麟征口气十分的坚决。因为他怕的是东北军退下,只有让他们和日军短兵相接,搅到一起,他们才不会退,也退不下来。他还相信,东北军的拼命精神,是任何对手都抵挡不了的。一定要把他们逼到拼命的程度。可是这些话，他不能说给杜聿明，如果说了，杜聿明一定想到其他的地方去。

杜聿明虽然不赞同关麟征的意见，可是眼下他也拿不出更好的办法和理由来，因为一切都是判断，推理。用兵多少都有赌的成分在里面。所以，他也只能默认关麟征的意见。既然如此，他想还是马上到一四五团防守的龙王峪那看看。

杜聿明是带着想法来到的龙王峪，按照关麟征想法，他认为日军的进攻重点可能是这里，因为他知道，日军常常运用这种迂回战法。而中国军队最怕的也正是如此，因此，才把一个团的兵力部署在这里。杜聿明虽然感觉上认为不对，可是拿不出说服师长的理由。所以，他才亲自来到了阵地上。

杜聿明听了戴安澜对兵力的部署，他对戴安澜说道："在长城上放一个连，这很好。另放两个连在将军楼附近，将军楼失守，全线崩溃。其余部队都隐蔽在后面的山沟里。派出一个加强排往东搜索一下，看有没有路，防止日军偷袭。"

"是。"戴安澜答道。

这时一架日军飞机飞了过来，在古北口上空盘旋侦察了一会儿，走了。看飞远了的飞机，杜聿明和戴安澜下了长城，朝后面的山上爬去。到了山顶，杜聿明对戴安澜说："命令部队抓紧隐蔽，日军的轰炸机马上就会回来，马上组织对空射击。小鬼子知道咱们没有高炮，肯定会飞得低，只要组织好，大家集中打一架，肯定能打下来，就是打不下来，也吓得他不敢低飞。这样多少能减少点伤亡。让山沟里点上几堆火，吸引日军飞机，在周围的几个山头上布置上机枪。记住，放过第一架，专打第二架，集中火力。"

戴安澜安排完长城上的防守，和杜聿明下了长城，爬上南面的一座山上。

一四五团的战士大多是新兵，没有遇到过飞机轰炸，也没有进行过空袭训练，敌机来了，不知该怎么办，一些战士还站在那看。这在行军的路上就暴露了出来。杜聿明和戴安澜商量后，将部队以连为单位进行隐蔽；以营为单位，集中全部的机枪，在山头上组成火力群，突然开火。至少使敌机不敢低空飞行扫射、轰炸。

戴安澜说："副师座，我看是不是在山沟里点上几堆火，冒点烟，把敌机引下来。我们的机枪就能发挥出威力？"

"我看行。就这么办。"杜聿明赞许地说。

几堆火刚点上不久，日军的飞机就来了。

六架日军轰炸机飞了过来，直奔古北口镇，扔下炸弹，就朝龙王峪飞了过来。日军的飞机飞得很低，几乎是钻着山沟飞，山腰上的树都让风带得乱晃。到了龙王峪，日军飞机就朝几处冒烟的沟底俯冲了下来。看到敌人如此嚣张，杜聿明火冒三丈，亲自拿起一挺机枪，当日军飞机对着沟底轰炸的时候，他对着低空的飞机把一梭子子弹全打了出去。周围几个山头上的机枪也同时响了起来。

日军的飞机受到几个方面的射击，虽然没打下来，可是接下来，飞机在北面转回来的时候，再也不敢低空扫射了，只在高空中把炸弹投了下来。

看到日军的飞机飞走了，杜聿明和戴安澜又回到了长城，他们选在将军楼附近的一座烽火台上，在这里可以更清楚地看清日军的进攻。

战争很快便打响了，地面的日军开始进攻了。

杜聿明和戴安澜从望远镜里清楚地看清了日军进攻的队形。这确是一支训练有素的部队，每个士兵进攻完全按照步兵操典上去做的。进攻时曲线行进，不断寻找地形地物隐蔽自己。相比之下，自己的部队就很难做到这一点。按照往常，这样的防御战，最好是在前沿布置雷场，可是今天看来是来不及了。进攻的日军在距离长城一百多米的地方，停下了，接着，日军开始炮击了。

日军在几发试射之后，炮弹在长城内外冰雹一样砸了下来。几发炮弹落在了烽火台的周围，烟尘从烽火台的箭窗扑了进来。

戴安澜边看边说："副师座，日军在左前方的二里塞东北高地构筑了炮兵阵地，咱们要是有重炮，先打掉日军的炮兵阵地，小鬼子就没戏了。"

"小鬼子知道咱们没有，才敢这么干。"

随着日军炮兵的延伸射击，步兵开始攻击了。

日军朝龙王峪进攻的部队有一百多人，分几条线，沿着山沟向前攻击，兵力就显得更加的单薄。戴安澜马上意识到，这是日军侦察性进攻。他拿起电话命令道："一连长，给我听好了，敌人进至一百米内，用步枪给我打。不到五十米，轻重机枪不要暴露火力。小鬼子这是火力侦察，找咱们防守重点。"

果然，日军跃进到一百米的时候，开始修筑掩体，与长城上的守军对射起来。

这样的对射，两军不相上下。日军的三八式步枪，虽然精度高，可是子弹是六点五毫米，而一四五团的步枪都是仿毛瑟步枪的中正式，子弹是七点六毫米的，穿透力更强。只是日军的素质远远高于中央军，射击的精度也高于中央军，但中央军占有地利。双方打成了平手。

这时，日军的飞机又来了，虽然只是两架飞机，造成的伤亡也不是很大，可是对战士的心理压力，远远地胜过对人员的伤亡。特别是在长城上，还有光秃秃的山上，没地方躲藏，只有挺着让日军的飞机轰炸、扫射。

枪战持续了一个多小时，日军除留下一部分部队守阵地，开始有组织地退出了阵地，撤出了战斗。

战场上又恢复了宁静。

戴安澜对杜聿明说："副师座，我看日军主力部队没有上来，刚才的炮兵也只有山炮，口径也不大。只是不知道他们试探了之后，会把进攻重点放在哪？很有可能是将军楼，如果拿不下将军楼，他们会把重点转到龙王峪。"

"根据是什么？"杜聿明问。

"在我们对面的那个山头上，日军本可以设火力点压住我们。可是那里一点动静也没有。这不符合道理。"戴安澜说。

"有道理。他是想给咱们一个突然袭击。"杜聿明把望远镜对着那个山头望去。看了一会儿,他说:"山后面有人,肯定有日军在上面。"

"不能让日军在那站住脚。"戴安澜说着对通信员说,"把炮连的观察哨叫来。"

一会儿,炮兵观察哨来了,戴安澜问:"看到那个山后了吗?"

"看到了。"

"能不能把那个点上给他几炮?"

观察哨伸出手测量了一下,说:"刚好能打到那。"

"给他几炮。"戴安澜命令道。

"是。"观察哨回答完,跑了出去。

不一会,对面的山头后面炸响了。接着看到一些日军从山后撤了下去。

杜聿明说:"让炮兵看住这个山头,千万不能让日军在那里建成阵地。那样我们的一举一动都在他们的眼皮子底下了。"

"是。"戴安澜答道。

这时一位团参谋跑了进来,报告:"师座来电话,请杜副师座马上赶回师部。"

杜聿明朝戴安澜一挥手说:"我回师部了,有情况马上给我去电话。"说完,马上往师部赶。

这时戴团长打来了电话:"我是戴安澜,找师座。"

"我是关麟征,戴团长吗?"

"报告师座,刚才日军的进攻,我看只是火力侦察。另外,我看日军的进攻重点不是龙王峪,而是三七〇高地和将军楼一线。我们是不是现在就将部队朝那个方向运动过去,一旦日军攻破了,再想夺就难了。"

"你还是按计划防守好龙王峪,那里是古北口的侧翼,日军打仗一向运用迂回包抄的战术。你守好那里,就保证了我们的侧翼安全。高地和将军楼是一一二师的一个满编团防守,不会有大问题。他们的炮火不比日军差,你要是靠上去,怕是要引起他们的误会。还是守好你的阵地吧,别让日军摸过

123

来就行了。"

"将军楼那里是全线的支撑点。我还是把部队往上靠一靠，要不有事也来不及了。"

"这我知道。守好你的阵地吧，别太往前靠了，让东北军误会咱们是来督战的，那就有大麻烦了。"关师长说完把电话撂下了。

杜聿明过来说："师座，我看戴团长说得没错。日军进攻重点是将军楼，不是龙王峪。咱们还是调回两个营，增加预备队的力量，至少一个营也好哇。"

"不用说了，东北军不是打得挺好的吗？"关麟征说到这儿，想起了夜里的事，说："光亭，早晨你为什么不支持我让一一二师防守一线阵地呢？"

杜聿明说："我看一一二师防守一线，不一定是件好事。他们不愿意打这一仗，一旦他们放弃一线阵地，我们就全面被动了。到那时，再想夺回一线阵地，可就不那么容易了呀。师座，我想现在我们应该做好接手一线阵地的准备。至少得在一线阵地的后面增加一点轻装部队，随时增援上去。特别是将军楼，必是日军首攻的阵地。"这是他的心里话。另一层意思，他没有说出来，就是关麟征在保存实力。而今，日军就在眼前，一场恶仗马上就要打响了，千里行军，就是为了保存实力吗？

关麟征说："可我认为龙王峪更重要。如果日军从金山岭、司马台绕过来，那就不是守得住古北口和守不住的事了。我们都将会被日军包围在这儿。而将军楼只是一个阵地。比一比，你就知道哪个更重要了。"他现在想的是全师的安全，因为仅从眼下的战争来看，守住古北口和守不住都不是紧要的。战争从不是一城一地的得失，只要有军队在，就有胜利的希望。可一旦让日军给围上了，那就什么都完了。而侧翼的安全必须由自己的部队来保障，他不相信东北军，也不相信西北军。因为他知道，这些军队是不可能为中央军去拼命的。他知道杜聿明是一个心眼想打日军，没有别的歪心眼，但不管咋样，他都要保证部队的绝对安全。

杜聿明对关师长说的守住侧翼，不是不认同，可是眼下是守古北口，日军的一个师团就是朝古北口来的。他说："师座，我认为日军从龙王峪那过来，至多是小股部队，不可能对我师构成大的威胁，顶多派一个连的部队沿龙王峪身前搜索一下。那里只有小路，日军的重武器上不来，顶多是带上几个掷弹筒。而将军楼是全线的支撑点，没了这个点，整个阵地就塌下来了！我看是不是将龙王峪的一四五团抽下来一个营，作为防守将军楼的预备部队，至少我们可以多掌握点机动部队？"下面的话他没说，那就是你这个当师长的，这点道理都不明白？可关师长毕竟是师长，他得给师长留点面子。

关麟征对于杜聿明没能支持他与王以哲的争论，心里又压了一股火。说是又压了一股火，是从蚌埠出发时军长的话，让他压了一股火。可是在指挥打仗上，他却是一心一意的，没有掺杂个人恩怨。可是当他指着地图对杜聿明说话时，还是有一股怨气："你是军长的大红人，军长也说了，你在军事上有一套，那好，现在只有劳烦光亭去前面指挥了。我的指挥位置就在这里。"

杜聿明是个心直口快的人，见他话中带刺，自然认为安排上很不妥。他虽然是七十三旅旅长，可他也是副师长。战斗刚刚打响，就派他去一线，显然是公报私仇。他对关麟征说："师座，上前线指挥，我服从命令。可我这人有话说在当面，你这是心胸狭隘，就因为打霍邱军座赞扬了我几句。出发时，军长又说了你几句，表扬了我两句，再加上今早上我没支持你的意见，你就耿耿于怀，心中嫉妒，现在叫我先上前线，是想借刀杀人。假如你不说让我上前线，我也会去的。那是我的职责！"在军中，关麟征是长官，可论年龄，杜聿明还大上关麟征一岁呢，更何况是同一期的同学。所以杜聿明敢这样说话。

关麟征板着脸说："你说得不对。我关麟征心胸不宽，这我承认。我现在是师长，你是副师长兼旅长，不是说官大一级压死人吗，可我从来就没有想过借刀杀人那些小人的想法。我前面的话是有气，可是咱们俩，你不上去指挥，还让我去吗？你这是在借题违抗军令。"说着他把红蓝铅笔往地图一扔，坐在椅子上看着杜聿明。

杜聿明说："我杜聿明不会抗命，来到这里，就是为打鬼子来的。可话我要说，我们的防守重点应是将军楼一线，而不是龙王峪。希望师座早做准备，切不可临时抱佛脚，误了全师将士的性命。更要防止一一二师的突然撤走，空出阵地。对师座的命令，我会全力去执行。这是军人的天职，也是我的天职。这一点上，请师座放心。我只是说出我想说的话供师座参考。"杜聿明虽然满腹不快，他还是敬个礼，转身往外走。

"站住。"关麟征从椅子上站了起来。

杜聿明回身说："师座还有何训示？"

"光亭，我不如此，你能说出这些吗？别说你眼下是副师长，就是旅长，前面有团长指挥，还用你去前线吗？你是军长的红人，这没错。我还想当委员长的红人呢，那是要靠本事的。你我都不是势利小人，不会走歪路子。你我今天肩膀上的金豆子，都是一刀一枪打出来的。我这也是请将不如激将。别往心里去。前面的指挥全靠你了，我这就与军部联系，让重武器马上运来。"说着关麟征给杜聿明倒了一杯水，算是对刚才的事一个解释。

关师长这么一说，杜聿明还真的想起个事来。他说："师座，我想应报告一下军座，后继部队上来，应在南天门一带构筑二线阵地，我们现在没有纵深阵地，一旦出现情况，部队会收不住脚的。"

"你放心吧。这古北口咱们守上几天还是有把握的。我二十五师不会像东北军那样，一碰就散了。"

杜聿明接过水，放到桌子上说："师座，我马上去前面看看。和小日本打仗，咱们还是第一次，特别是东北军的情况，咱们也是一无所知。了解了情况我会马上报告给你的。"

"多给东北军打打气，一定想法让他们守住一线阵地。这些东北虎，你得给他们壮胆。别呛着他。"关麟征真有些怕杜聿明的脾气把东北军给惹走了。

"我知道了。"说完，杜聿明回身出了师部。

"好。速去速回。"关麟征说。

17. 观察哨上，机关枪打下一架日军飞机

太阳，转眼间升到东山上树梢儿那么高了，冬日里的阳光，给人的感觉总是暖暖的。郑连抱着枪，蹲在烽火台上箭垛口下，背着风，慢慢地闭上眼睛，任太阳晒在脸上，接受着阳光的抚慰。享受。要是总这么坐着，什么也不干，什么也不看，什么也不想，多好，那真是人生一辈子最大的福了。这兵当的，还不如要饭好呢，只要肚子里不饿，想在哪就在哪。顶多是饿上一天没吃的，也用不着这么提心吊胆地过日子。想来想去，都是这小日本闹的，一想到小日本，郑连是又恨又怕。等见了小日本，非狠狠地教训他们。他下着狠心。

突然，防空号声响了，接着，听到东北方向传来了飞机的轰鸣声。

又是侦察机吧，郑连这样想着，还是站了起来。大牛举着望远镜朝飞机声音传来的方向找，郑连问："看到没？是不是侦察机？"

大牛说："看着了，是飞机，谁知道是啥机。"

烽火台下的赵大柱喊："防空，快下来。"

郑连和大牛刚下去，日军的飞机就来了。六架。日军飞机到了明长城一线分开了，两架一组。一组在明长城，一组直奔古北口镇，一组朝齐长城飞来。飞到帽儿山的时候，飞机里面的人都看清了，郑连担心飞机会不会撞到

烽火台上,太近了,就像贴着头皮飞过去一样。接着,在蟠龙山长城、卧虎山长城、古北口镇、南山都响起炸弹爆炸和机枪的扫射声。一团团灰白色的硝烟升了起来,山在晃动,大地在晃动,人也跟着爆炸声晃动着。

赵大柱领着几个人躲在烽火台里,从箭窗往外看,那飞机炸了一趟,在空中飞一圈,转回来又炸。飞了五圈,炸了六回,飞走了。接着就看到古北口镇方向浓烟滚滚。起火了。

冬天的烽火台里,真的不是个住人的地方,阴冷。每一个箭窗都是一个风洞,刀子一样的风,让人不敢多露一会儿脸,只有躲在阴冷阴冷的墙角上才没有风。可那阴冷,冻得骨头都痛,胳膊腿都麻,身子像木头一样僵硬。针鼻大的窟窿,斗大的风。在烽火台里面的箭窗前,风比外面的还大。

赵大柱又让大牛下山去找一些门帘来挡风。

烽火台下只剩下赵大柱、秀才和郑连了。赵大柱看看郑连还在墙角那蹲着,朝他喊道:"飞机走了,你还不上去观察,毛病。"

郑连赶紧提着枪,挎上望远镜爬到顶上去了。

赵大柱说:"秀才,拿上刺刀,砍草去。"

郑连在上面,伸出头,就看到班长和秀才在下面砍草了。烽火台下面的这块大石头上,除了烽火台之外,东面有三四米,南面、西面两三米,北面不到一米。大石头崖壁下面,东南西三面都是大坡,只有北面,平缓的山坡连着往北去的一条山脊。他认真地看着,脑子里想着要是逃跑的时候,从什么地方下去最好。可唯一的通道是东面的石缝那,其他的地方,根本不可能下去。要是那个石缝让日军给封锁了,真就如大哥说的那样,这上面就是一块死地。看来要想从这山上逃出去真的不易。

赵大柱和秀才砍完草,说:"秀才,往里抱,毛草铺床,硬草烧火。"

秀才说:"知道了,班长。"

郑连举起望远镜,朝北面没有目标地乱看着。飞机炸过的地方,有几处山坡上的树着火了,长城的天际线上出现了几个缺口,上面有人跑动着,像是在修理炸坏的地方。这时一发炮弹在将军楼里面的山坡炸响了,接着大关、三七〇高地都有炮弹落下来。郑连看出来，日军要进攻了，忙朝下面喊："班长，小鬼子打炮了，看样子要进攻了，用不用报告？"

"报。"

"等我上去。"赵大柱边喊着边上来了。

郑连忙把望远镜递给班长，朝北面指给他看。

赵大柱摇了一圈电话机手柄，拿起话筒对着喊道："报告师部，我是帽儿山观察哨。长城一线阵地都有日军炮击。啊，像是山炮。啊，知道了。有情况马上报告。是。注意观察，随时报告。"

郑连举着望远镜朝四下里看着。长城一线的枪炮声响成了一片，炮弹在长城内外不断地炸响，一朵朵白烟升起来，在空中形成蘑菇云。眼睛总是比耳朵快些，当看到白烟后，才听到爆炸声。蘑菇云升起来，渐渐地靠近蓝天，让风一吹，散了。硝烟味渐渐地刮了过来，郑连感觉日军离得越来越近了。他想到东面去看看，小鬼子千万别从那上来，那可就断了后路了。这样想着，郑连转过身子，想往东面去，可是两条腿不听使唤了。身子能动，手也能动，就是腿不听话，脚抬不起来。好在周边没人，郑连打了几下腿，还是不行。他只有坐下，两手着地，带着身子往东面墙那爬。好在只有几米远，没几下就爬到了东面。扶着箭垛，他站了起来，先看下面的路上，有小股部队往东北的路上跑，看得出来，都穿着自己军装的部队。他举起望远镜，朝东面远处的路上，一个人也没有。再往山上看，也没人。东山上除了白雪，就是那些灰黑的灌木丛。没有敌情，郑连这才放心下来，腿也渐渐地好使了。这回他站在东北角上，靠着箭垛，不用来回走了，只要转动一下身子，就可以把北面到东面看全了。

将军楼方向响起一阵密集的手榴弹声，明长城从东到西都响起了密集的枪声和爆炸声。赵大柱和秀才全上来了。

赵大柱说："小鬼子靠近将军楼了。"

秀才说："看来日军是想先拿下将军楼，再沿长城往东西两面攻击。那咱们一四五团守的龙王峪可就危险了。小鬼子是想从两军结合部突破，占领制高点，把我们分割开。这叫攻其一点，不计其余。先撕开一个口子，这是攻击部队常用的战术。看来小鬼子这样硬攻，来头不小。"

赵大柱愣愣地看着秀才，郑连也让他这些话给说蒙了。这小子，哪是十九岁呀，排长、连长也说不出这些话呀。更别说班里的其他人了。

"秀才，你是人是鬼？你打过仗吗？"赵大柱问。

"算这回，是第一回。"秀才回答。

说秀才打过仗，说出大天来，郑连都不信。看他那样，说十九岁都是多说，顶多十六七的样子。小毛孩。可是他说的话，又都是行家的话。

"秀才，那你看，今天小鬼子能不能攻进长城？"赵大柱问。

"小鬼子这个攻法，攻不进长城。用不了一会儿，小鬼子就得停止进攻了。"秀才说。

"为啥？"赵大柱问。

"感觉。这不是一两句话能说明白的。我就是感觉这是日军试探性进攻。"秀才说着要过郑连的望远镜，往北面观察着。

秀才的话暂时得到应验了，明长城一线的枪炮声逐渐地稀少了。又过半个小时，完全停了下来。

赵大柱信了秀才的话。

郑连也有些信了，日军真的不打了。可秀才的根据是啥？还有他玩的那个高深莫测——感觉。打仗是能靠感觉的吗？真刀真枪。

3月10日上午，日军第十六旅先头部队占领了巴什克营。

日军第八师团先头部队，十六旅团长川原侃率领"挺进队"，击破了东北军一〇七师在青石梁和长山峪阵地，接着用炮火击溃了东北军的逐次阻击。为了将东北军消灭在古北口之外，川原侃命令前锋部队三十联队第三大队乘汽车追击。这是一个大胆的命令，因为他知道溃败的东北军急于回到古北口，不可能在路上再进行有效地阻击了。至晨6时，日军的汽车追到古北口外的二里塞。而自十八盘迂回而来的骑兵第八联队也赶到二里塞。两路日军一直把东北军追进了古北口城关。

之前，第八师团因为前锋部队第十七联队进军迅速，使第八师团被拉成了长长的纵队，先头部队与后尾部队相差数百里之遥。到3月9日夜日军攻破一〇七师防线时，第八师团的主要作战部队已经相互靠拢在以长山峪为中心的区域。但是长途急进还是给日军带来一些麻烦，与师团部失去联系，而且经过激战后携行弹药也出现不足，特别是炮弹比较缺乏，川原侃并不打算停顿下来等候援军，也没有动摇他想继续进攻的决心。

在川原侃的主导下，迅速拟订了攻击计划。攻击分为三个方向：左翼在相对较远的战线东端龙王峪方向，投入骑兵第八联队和三十二联队的两个小队进攻；在其右翼古北口关门东面的长城一带高地，投入了三十二联队第二大队；而主攻方向则选定为六三四团防守的蟠龙山制高点三七〇高地和将军楼一线，在这个中央方向投入十七联队全部和三十二联队第三大队，几乎占了总兵力的三分之二。这个计划是两翼牵制中央突破，占领将军楼等战场制高点。此外，还以三十二联队二个小队渡过潮河牵制卧虎山的六三六团。

拟定了进攻计划之后，可全面实施这个计划还要再等上一阵子，因为后继部队还没到达。首先赶到战场的是三十二联队相原少佐的第三大队，该部于凌晨6点赶到二里寨，顺大道走，离古北口关门只有三公里左右。从此往南看去，就是逶迤的蟠龙山，山上长城隐隐可辨，将军楼雄踞其上。第三大队迅速占领二里寨南面的几个高地，掩护后面的旅团本队展开，汽车队则返回接运后续部队。

十六旅团长川原侃在作战中，总是靠前指挥。这次也是同样。虽然他现在手中只有一个大队，可是他不想等后援部队上来。因为只要一等，中国军队就有了准备的时间。从望远镜里，他看到眼前的地形对他十分不利，如果再让前面的中国军队做好了准备，那样进攻起来，伤亡就会加大。他想趁东北军新败，士气最差的时候，攻占古北口。他正在研究如何攻打古北口长城的时候，作战参谋报告："报告旅团长，据空军侦察报告，正面古北口大路，由东北军一个团守卫，潘龙山长城将军楼一线，也是东北军一个团守卫。在将军楼东，是中央军把守。中央军的主阵地在古北口南山上设了二线阵地。"

"师团部到了什么位置？"川原侃问。

"报告，师团主力刚到达了滦平县城，正在向古北口前进。"

川原侃来到地图面前，指着地图说："目前我们正面的中国军队，有四个团，我们只有一个大队和旅部直属部队。但我们现在必须发起攻击，不能让他们有喘息的时间。现在我命令：将全部兵力分成四个攻击部队，每个攻击部队两个小队，分别向卧虎山、大关、将军楼、龙王峪长城进行攻击，另外，旅直属队参加龙王峪的攻击。此次攻击的目的是侦察出中国军队的防守弱点，同时为下一步总攻做准备。我们的炮弹不多了，全部打出去。主力部队马上就会赶到，到时我们再用重炮。注意减少部队伤亡，如能攻占一处更好，如不能，不可强攻。"说着，他看了一眼手下的军官，说："听明白了吗？"

"听明白了！"

"听明白了，7点发起进攻。"

日军战前准备很快，不到7点钟，进攻的部队就已运动到距长城一两百米处，可以清楚地看见长城的青砖。在青砖修筑的长城上，穿着灰布上衣的游动哨兵正在长城上走来走去，警惕地朝北面看着。

日军一线指挥是第三大队大队长相原少佐，他决定将大队直属队全部加入在潮河上，他要一举从潮河攻入，那样城关就失去了作用。这样决定之后，他又调来了两门迫击炮，用以封锁潮河西面的烽火台。

相原少佐决定攻关的战斗由他亲自指挥，他要成为第一支攻入古北口的皇军部队。所以当7时整，部队发起攻击的时候，他命令部队直朝潮河的冰面冲去。可是让他万万没有想到的是，攻击潮河的部队进展很顺利。一个班的士兵一个冲锋就冲到了大关西面的冰面上。虽然冰面有些滑，可是由于官兵穿的都是皮鞋，还是可以站住脚的。可就在部队要冲过长城一线的时候，冰面上一阵的炸响。蓝蓝的冰块飞向了天空，接着砸了下来，像一块块摔碎的翡翠汉白玉，接着又渐渐地变成了鸡血石。士兵不是被炸死就是让天上的冰块砸伤。接下来长城上的轻重机枪像雨点一样落向了冲上来的日军。

虽然这不是相原少佐想要的，可是他知道，再攻下去，手上这点部队就是全拼光了也攻不下长城。他不得不下令撤出战斗。因为这次进攻的目的是进行火力侦察，看来长城一线的东北军是做了充分的准备的。

川原侃在二里寨设立了指挥部，也与师团长联系上了。第八师团部得到航空兵通报和其他情报得知，古北口当面有中国军队两个师，东北军一个丙等师，中央军一个乙等师。总兵力不到两万人。师团长命令他等重炮部队赶到后再发动进攻。同时让他立即对长城一线进行侦察，使后续部队能一举攻下古北口。

川原侃通过火力侦察和亲自到一线阵地的察看，重新制定了进攻的重点，一是将军楼，这里是长城烽火台的核心阵地，拿下将军楼，就可以从东面直接切断古北口镇的后路；二是三七〇高地，这里是蟠龙山的制高点，拿下这个高地，古北口镇就全部在炮火控制之下了。同时他还安排一支部队，朝龙王峪进攻，这里是长城的最低点。拿下这两个制高点后，攻下龙王峪，从东面绕到古北口东面，古北口就可以不攻自破了。

川原侃的进攻计划很快就得到了西义一师团长的批准。

战争终于打响了，赵大柱、郑连和秀才在山上看得一清二楚，许多人转瞬间便倒在了地上，血肉横飞。赵大柱用颤抖的声音将情况报告给了师部和团部。

这就是战争，残酷的战争，生与死不能由他们个人来决定。

枪声停了，大哥他们四个人还没回来。赵大柱有些急了，他让秀才用望远镜往古北口方向看看，看能不能看到他们。赵大柱急得走出烽火台四下看。从上往下看，除了脚下的崖壁上有个死角，别的地方，都一目了然。几条灰白色的小路从东面汇到山脚下，又从山脚下伸出一条黄色的小路奔向古北口。这时秀才从望远镜里看到了大哥他们四个刚从古北口东门那出来，走在路上。郑连接过望远镜看看，四个穿黄军装戴着绿钢盔的人正朝这边走来，正是大哥他们四个。可是师没有配发钢盔呀，他们是从哪搞来的。秀才告诉班长，他们回来了。大哥他们四个人走到山脚下，又让那些红红的酸枣枝条给挡住了。

人回来了，赵大柱终于松了口气。

四个人进了烽火台，都是喘着粗气，累得一身汗。

猴子把两只红公鸡往地上一扔说："打了两个野鸡。要不是大哥说，那几只也拿回来了。多少天没吃野味了。"

钱旺把半袋子土豆往地下一放说："班长，大哥说的，这玩意行。我买了这些。"

赵大柱问："多少钱？"

"老乡没要。听说咱们是来抗日的，啥话没说，给了。"

大哥把一袋子冰放到了阴凉地方，说："班长，还得多整点烧的。要不到了后半夜，这里能冻死人。"

赵大柱说："整了。烽火台周边的都砍了，还扫清了视线。都说兔子不吃窝边草，那是扯淡，留给别的兔子吃呀。咱们先把窝边草吃了，真要是打着了火，麻烦可就大了。"

大哥朝几个人说："弟兄们歇会儿，抓紧下去砍草，多备点烧的。这样一举两得，也省得打着了火。我先上去看看。"

大哥上来了，从秀才手里拿过来望远镜，认真看了起来。郑连不知道他看什么，但感觉到，他的望远镜在东北军的阵地上来回地看着。看了一阵子，他把望远镜由远拉到了脚下。又由近看到远，郑连看不明白他在看啥。可是看他的样子，像是寻找什么东西。又看了一会儿，他把望远镜递给秀才说："你看看，那个山包后面是不是东北军的炮阵地？"

秀才没有看，说："是，我都看好一会儿了，都是些小六零迫击炮，距离咱这儿有一千五百米，隔两沟一山。西边还有两个炮阵地，太远。"

郑连不知道他们怎么关心起东北军的炮阵地了呢。可是看样子，他们两个人都知道是怎么回事。赵大柱也没听明白，不断地看他们和他们说的炮阵地。

看完北面，大哥开始看东面了，看了一会儿龙王峪，他把望远镜转向了东边的小路上去，边看边说："秀才，你看东边，我总是担心小鬼子偷袭咱们的东面，他们能攻古北口，不可能不攻金山岭、司马台。你看那面虽然没有大路，可小鬼子会派小股部队浸透过来，偷袭一下咱们，乱了咱们的阵脚，策应正面进攻的日军。"

"我也想了，可是那面也有咱们的部队。东北军在金山岭和司马台那有一个团，二十九军也派了一个营在司马台那面。那面没有大路，日军运不了重武器，大部队作战，没有重武器不可能。所以，古北口是他们必攻之地。"秀才说。

"二十九军的装备太差，在这些部队中，是装备最差的，还不如咱们装备的一半呢。没法子，全靠大刀，都说西北军的大刀队出名，那也是没法子的法，这样的大仗，不是靠玩命就能打胜的。洋枪洋炮都过时了，现在是飞机大炮，靠大刀片子，挺个一时半会儿的行，特别是打防御战，就得死抗硬挺，装备不行，败是早晚的事儿。"大哥说。

"用不用跟师部报一下？"秀才问。

"没见着鬼子，咋报？说是那面能来鬼子，谁信？再说了，用咱们在这儿，就是防着鬼子的这一手。还是加强警戒，发现了报告也不晚，至少咱们能顶一阵子。就这条路，小鬼子也不可能派大股部队过来。他们的重武器运不过来，不怕。"大哥一边说一边朝东面看。

赵大柱也听出来了，两人在研究防守呢。要是早上一个时辰，他肯定会不高兴，这不是没拿他这个班长当回事吗？可是眼下，他感觉到了，这两个人，哪个都在自己之上。赵大柱是明白人，班里有了这两个人，大家的命就保住一半了。这个时候，还争什么呀。只能让他们去发挥，去和日军作战。败了，是日军太强大，胜了，是他这个班长指挥得好。功劳他是最大的。

赵大柱看看大哥说："大哥，那你说咋整？"

"从咱们这儿到山口有多远？"大哥问。

赵大柱摇了下头，说："看不准有多少，大概七八百米？"

秀才大拇指一伸，瞄了一下说："六百米。"

赵大柱看看秀才说："你学过炮兵？"

秀才说："知道一点。"

大哥说："要是不超五百米，我的机枪就能封住那条路。小股日军肯定进不来，从东门来的部队，十五分钟就能赶到，一个反击就够了。只是千万要早发现，过了山口，到了咱们脚下，人就散了，打散兵，机枪还不如步枪。要是让他们进入我机枪的死角，就更麻烦了。小鬼子的单兵作战能力，没法比，个个都是高手。"

赵大柱说："那就专放上一个人看住这边。死看死守。"他一直是看着大哥的脸色说话，虽然算不上巴结，但哄着大哥高兴是真的。

大哥点点头，下了烽火台。

郑连看看班长，也跟着下了烽火台。显然，赵大柱现在是嘴上不说什么，心里服了大哥。这是全班都看出来的。

赵大柱喊上钱财和大牛，一起下来了。上面留着秀才和猴子站岗。

"送饭来了！送饭来了！班长，下去个人接呀，就王半勺一个人。"猴子站在烽火台上面喊着。

一听说送饭来了，大牛第一个从东门冲出了烽火台。看他平时的那个笨样，这回真麻利，顺着石缝几下子就到了崖壁下。

王半勺进了烽火台，就坐在门口喘。大家都等他喘完了好打菜，拿着各自的茶缸子，看着他。看他的样子，不只是累，脸上还阴阴的，像是谁惹着他了，气还没消。班长靠上去说："半勺，谁欠你黄豆还是你黑豆了，跟谁较劲呢？"班里的几个人，只有赵大柱有资格跟王半勺这样说话。

王半勺一边喘一边掏出了烟袋，叼在嘴上，点上火，两股白烟从鼻子冒出来，干咳嗽了几下，喘气均匀了许多，说："吃吧，还让我喂你们哪。"

"这全是我们班的？"赵大柱问。

"全是。"王半勺叼着烟袋，语音有些颤抖，眼泪下来，接着吸了一口烟，擦了一下眼泪，说："吃吧。吃吧。凉了土豆就回生了。"眼泪还是止不住地往下流，在下巴上成了水珠。

王半勺这一哭，大家都愣住了，就是饿急了的大牛也站在那没动。

赵大柱上前蹲在王半勺前面问："半勺，咋的啦？"

"全连三十多个弟兄，再也吃不上我做的饭了。都是大小伙子呀。"说着王半勺用袖子抹了一下流出的鼻涕。

"阵亡了三十多？"班长问。

"还有十几个伤了，差不多有五十多个兄弟。有十几个兄弟给炸飞了，尸首都找不到。想立个坟头，都没个全尸。副连长，多年轻啊，军校学了一身的本事，还没等施展，一颗炮弹，炸飞了。小鬼子！操你八辈祖宗！"骂完，站了起来，"哥们，吃吧。吃饱了，给我狠狠地打小鬼子。我没别的用，只要有口气，就把饭菜给你们送上来。吃吧，一人两份。"说着王半勺往外面走去。要下山了。

赵大柱喊道："饭桶呢？"

"留在山上吧。"王半勺头也不回地下了山。

全班都呆在那儿了。虽然大家并不喜欢副连长，可是一听说他阵亡了，心里还是酸酸的。仿佛什么东西堵在了胸口，食欲一下子就没有了。那饭，也吃不下去了。

赵大柱把茶缸子往地下一摔，"小日本，我日你祖宗。"

秀才赶紧捡起来，在身上擦了一下说："班长，打小鬼子也得吃饭哪！"

赵大柱接过茶缸子，在桶里舀了半缸子饭，说："吃。都给我吃。"

大哥把剩下的饭菜又用那块脏白布蒙上，放在东北角落里，回过身来对赵大柱说："班长，咱这儿是不是分个组排个班？弟兄们站岗也心里有个数。"

赵大柱站起来，看看大家，说："分四个组，大哥组长，领猴子；秀才组长，领郑连；钱财组长，领大牛；我一人一组。一组一个时辰在上面，剩下的在下面……"赵大柱的话刚说到这儿，就听到有飞机轰鸣声。

大哥说："都找墙角躲着，千万别出去。"说着提着机枪上了烽火台顶上。

这回小鬼子的飞机比早上来的还要多。躲在烽火台里，就感到飞机要撞上烽火台一样，震得耳朵根子发麻。一颗炸弹在烽火台边上炸响，接着连续地往西边响成了一串。硝烟让人睁不开眼睛，一些碎石块从窗子飞了进来。

"哒哒哒，哒哒哒……"烽火台上响起了一串的机枪声。郑连听出来了，是大哥打的。

"班长，快上来看，让我打中了一架。"大哥在上面喊道。

赵大柱起身朝上面爬去。刚爬到顶层，就听东山上一声巨响。他大声喊着："掉下来了，掉下来了。"

众人全都走出来向东眺望。

东面山坡上，一架飞机正在那着火呢。

大哥提着机枪说："该这小子死，我都看着鼻子眼睛了，正朝我对眼呢，他还敢往下来。离我不到五十米，扔石头都能够着，别说手里是机枪了。打不下来，也吓他一跳。小鬼子，让你知道知道，看你下回敢不敢了。"

赵大柱抓起电话，要通了师部："我是帽儿山观察哨，我们打下一架飞机。吴浩打下来的，用机枪。好好，有情况马上报告。"接着，他又给团里打了电话。

赵大柱放下电话说："大哥，师里团里都说要给你奖赏。"

大哥放下机枪说："瞎扯，只要让打小鬼子，奖给老子一箱子弹就行。"

18. 戴安澜指挥炮战，破坏日军建立阵地计划

3月10日9点，日军各进攻部队将侦察到的情况汇报到了巴什克营日军十六旅团部。

日军的侦察性进攻，使十六旅团长川原侃基本看清了长城一线的防守。他认为，卧虎山长城上的守军战斗力最强，也最难攻破。大关前面是开阔地，虽然利于装甲部队进攻，但步兵无法跟进。而三七〇高地和将军楼一线，应是重点攻击的地方，只要拿下这个高地，占领将军楼，长城防线就会被打破。所以必须在龙王峪对面的山上建立火力点，增加炮阵地，使中央军不能增援将军楼，如有可能，还可以一举攻下龙王峪，从东面转到古北口东门，那样大关就不攻自破了。

现在的重点是在最短的时间内，将重炮搬到将军楼对面和龙王峪对面的那两个山上，建立炮兵阵地和火力点。

到了上午9点，川原侃的十六旅团主力赶到了，接着骑兵第八联队也全部到了。

骑兵第八联队联队长三宅忠强中佐的部队，是师团直属部队，归师团长西义一直接指挥。可是当他赶到古北口的时候，师团部正在行进当中，电台联系不上，他便直接来到了十六旅团部。

三宅忠强走进十六旅团部,对川原侃报告:"报告,骑兵第八联队全部赶到,师团部联系不上,现接受旅团长指挥。"

川原侃对着军用地图命令道:"本次作战,我军采用右翼牵制,左翼突破,占领将军楼这个战场制高点,同时从龙王峪突破,从古北口东门包围过去。古北口将不攻自破。"说到这里,他站直了身子,大声说道:

"现在我命令:骑兵第八联队派两个小队佯攻卧虎山。三十二联队第一大队,进攻古北口关门及东面长城一带高地,紧紧地咬住他,不使其脱离战场。三十二联队抽出一个中队,配合炮兵,将炮拆散,全部搬运到将军楼对面和龙王峪对面的山上。建立两个炮阵地,设立重机枪火力点。十七联队全部自三七○高地进攻将军楼。三十二联队第二、三大队,进攻龙王峪。"

说完后他狠狠地敲了一下地图上的将军楼,说:"只要拿下这里,中国军队就会全线崩溃。十七联队主力立即分兵两路,一路从左翼配合三十二联队包抄古北口东门,占领南门,堵住中国军队的后路。动作一定要快,让中国军队来不及后退。一路往东,堵住龙王峪中央军的退路,然后包围龙王峪守军,消灭。骑兵第八联队做好准备从大关进入古北口,追击中国军队。将他们全部消灭在撤退的路上。第一个攻进关内的关东军,一定是我们第八师团的勇士。让你们的军刀喝饱了支那人的血,再来见我。"

这时一位军官进来报告:"报告旅团长,向导找到了。"

"让他进来。"

这时一名日军领进来一位中国人。中国人进了屋便朝屋里的每一个人鞠躬,手中破旧的礼帽放在胸前,看样子,不像农民,也不像商人,可是看他的一脸农民相,又不像个汉奸。

川原侃问:"你的什么名字?"

"我叫李长山,小苇子峪人。我是自愿来给皇军带路的。"

"你的能绕过古北口去?"

"能。我就是这儿生的,哪条路我都知道,要不咋把私货带过去?"说到这儿,李长山有点得意的样子。

川原侃说："很好。带好路，皇军会重重有赏。带不好，马上枪毙。"

李长山一听枪毙，马上说："一定带好，一定带好。"

川原侃一挥手，李长山又给屋里人鞠了躬才出去。

李长山出去后，川原侃对三宅忠强中佐说："三宅忠强中佐，你抽出一个小队，轻装后，带上电台，由那个支那人带路，从金山岭一带的长城绕过去，偷袭古北口东门。配合旅团主力堵住古北口支那军队的退路。"

"全面攻击以炮击将军楼的炮声为准，同时发起攻击。回去准备吧。"川原侃没让任何人说话，作战会议就结束了。

日军的一线攻击部队在中午就全部进入了阵地，只有将军楼对面的小山包的后面，日军正在往山上搬运重炮。山下的小路在伸到山根处被黄黄的野草给挡住了。从山根到山上，有一千多米远，山上没有路，杂草和酸枣枝密密的，脚下黑灰色的腐质土，像海绵一样的松软，踩上去使不上劲，可是用力过大，那些黑灰色的腐质土就会和赤红色的岩石分开，使人滑倒。两百多日军成了搬运工人，他们或是几人一组，或是十人一组，把笨重的大炮一点点地抬到小山包上。在他们行走的阴坡上，有的地方还有大片白白的积雪，这更增加了搬运的难度。先到达山上的日军，修整完炮阵地，正在把大炮重新组装完成。在这里，炮火可以直接射向将军楼。而步兵从这里进攻，由仰攻变成了向下俯冲进攻。只要几分钟，日军就可冲到长城墙根。为了顺利爬上城墙，日军准备了许多长木杆和竹竿。两人一组，前面的上，后面的推。这个方法在一千多年前中国古代攻城战斗中，是最常用的办法。今天被日军用上了。

将军楼对面的日军炮阵接近中午的时候就完成了。

龙王峪对面山头上的日军炮阵地则迟迟建立不起来。从龙王峪里发射的迫击炮弹，使负责搬运的日军受到了很大伤亡。这使川原侃很恼火，他不得不在炮火的掩护下，强行建立这个炮阵地和火力点。

戴安澜送走杜聿明，回到了团部。他的团部设在龙王峪南面的一个山沟里，在山沟的南坡下，有座农家小院，因为要打仗，村民们都吓跑了。他的团部就在靠近山根的一座院子里。从这里上龙王峪长城，从小院的后门出去，有一条羊肠小路，爬上山，下去，再爬上去，就是龙王峪长城了。

到了团部，他让陈参谋把部队的情况标在那张草图上后，开始对着地图分析战场上的态势。看了一会儿，他拿起电话，叫通了一营长的电话。

"你北面的那个山上有什么动静没有？"

"现在还没有。"

"能不能派人下去侦察一下？"

"下不去。日军在对面设了狙击手。"

"多在长城上设立几个观察点，选几个狙击手，把对面日军的狙击手干掉。找机会派人侦察一下，一有情况马上报告。"

戴安澜放下电话，他出了团部，沿着山沟，绕到团部南面山上，那里是他的炮阵地。

山头上是一片酸枣枝灌木丛，在南面的山腰处，有一片黑松林。冯连长的炮兵就躲藏在这片黑松林里。山上的积雪很厚，只有几处石砬子没有被雪盖住。戴安澜上去后，看了一会儿，他觉得这样下去，要是让日军的飞机发现了，一阵轰炸，那就全完了。

冯连长见团座上来了，从隐蔽的黑松林里出来了。

"你这儿能隐蔽得住吗？"戴安澜问。

"团座，这光秃秃的山头上，也没地方隐蔽呀！"冯连长说。

"那也不能在这片林子里。这里肯定是日军飞机轰炸的重点。一个饱和轰炸，那就全完了。马上以班排为单位，在山上修掩体，然后用白布做好伪装。"戴安澜指着山坡的白雪说，"就在这空地上。孙子兵法说：'善守者，藏于九地之下'，今天咱就藏他个光天化日之下。我让后勤马上把白布给你运来。"

"是。团座。"

"隐蔽后让士兵都拖着树枝走，扫清脚印。"

"是。卑职明白。"

"这点家底全在你手里了。"说完戴安澜下山了。

就在戴安澜走进山沟，要回到团部的时候，一个通信兵跑了过来，见到戴安澜马上报告："报告团座。一营长电话中说，日军在长城对面的山上有动作。"

戴安澜朝通信兵说："告诉参谋长，我上前沿阵地了。"说着他朝龙王峪长城爬去。

戴安澜进了龙王峪长城烽火台，接过望远镜，朝北面的山上望去。这时一营长说："团座。日军真的是想在这建火力点，那咱们可就抬不起头了。咋办？"

戴安澜看了一会儿，说："把炮兵观察哨叫来。"

一会儿，炮兵观察哨进来了，戴安澜命令说："告诉你们连长，用一个排的炮火，给我往北山上轰。每隔半小时，轰上他十炮八炮的。让日军在那里建不成阵地。"

"是。"

一四五团炮轰龙王峪长城北山，是在中午时开始的。一发发炮弹越过长城，在北山的北坡炸响了。炸弹击起的烟尘中，有日军的服装布片飞向了空中。戴安澜在望远镜中看到后，对一营长说："果然是小鬼子想在那建阵地。小鬼子吃了亏，肯定要报复的。注意隐蔽。"

"弟兄们都在城墙上修了掩体，还有城上这些挡马墙，吃不了大亏。"一营长说。

这时日军的炮火开始反击了，一些炮弹在长城里炸开了。接着，天上来了日军的飞机。日军的飞机除对龙王峪长城进行了轰炸，重点是对长城内的几个山头进行了轰炸。步炮连先前隐蔽的松树林中拴着的骡马全都炸死了。而在山坡上雪中隐蔽的官兵，却安然无恙。

日军的飞机刚走，冯连长命令炮兵继续轰击。一阵齐射后，又隐蔽了起来。接着日军又进了报复性的轰炸。

143

炮战一直持续到午后日军发起进攻。日军在北山上也没能建立起阵地。

随着一发发炮弹响起，战争便全面打响了。帽儿山上的七个人清楚地看到了两军的进攻态势。吴浩、秀才、班长似乎早已经历过如此惨烈的战争，咬牙切齿地眺望着日军的阵地。而郑连和钱财他们以前对死亡是那么恐惧，看到山下的战友一个个倒下，报仇的怒火在他们胸膛燃烧起来。

19. 日军进攻将军楼，杜聿明夜袭敌营

双方的炮战，看得最清楚的，是帽儿山的观察哨。

小鬼子的飞机刚走，明长城一线炮声就响成了一片。一些炮弹飞过三七〇高地和将军楼，落在了山坡上，炸响了。在帽儿山烽火台里，最害怕的，就数郑连了。他明知道，爆炸的炮弹距帽儿山还隔着几个山头呢，可他还是本能地躲在烽火台上面的东北角上，露出半个脸，从箭垛口上去看前面的炮战。

在烽火台上北面的秀才对大哥说："大哥，日军的重迫击炮上来了。这还不是他们的重炮部队，他们肯定还有大口径的山炮、野炮没上来。"

大哥说："那这就是他们联队的炮兵，旅团和师团的炮兵看样子还没到。你看，没有大口径的火炮。"

赵大柱没说话，他和原来的四个兵谁见过这么些炮啊！都在一边听大哥和秀才说话，一边看着明长城一线的炮火。

秀才一直举着望远镜在看。

赵大柱对秀才说："看看咱们团防守的龙王峪阵地咋样了？"

"没事。这是咱们和日军进行炮战，虽然咱们最大是八零迫击炮，可咱们占着地利。日军炮火对长城破坏不大，杀伤力也不大。咱们的士兵都在反

斜面，炮弹打不着。"

赵大柱问："咋能看出来？"

"炮弹走的是抛物线，只要躲在死角里，啥炮也没用。"秀才说。

"是不是日军要进攻了？"

"不是。要是日军进攻，炮弹没有道理往后面的山上打。我看日军在找咱们的炮阵地呢。刚才咱们的炮兵轰了他们几炮，肯定是给打疼了。"

赵大柱没再问。

大哥说："还得注意点东边，别让他们这时摸上来。"

秀才说："我扫了一眼，没事。他们要是想绕过来，最快也得明天。"

火红红地升腾了起来，终于可以伸出冻得红肿的手了，身上也软和了许多，不像先前那样，冻僵了的手脚，鼻涕都擦不了。就在大家刚要伸手烤火的时候，听到顶上赵大柱一声喊："大哥，快上来。"

大家跟着大哥上了顶层。日军的炮火更猛烈了，可是大部分炮弹都在龙王峪南面的山上炸响了。将军楼那一颗炮弹也没落。

大哥接过望远镜，开始朝北面看。看了一会儿，他说："没事儿，这是小鬼子在炸咱们的炮阵地。找不着他就乱炸一阵。"

郑连悬着的心放下了。

大哥把望远镜递给秀才，朝他们几个说："走，玩两把去。"看没人搭话，"咋的，都在这上面傻站着干啥呀，能把小鬼子站回去？班长，走哇！"

日军的进攻在午后2点钟开始了。

日军在进攻前的炮火覆盖，从卧龙山到蟠龙山一线长城全面展开了。从炮火上，分不出哪是主次。戴安澜在团部里就感觉出日军在炮火之后，不可能不分重点地进攻。因为眼下日军还有这么些进攻的部队。这时一营长打来电话。

"团座，日军全面进攻开始了。"

"看出重点了吗？"

"看不出来，我们前面一线日军至少投入一个以上的大队。日军的掷弹筒很准，打得城墙上很难设机枪阵地。"

"注意与东北军的接和部，日军很有可能从两座烽火台中间攻上长城。等日军的炮火延伸后，再让战士进入阵地。"

"我知道了。我们的炮火能不能支援一下？压制一下日军的进攻。"

"现在还不行。我们的炮弹太少了，好钢还得用到刀刃上。时机到了，我会炮火支援你们的。"

"我知道了，团座。"

戴安澜放下电话，出了团部，来到了团部后面的山上，隔着山沟，朝长城望去。可是在这里，只能看到长城上官兵在射击，却看不到日军进攻的部队。他冲下山沟，朝一营指挥所的那座烽火台跑去。

戴安澜在前面跑，后面的参谋、卫队、通信兵都跟着他一溜烟似的朝前面跑去。

进了一营的指挥所，一营长看团长来了，忙上前说："团座，你怎么上来了？这里太危险了，日军的炮火随时会把烽火台炸开的。"

"没那么严重。"戴安澜说着靠近了箭窗，朝外面望去。他刚要伸头往外面看，一串机枪子弹从箭窗打了进来，把烽火台顶上打得冒出几股烟尘。他放低了身子，再一次侧过脸，朝外面望去。

日军进攻的部队以小队为单位正朝山上攻击前进。在攻击部队的后面，是轻重机枪组成火力压制着长城的守军。虽然日军作战勇猛，但是山坡上的积雪太滑，使日军每前进一步都十分艰难。有的士兵爬了一阵子，脚下一滑，又回到了山根。尽管这样，日军还是疯了一样地往上冲。明晃晃的刺刀，发着寒光。一伙攻击的日军已攻到了两座烽火台中间的低洼处，距长城二十几米的地方，开始往长城扔手雷了。

再看守在长城上的部队，一些士兵背靠着箭垛，听着声音往下扔着手榴弹。这时有几发掷弹筒炸弹在几个战士中爆炸了。有几个士兵躺在城墙上，不动了。

就在这时，几个日军靠近了长城，并迅速攀登了上去。接下来的日军都朝这里围了过来，显然是看到了突破口。

刚冲上城墙的几个日军，还没等迈过箭垛，就让烽火台上的机枪给打倒了。在营指挥所对面的烽火台里，一排长带着几名战士冲了出来，一阵手榴弹，把攻上来的日军打退了回去。

一个冲在前面的战士朝一排长喊道："排长，这还有一个喘气的。"

一排长来到那个日军士兵前面，正要蹲下给那个日军士兵包扎，突然那个日军士兵举起了冒烟的手雷，一排长一愣，朝那个日军士兵的手雷扑了上去，手雷在日军士兵手中炸响了。

这一切戴安澜都看在了眼里，他气得猛劲地拍了一下墙，一句话也说不出来了。

"给我狠狠地打。"一营长大声朝烽火台里的机枪手喊道。

日军的进攻还在继续，但是显然进攻将军楼的日军从火力到人数上都超过了进攻龙王峪阵地的。

戴安澜从望远镜中看到，将军楼及两侧长城上的东北军十分勇敢，前面有一个战士在箭口倒下，马上就有人冲过去守住箭口。日军在强大炮火的掩护下，开始集团冲锋了。突然，将军楼南面山上的东北军炮兵阵地开炮了。这是之前一直没有暴露的火力。

密集的迫击炮越过长城，在日军进攻的山坡上炸响了。还有一些炮弹在日军长城外山头上的炮兵阵地炸响了。

受到突然炮击的日军虽然进攻受阻，但没有后退，而是就势卧倒，寻找掩体，找不到的，就卧在那挖散兵坑。

戴安澜看到这儿，更加对将军楼感到担心了。可是两团由于分属中央军和东北军，没能达成统一指挥，电话也没通。这样一来，表面上是两个师作战，可实际上是各自为战，没有形成合力。这样的防守，只要有一点被突破，就会带动全局溃败。想到这儿，他把望远镜对着将军楼方向，开始研究一旦将军楼守不住，如何去支援那里。

龙王峪往将军楼方向看，长城像一架灰色的老榆木梯子，弯弯曲曲地架在赤红色的山脊上，长城和南北两面的山峰就如一个W，不论从南北哪个地方上长城，都要爬一个大坡。长城外的阴坡上，还有一些白白的积雪，长城里坡上长满了黄草和赤红色的酸枣树，因为这里没有耕地，人烟又少，过长城都走大关，很少有人从长城上过去，山间几乎没有什么小路。而这酸枣树丛，比铁丝网还难过，挂住衣服，越拉越紧。结果是两败俱伤。衣服破了，树枝断了。虽然说戴团长在将军楼后面部署了一营，必要的时候增援上去。可是这样的山势，部队能攻上去吗？如果没有重炮的掩护，别说是一个营，就是全团拉上去，也很难说能攻上去。可现在去支援东北军，东北军肯定不领情，而从态势上看，东北军对中央军已形成了警戒。想到这儿，他急忙朝身边的通信兵说："给我接通旅部，找旅座。"

戴安澜的话音没落，通信兵报告说："团座，旅座来电话了，找你。"

"副师座，我是戴安澜。"

"你怎么又跑一线上去了。"杜聿明问。

"在团部看不清战场上的态势。副师座，从我这儿看日军的进攻态势，日军虽然全面地进攻，但进攻重点是将军楼。一旦将军楼被突破，那我们就全线崩溃了。"

"东北军的情况怎样？"

"他们打得很顽强，兵力火力安排都很好。只是日军要在这里撕开一个突破口，他们的伤亡不小。我只能在望远镜里看，他不和我们建立联系，我派人去和他们联系，他不让我们的人过去。不知和旅里师里有没有联系？"

"没有。电话都不让接。没办法，各扫门前雪吧！日军在攻不下来将军楼之后，会把重点转到你那去的。你那儿是长城的最低点，日军必然会在那里进攻的。龙王峪丢了，古北口就会被日军抄了后路。我把两个师和古北口的安危交给你那了，千万别大意了。我看东北军打得很好，不愧是东北虎。守住长城一线没问题，你管好你的防线就行了。"杜聿明说。

"我想还是尽快与东北军建立联系，那样防守起来就可以集中火力，相互支援，能在很大程度上提高战斗力。"

"可东北军不协作也没办法，他们的师部撤到石匣镇去了，联系不上。据情报，日军的主力部队还没有到，日军的重炮部队还没到。如果日军真的从东面抄了咱们的后路，别说是长城一线，就是古北口也保不住。如果日军攻占了长城一线，我们还有二线，可要是让日军抄了后路，想想。在将军楼后面的那个营你动没动？"

"没动。可是我看了，那里进攻地形对我们太不利了。同时东北军对我们有了戒备，我们靠不上去。"

"先这样守着吧，你先做好准备吧，情况有变马上报告给我。"

"我知道了。"戴安澜放下电话。

日军停止了进攻，杜聿明来到师部。

"光亭，一四五团情况如何？"关麟征问。

"海鸥带兵打仗没说的。伤亡也不大。只是和东北军六三四团联系不上，现在是各自为战，形不成合力，让日军占了便宜。"杜聿明说。

"没办法。张师长把师部撤到石匣镇，又把师直属都撤了下去，他是在为自己寻找退路。和张副司令一样，也是个少爷。别说是咱们，就是王军长，他都不放在眼里。谁还能奈何得了他。只要他的三个团不撤，这仗就能打下去。让海鸥多加小心就是了。"关麟征说。

"师座，我看日军的主力并没到，从前面的情况看，日军只有两个联队的兵力，这其中还包括骑兵部队。炮兵也只是些迫击炮、山炮，重炮部队也没上来。就凭这些兵力，日军就敢全面进攻，看来他们这一路打来，没有遇到过对手，官兵都十分的骄横。"杜聿明说。

关麟征指着地图对杜聿明说："光亭，我看日军是想采取两翼包抄，中间突破的战术。而两翼包抄，西边的卧虎山，从地势上看，他们绕不过去。那么，他们就只能从这里抄我们的后路。"他说着点点地图上的龙王峪，接着说："龙王峪的潮河支流，是日军可能进攻的重点，另外，日军还有可能在司马台、金山岭长城一线偷偷越过长城，直奔古北口的东门。这样一四五团的退路就被截断了，长城一线阵地就会不攻自破。单守古北口镇，是守不住的。"

杜聿明说："我不是这么想。我看今天日军没有重炮，看来他们的重炮部队落下了距离，明天，日军一定会用重炮在这里打开缺口。"说着他也指向将军楼，"将军楼至三七〇高地肯定是重点，来个中央开花，分割包围。"

关麟征说："你说的问题我想过，就是日军把将军楼攻下来了，只要东北军在蟠龙山一线的两个团坚决打，日军也攻不进来。我们在他们的后面齐长城上还有一四六团，等于是三个团守一个口子。我还是担心东面，我想把一四五团再往东延伸五百米，扩大防守阵地。再把七十五旅主力一四九团两个营调至东关，同时让他们抽出一个营，向司马台方向放出警戒。保证古北口右翼安全。师迫击炮营也同时调往龙王峪。"

杜聿明说："我同意师座的安排。只有保住了古北口侧翼安全，才能守住长城一线阵地。只是万一长城一线的东北军要是撤了，我们前面就门护大开了，手里一支补漏的队伍也没有了。我认为，一个连足够往司马台方向放出警戒，这个连由一四五团抽出就可以了。我们应把重点放在将军楼与三七〇高地一线。这里才是日军进攻的重点。一四九团还是不要动，作为师的机动部队，这已经是少之又少了，再动，我们手里可没有兵了。"

关麟征对着地图又看了一会儿，说："你说得有一定道理，但我想还是先保住侧翼安全，一四九团抽出一个营向司马台方向放出警戒线，一个营移至东关。"

"我已命令他们派出一个加强排向东搜索，师座这样虽然保证了侧翼，可是我们正面还是太空虚了一点。"

"光亭，你说东北军能撤？根据是什么？他们不是打得挺好的吗？"关麟征对杜聿明说的万一，他还是觉得不可能。因为东北军三个团都和日军接触到了一起，另外还有长城这样的地利。再说了，东北军后面还有他的两个团，就是想撤，古北口镇的关口都在他的部队控制之下，他们从哪里撤？

杜聿明知道这些话师长是早晚得问的，他说："东北军的这三个团，都是好样的。指挥得当，士兵军事素质也不错，作战勇猛，个个都有国恨家仇。他们的装备也好，不比日军差，比我们还要强。只是撤不撤不在他们，虽然说将在外，君命有所不受。可是部队不是他们的，是老张家的部队。大了，是张学良的，小了，是张作相的、张廷枢的。这是他们的本钱。他们不像我们，部队打没了，校长给补；军费，校长给发。他们不行，要是在东北，有张学良给，可现在，一切都得靠他们自己。部队打没了，校长不可能再给他们番号，再给他们人枪。校长最不能容的，是地方军阀做大做强。他们做了丧家犬，手里一根打狗棍都没有，让他们怎么活？所以，他们撤不撤，得看部队的伤亡如何。张廷枢绝不会把本钱打没的。"

关麟征一直静静地听杜聿明讲，点着头，承认杜聿明说得对。可是张廷枢真的就能把国家命运不顾而只顾自己保存实力？真的能临阵撤退？真的就没有军法了？他还是将信将疑。

杜聿明见关麟征没有表态，接着说："师座，眼下对东北军，我还是认为，宁可信其有，不可信其无。做好准备，总是没错的。"

"是的。还是做两手准备吧！"关麟征说。

杜聿明说："师座，我有一个想法，还想请师座批准。"

"讲。"

"日军白天打了一天，他们又是连续的急行军，今晚上一定会十分疲劳，同时又想明天发动进攻，今晚的防守一定会出现许多漏洞。我想带一个连，摸过去，打他一个措手不及，杀一下日军的锐气。"

关麟征不是个小气的人，在和杜聿明的接触中，了解他的为人，很佩服杜聿明主动求战的精神和捐弃前嫌，笑着对他说："我赞同你的建议，但这可不是我借刀杀人啊，这可是你主动请战杀敌的。打赢了，算你的功劳。打不赢，我一个人扛着。"

杜聿明了解关麟征的为人，他听得出关麟征是在开玩笑，笑了笑说："师座还是怪属下以前说话不周哇！"

"哪里呀！我们是兄弟，说句话都挂在心里，还是兄弟吗？还敢背靠背的把命交给对方吗？不论咋说，我们都是可以换命的兄弟。光亭，我是想说，今天可是阴历二月十五，月在中天的时候。这个时候，可不是夜袭的好时候啊！隐蔽性太差。"

"咱们能想到，日军也肯定能想到。日军在军事上可是精得很，他们不可能不防。正因为是月圆之夜，我想日军会放松警惕，让我们钻他这个空子。正所谓攻其不备，出其不意。"

"那好。打得赢就打，打不赢咱们就回来，千万别吃亏就行。"

"是。那我回去准备了。"杜聿明说完敬礼后出去了。

当晚，夜深人静，杜聿明带着一个连，从龙王峪长城出去，悄悄地隐蔽前进，摸到敌人的宿营地巴什克营，一声令下，杀进敌营，士兵们见人便砍，见屋子就用手榴弹砸，杀得日军人慌马乱，东奔西跑，等敌人的援兵赶到时，杜聿明的部队已回到了古北口。

20. 死守，就是守死

十五的月亮，十六圆。太阳落下去，淡黄色的月亮升起来了。枪炮声回荡了一天的群山，突然安静了下来，反而有些瘆人了。没有一丝光亮的明长城，没有光亮的山谷，没有光亮的帽儿山脚下，仿佛到处都藏着杀机，藏着黑洞洞的眼睛，黑洞洞的枪口。任何一处风吹草动，都会惊出一身的冷汗。

天黑后的帽儿山，第一班岗是钱财和大牛，赵大柱告诉他们，注意点东面的山谷。

大哥说："我告诉你们俩，北面是明的，小鬼子一打起来就知道了，可东面是暗的，只要东面不让小鬼子偷袭就行。小鬼子动作可是快得很，几百米的道，只要几分钟就到了山根。"

赵大柱说："就按大哥说的。快去吧！"

钱财和大牛上去站岗了，底下剩下五个人围着火，赵大柱说："秀才，实话实说，你家是干什么的？你是干什么的？我不是怀疑你，是我不明白，你这么点岁数，咋知道这么多呢？咱们排长是军校出来的秀才官，可也没你知道的多呀？我不能让一个不明不白的人在我班里把我蒙在鼓里呀！"

秀才笑着说："班长，你不会怀疑我是日本特工吧？"

"那倒不是。我们是生死兄弟，可我除了知道你叫郑福，是个识文断字的秀才，别的啥也不知道，总不是个事吧！"赵大柱说。

大哥也说："秀才，给我们讲讲，我当了十多年兵，可跟你比，我总觉得少了点东西。说你当过兵我不信，说你没当过兵，我也不信，你知道的东西也太多了。你知道的那些都是书上学来的？谁信？我也蒙了。"

秀才笑笑说："我不是不想说，实在话，要是说了，大家不信，说我是吹牛。大家要是信了，说我是臭显摆。里外都不是，还是别说了。"

赵大柱急了，说："你拿不拿我们当兄弟，要不是兄弟，你别说，我不怪你。要是兄弟，你就说，两条道你选。"

秀才挠了一下头，为难地说："看班长说的，咋说呢？我从小就生活在军营里，我爹早年毕业于日本士官学校。后来，张大帅把我爹派到部队里当了团长、旅长。部队年年搞演习的时候，我就跟着我爹去，看我爹指挥部队。小鬼子的枪炮，我早就见过。我从小就喜欢这些枪炮，可我爹说，好铁不打钉，好男不当兵。还是学而优则仕，只有念好了书，才能干大事。我爹说得没错，你看咱中央军，长官们大多都是黄埔军校的。可是我爹不让我上军校，他说他一个人当兵就够了。可我就是喜欢这些枪啊炮啊的，还有我爹的那些兵书。咱就说《孙子兵法》吧，开篇的第一句就是：'孙子曰：兵者，国之大事，死生之地，存亡之道，不可不察也。'这我倒想起来了，咱得把这帽儿山好好看看，至少得找一条退路出来，咱是来打日本鬼子，不是来拼命的。咱们的命比小鬼子的值钱，一对一地拼，杀敌三千，自损八百的事，不上算。死地而后生，那是得先备下一条生路。《孙子兵法》地势篇说：'夫地形者，兵之助也。料敌制胜，计险厄远近，上将之道也。'大哥、班长，咱虽然不是上将，可现在咱们至少也是统领一座烽火台吧，这生路还是不能不想的。你们看对不对？"

郑连最爱听这话，马上说："对对，是得找一条退路。人都拼没了，小鬼子不是照样过长城，进北平吗？咱得生，有了咱们，就能接着打小鬼子。"

赵大柱说："什么退不退路的，一会儿再说。先听秀才说，你咋就想出来要参加咱们中央军了呢？"

秀才说："我所以要来当中央军，是从报上看到中央军在上海抗战，八百壮士死守四行仓库的事。那时候，我就想去上海，参加中央军了。"

大哥突然想起了什么说："秀才，我怎么想不起来咱们东北军有姓郑的旅长呢？"他还在秀才的事上没回过劲来呢。

秀才说："老哥，别问了。郑福是我的字，姓名你就别问了。多少也让我给祖宗留点脸面，行不？"

赵大柱接过来说："那你叫啥名？"

"你们就叫我秀才，姓名就别问了，问了我也不能说。留点面子。"

大哥点点头，说："我知道了，不问了。"

赵大柱也说："咱们是兄弟，这就行了。你不想说，那是有不想说的理儿，我也不问了。硬逼着你说，也不是兄弟做的事儿。"

旅长，那是多大的官啊，将军！有个旅长的爹，这是哪辈子修来的福分啊？秀才在郑连的眼里，越来越高大了。和班长、大哥、排长比起来，秀才比他们不知道要高大多少倍。

大哥对赵大柱说："打完小鬼子，你想干点啥？"

"当兵。当一辈子兵，挺好。那你呢？"

"回家，开个烧锅，清一色的高粱烧，自己喝，再卖点，过日子呗。"

"秀才，你呢？"赵大柱问。

"念书。把大学读完，到国外读个博士。西方列强一次次地欺负我们，就因为他们完成了工业革命，有了先进的科学技术。我要用咱们老祖宗发明的火药，造个大炸弹，哪个国家要是侵略别人，就扔过去，一个城市一颗炸弹，全炸平了。用不着这么些人在这儿打了，看谁敢欺负咱们。如今一个小日本还成了精了，我就不服气。"秀才说。

"秀才，你可快点去研究吧！研究成了，咱都不用费这个事儿了。猴子，你呢？想干点啥？"赵大柱问。

"买几头牛，买几亩好地，娶个屁股大的媳妇，生他一个班的儿子。每天训练他们，再就没啥事了。"猴子说。

"你？"赵大柱问郑连。

"我？饭我是不要了。读书？读不了，我记不住。种地？我没地。做买卖？没本钱，再说了，我不会算账，做不了。当兵？当这一回，我就行了，下辈子我都不当兵了。"

"毛病。那你能干点啥？"赵大柱说。

"我真的不知道我能干点啥了？不是我不想，是真的想不出来，走一步看一步吧。"郑连接着把话题转了，说，"还是听秀才说说，咱们的退路吧！"这是郑连眼下最关心的事儿。

大哥说："秀才，给我们说说，咱们的退路在哪？"

赵大柱说："说说。"

"这哪是我能说得明白的。这不是班门弄斧吗？我只是想起我爷爷的话，没有远虑，必有近忧。"秀才说。

"你就说说吧。"大哥说。

"第一是守住。上面是死命令，是命令咱们在这儿观察，必要的时候掩护部队撤退。咱们掩护了主力撤下来，主力才能掩护咱们撤下去。咱们要是守不住，主力撤不下来，咱们撤了也是临阵逃跑，同样是死路一条。守住是第一。第二，那咱们掩护了主力撤下来，咱们的下山路只有东面这个口，肯定不行。咱们一打起来，东面这个口子肯定得让日军给封住。咱们要在南面找一条路下山，可这几十米高的崖壁，硬下是不行的，可是有了绳子，那就好办了。眼下咱们得多备上几条绳子，这就是咱们的第二条路。"秀才边说边用小木棍在地上画着圆，最后把小木棍摔到了他画的圆上。

赵大柱看看大哥，说："大哥，你说说。"

"守住。就得再想办法多搞点弹药，最好是能搞到一门小炮，有了炮，小鬼子就不知道咱们的实力，至少可以延长守住的时间。守到啥时候，不是咱们说了算的。那是团里和师里长官们的事了。没有哪个兄弟想死在这儿，可没长官的命令，撤了就是死罪，还不如死在这儿。拼一个够本，拼俩赚一个。绳子，好办，山下的村民家家有。眼下咱们真得想办法搞点弹药，特别是手榴弹、手雷啥的。近了，比炮还管用。"

赵大柱说："行。明天咱就搞。"

班里没有钟表，多亏大哥下山的时候拿上来一捆长长的黄香，就以一炷香为限。一炷香烧完，换岗。香插在梯子上，红红的火头，在黑暗中一眼就能看见。当香头上香灰掉下来的一瞬间，香头的红火就跳光一下子。

一炷香烧完，钱财和大牛下来，就该郑连和秀才上岗了。

郑连先把稳梯子，让秀才先上。秀才上去了，他跟着就上去了。一到了顶上，一股北风迎面吹来，郑连打了个冷战，他弓着腰，提着三八式步枪，朝东北角的箭垛摸去。靠上箭垛，露出半个脸，朝东面的山坡道上看去。淡淡的月光下，发白的小路还是能看得清的。黑色的东山，坐在那，比白天要高大得多，山的皱褶处，月光下显得更黑了。四周看了一圈，没有光亮，听不见动静。只有山风吹着草木，发出沙沙的响声。秀才拿着望远镜，一动不动地看着东边小路的方向。看了有两袋烟的工夫，才把望远镜移动过来。看完了四周，他放下望远镜，搓几下冻僵硬了的手和脸，靠在了东面的箭垛下面。

见秀才不看了，郑连靠近他问："秀才，我想问你个事儿？"那声音自然是甜甜的。

"有事你就问。"

"那你咋不上你爹那当兵呢？那多保险。"

"我不想当东北军。几十万人枪，让几万小鬼子就把东三省给占了，眼下又把热河省给丢了。丢人。我就是想和小鬼子真刀真枪地干一场，让他们知道啥是真正的中国军人。"

"那是当大官的事儿，跟咱们有啥关系？"

"天下兴亡，匹夫有责。何况咱们还是军人，能没关系吗？"

"不管咋说，东北丢了，也不是你爹整丢的。"

"可他是旅长啊，是军人！守土有责。"

"那都是上边的事，跟你爹没关系。军人就是服从命令，上面下令了，能不执行吗？谁敢？我是不敢。我当兵第一天学的就是军令如山。这咋能怪你爹呢？"

"这事还真就怪不着别人，将在外，君命有所不受。你知道旅长有多大权吗？东北军的旅，跟咱们师一样大，有的比咱们的师还大呢。在东北，旅长是最有实权的，管军队，管地方，当地的最高行政长官都是由军人兼职。一个旅长，就是一方诸侯。就说锦州，少帅一枪没放就让给日本人了。这不只是丢了东北最后一个家，还让那些坚持东北抗战的将士没了希望，寒了心。你就说前面的一一二师吧，那是张作相的警卫旅改编的，师长是张作相的公子。他要是说一声撤，部队马上就撤下来，他才不管你是谁呢。"

"那他们能撤吗？"

"这都是说不准的事儿。"

一句话，又吓了郑连一身的冷汗。前面的一一二师要是撤了，明长城阵地就丢了，这儿就成了一线阵地了，到时候想撤也撤不了，就得死守了。一想到死守，就得守死，那个死字就让他讨厌。咋守都行，就是不能用这个字守。战场上咋能用这个字呢，那不是自己给自己找不自在吗？

21. 生与死的关头，一班七人结义成兄弟

过了半夜子时，就是3月11日，农历二月十六了。

郑连睡下了，可是他心里总是不踏实，他正睡得迷迷糊糊的时候，听到赵大柱喊道："谁站岗呢？谁？"

谁漏岗了？郑连躺在被子里一下子坐了起来。他脑子里想，是不是小鬼子摸上来了？

烽火台上面传来大哥的声音："我。起来了。"

"咋没叫我接岗呢？"赵大柱问道。

大家都让赵大柱喊醒了。一听，都明白了，大哥一直站到天亮。

钱财和大牛起来接岗了。

日出的时候，是烽火台上面最冷的时候。

大牛在上面站了一会儿，就冻得有些受不了，他下去抱了一些柴草上到顶层，蹲下就要点火。赵大柱发现大牛抱柴草上去，就跟了上来，一见大牛要点火，忙一下子把他推倒在地上，说："你他妈的不要命了，你是怕小鬼子不知道哇？这要是让上峰知道了，非给你小子执行战场纪律，军事法庭都不用去，直接就毙了。"

大牛从地上站起来，有些急了："那还让不让人活了，点个火就枪毙，

那东北都丢了，你看他们毙谁了。烤烤火就战场纪律了？我他妈的还不信这个邪了，老子宁可让上峰毙了，也他妈的不想冻死。"大牛的傻劲上来了。

赵大柱也急了，说："你不怕死，行！可你想过咱们全班吗？小鬼子的飞机说来就来，你这不是给小鬼子送信吗？你还来劲了，今个你点着这火，引来小鬼子，不用上报，我就毙了你。"

大牛听完赵大柱的话，看赵大柱端起了枪，他手里拿着火，看看柴草，还真的不敢点了。他只想到冷，根本没往赵大柱说的地方想。可是他心里感到堵得慌，就这么干冻着？还有赵大柱的那个样，都一个班里这么长时间了，用得着那样吗？可是大牛为了要回面子，拿着火，站在那儿不动，瞪着赵大柱。

两个人就这么僵着了。

大哥听到赵大柱和大牛吵了起来，忙拿着一床被子上来了，说："班长，大牛没想那么多，也难怪，他还不知道日军的厉害。好在有班长在，多给咱讲讲。大牛，是吧？"说着把被子给大牛披上，说："走，到下面去，老哥教教你，咋能有不冒烟的火。"说着他拉着大牛朝烽火台下面走去。

经大哥这么一说，大家都有了面子。大牛的气也消了，跟着大哥下了烽火台，来到了底层。大哥拿起一个他拣来的东北军钢盔，装上半盔炭火，说："抱到上面去。"

大牛说："大哥就是大哥，还真有法儿。今后，我就听大哥的。"

大哥说："班长说得没错，啥事从脑子里走一遍，这小鬼子可是鬼着呢。班长也没别的意思，司务长打伙夫，阶级服从吧！"说完，他拿过来机枪，用袖子擦拭掉上面落的灰。

猴子见地下有些砖头，就拿起来往窗子上摆。大哥看见了，说："猴子，干啥呢？"

猴子说："大哥，这都不知道？一是挡风，二是修工事。"

大哥说："猴子，我还真的是不知道。可你好好看看，山下的子弹能打到你修的工事吗？可是小鬼子炮弹要是落下来，炸飞了这些砖头，你想想会是什么情况？我真的不知道你这个老兵是咋想的。"

大哥这话一说，让大家都明白过来了。

赵大柱说："猴子——！猪脑子，听大哥的。"

郑连上去边扒下砖边说："别没叫小鬼子打死，倒让你给害死了。还老兵呢，我都替你难过，啥时候能干点老兵的事儿？"

猴子对大哥说的话，他服气。对赵大柱的话，他也认，班长嘛。可是郑连这么一说，他受不了了。都是一起参军的，凭啥你说呀，他对着郑连来劲了："我操，你算老几呀，我还不是为了大家好哇，老子还他妈的不干了呢。"说着把手中的砖扔到了边上。

"你给我干呢？没谁求你干。"郑连也没惯着他，他想，不敢和大哥来，欺负上我了。这不是欺软怕硬是啥，我也是你欺负的？他对着猴子瞪着眼睛。

郑连和猴子话不投机，再发展下去，说不定真能动手打一仗。因为郑连和猴子差不多，都没有让人服气的地方。

大哥就是大哥，他那一脸的横肉，也有顺过来变成笑的时候，他笑着过来说："猴子，这个烽火台就是咱们阵地，咱们现在想的，是小鬼子咋来攻咱们？要想知道，你就得反过来想。只要咱们守住这个山头，小鬼子就有千军万马，也攻不到东门。这才是一夫当关，万夫莫开呀。咱们这儿到山下这条路，直线也就是一百多米，可是爬上来，可就不易了，除了东面这有个山缝，别的地方还真难上来。鬼子上来了，就用手榴弹。可另外三面也不能不防，等到打起来，多长点心眼，多听着点下面的动静。老兵，别生气，兄弟们聚在一起打鬼子，缘分。"

猴子不好意思地笑了。

对郑连而言，他只是想说他也不是那好惹事儿的主，可也不能得理不让人，都是一个班的兄弟。猴子不说啥了，他自然也不说啥了，干自己的事儿吧。

赵大柱说："咱们哥儿七个，现在就是生死弟兄了，患难与共，同生共死。"

大伙都点头表示赞同。

大哥说:"班长这么说,我想高攀一下,咱们哥七个就像杨老令公的七个儿子一样,今天就拜把子,结义成七兄弟,怎么样?"

赵大柱说:"我也是这么想的,咱们到上面去,兄弟七个,对着令公庙。谁背叛了七兄弟,就如这火烧成的灰,让大风刮走,死无葬身之地。"

拜把子,当磕头兄弟,大家自然都乐意,一起的生死兄弟,也是个照应。按照大哥的意思,七个人上了烽火台,一字排开,朝西跪下。赵大柱带头说:"我们兄弟七人,不求同生,但求同死。"

"我们兄弟七人,不求同生,但求同死。"

磕了三个响头之后,七个人起来,相互看看,都备感亲切。拜把子只是个仪式,可就这么一个仪式,心里都感觉到暖暖的。从此就是兄弟了,而且是在这个时候,每个人都从心里生出兄弟之情。郑连原本就哥一个,今天有了一班兄弟,就觉得血往上涌,心跳个不停,仿佛一下子心里有了底似的。

赵大柱说:"咱们既然是兄弟,那就得有大哥,得有个兄弟名分。这个大哥,非吴大哥没有第二人。我服。"

大伙一齐喊道:"大哥。"

接下来,赵大柱二十六岁,排老二;李大牛二十五岁,排老三;钱财二十四岁,排老四;孙小圣和郑连都是二十一岁,孙小圣生日大两个月,排老五;郑连排老六;秀才十九岁,自然的排老七了。

赵大柱说:"今后,咱们全听大哥的。"

郑连说:"班长,那你呢?"赵大柱是班里的最高长官,这是明摆着的事,还有一个,就是赵大柱不一定会像大哥那样死打硬拼。因为他看出来了,大哥是来和小鬼子拼命来了,他一个人拼命不要紧,别把全班都搭里去。

"咱们从今往后,只有大哥,没有班长。要说打小鬼,只有大哥跟小鬼子照过面,咱们谁打过?再说了,大哥当过连长,不听大哥的,听谁的?"

163

听大哥的，赵大柱这话一出口，大家都知道了，这往后的日子，就在血与火里过了。

所有的人都感觉到一股发自心底的温暖，如今他们是战场上真正的生死兄弟了，面对凛冽的寒风，面对日军的炮火，他们不再感到寒冷和恐惧，兄弟同心，生死与共。虽然只有七个人，虽然武器简陋，纵然生还的希望渺茫，只要兄弟们在一起，面对死亡，无怨无悔。

醉卧沙场君莫笑，古来征战几人回。秀才眺望着起伏不断的群山吟诵道。

几个人拥抱在一起，凝重地望着日军的阵地。

22. 日军主力齐聚古北口，将军楼失守

十一日天刚放亮，关东军第八师团师团长西义一就在二里寨召开了军事会议。

西义一是连夜从滦县带着主力部队赶过来的。第八师团是甲午战争结束以后成立，在日俄战争中也较晚投入战场，它留给人们最深的印象，就是后来拍成电影的著名的八甲山事件。1902年，日本人为了准备在寒冷的中国东北与俄军作战，加强了冬季训练。结果第八师团的第五联队在八甲山一次雪中行军中迷失方向，冻死了199人，震动日本。

西义一，1902年12月22日毕业于陆军炮工学校高等科第十期。日俄战争历任第七师团弹药大队附，第二师团后备野炮兵中队长。1909年12月3日毕业于陆军大学校第二十一期。1923年8月6日晋升陆军少将。1931年接任第八师团中将师团长。

第八师团在日军中并不算起眼，但此次热河作战的表现却令人刮目相看。第八师团于25日攻下朝阳后，机敏地调整了部署，以十六旅团长川原侃少将为指挥官组建了快速挺进队，组成先头部队，不管师团主力单独向前猛插，一路击破中国军队的阻击。2月28日出发，从中路沿北票、朝阳、凌源、平泉、承德一线进攻，速度惊人。3月4日午后就冲抵承德，行程近三百

公里。

西义一因为川原侃在此之前的功绩，对他昨天没等主力部队到达就发动进攻，没有责备。尽管只用一百二十八骑占了承德，可那是汤玉麟主动放弃。眼下不同，中国军队中的东北军和中央军联合起来，是拼了命要保住长城一线。这个时候，如果部队久攻不下，对部队的士气是个打击。川原侃显然是太轻敌了。他没有责备，是想保护军官们的这种主动进攻的积极性，让每位指挥官都有这种军人的荣誉感。虽然他对东北军从心里看不起，可是对于中央军，他认为是应认真对待的。只有打败中央军，南京政府才能屈服。对此，他对今天的这场战斗，还是以打击中央军为主。而战斗的核心，就是将军楼。只有攻占了长城上这一制高点，才能迅速击溃东北军阵地，从中间把中央军分割开，包围起来，最后彻底消灭。对此，他把主力部队全都部署在将军楼一线，他想一战而攻取这个战略高地。

虽然西义一和大多数关东军将领一样，看不起眼前的中国军队，但每一次作战他都会认真对待。这次他决定采取中央突破的战术。会议开始后，他首先为全师军官分析了眼前的形势："首先，我对昨天川原侃君的指挥表示敬佩，这便是我关东军之精神。我将上报军部，为川原侃君请功。但是对于昨晚中央军的偷袭，田中清一大佐有直接的责任。下面，我们来看一下眼前的势态。"

西义一将中央军和东北军在古北口长城的布防详细地介绍了一番，然后请第八师团参谋长小林角太郎大佐宣布作战计划。

小林角太郎来到地图前，说："师团部命令：第三十二联队第一大队一个中队牵制卧虎山东北军，使其不能东援。另两个中队由百武俊吉大尉第一战车队、工兵第八大队第一中队小泉于菟弥大尉配合，攻取大关长城，攻击要猛，使其抽不出兵力增援东面长城三七〇高地。骑兵第八联队联队长三宅忠强中佐指挥，进攻龙王峪口，挡住他们可能向将军楼增援。十七联队联队长长濑武平大佐全部、三十二联队联队长田中清一大佐两个大队、野炮兵第八联队联队长广野太吉大佐全部，由旅团长川原侃将军指挥，进攻三七〇高地和将军楼。师团直属部队及旅团直属队为预备队。7时发起总攻。命令完毕。"

戴团长昨天晚上，按师部命令，把战线往东拉长之后，就立即命令预备队做好准备。明天必有一场激战。

今天一早，他登上长城，又对阵地进行了一下调整。上午7时，日军的进攻开始了。

日军虽然这次投入一个骑兵联队进攻，但骑兵进行阵地攻击，一个联队也仅仅相当于一个步兵大队的实力。但因为有炮兵的有力配合，日军的攻击还是相当猛烈的，特别是日军在炮火的掩护下，在北山上建立了重机枪火力点，打得官兵抬不起头来，只能在箭垛下面还击。尽管如此，戴安澜还是从长城一线的炮火中感觉出来，日军进攻的重点是三七〇高地至将军楼一线。

东北军打得十分艰苦，日军几次攻上长城，都让东北军给反击了下去。好在东北军的炮火支援得及时，使日军后面的部队让炮火给压制住了。但长城上的东北军伤亡也十分惨重，一些受伤的士兵带伤还在战斗。有几次他想从长城上派兵去增援，又怕日军突然对他阵地发起强攻。因为关师长一再跟他说，日军的进攻重点，一定是龙王峪。可是从战场的迹象上看……他拿起电话，要通了师部。

"师座，我是戴安澜，我看日军的进攻重点是将军楼，不像是龙王峪。"

"我知道日军进攻重点是将军楼。可是，龙王峪是日军包抄我军后路的唯一路线。千万不可大意，这是全师的生命线。日军极有可能从你那打开缺口，沿潮河支流干沟包抄我们，这是日军常用的战术。千万要注意，以防万一。"

"师座，我看三七〇高地至将军楼那怕是要守不住。那是全线的支撑点，一旦日军攻下将军楼，那就会全线动摇的。"

"那是一个整编团，一个团守不住一个将军楼？那他们是干什么吃的！

在他们的后面，有咱们一个团，实在不行，我让七十五旅再顶上去。你那一兵一卒也不能动。一定要保证咱们侧翼的安全。"

"是。我坚决守住龙王峪。只是担心将军楼被攻破，我们团就有可能被切断后路。古北口也危险了。"

"我知道了。"关麟征那面放下了电话。

戴团长放下电话，他拿起望远镜，继续观察着将军楼方向的战况。在将军楼西面的三七〇高地，日军居高临下，掌握着战场的主动权，而将军楼长城一线处在被动挨打的位置。要想守住将军楼和长城一线，三七〇高地至关重要。他又拿起了电话，打给了杜聿明副师长。

"旅座，西面的三七〇要失守，将军楼也要守不住了。那两个阵地是连着的，东北军要是守不住，他们有撤出阵地的可能，怎么办？"

"那是东北军的事，咱管不了。眼下这种局面，我们只能以不变应万变了。你只要守住龙王峪，不让日军抄我们后路，什么都不怕。在将军楼方向加强防守，防止日军占领将军楼之后向两侧攻击。我已命令一四六团向前靠了，情况有变，马上补上去。"

"旅座，还是早点想办法吧，将军楼一旦让日军攻破，我们全线就被动了。到那时，再想夺回将军楼，怕是不可能了。现在想用一个营的兵力配合一下东北军，帮助他们守一下三七〇高地和将军楼。否则，非丢了不可。请旅座与东北军联系，让我们上去。"

"海鸥，不可能。东北军根本不与我们联系，就是有部队也用不上。别说是你我，就是咱们军座说了，也不管用。在他们东北军眼里，除了他们的少帅，谁说了也不管用。你现在上去增援，弄不好再与东北军发生摩擦，更麻烦了。你没看到东北军对你的设防吗？"

"我是看到了，这不是想让师里与他们沟通一下吗？否则，就这么干看着？"

"除了干看着，谁也没办法。张廷枢师长是张作相司令的公子，少帅张学良也要让他三分。是你我能说上话的人吗？他下面的那些团长，更是骄横得说不得动不得。守好你的阵地吧，还有那句老话，各扫门前雪吧！"

"可这仗没有这么打的呀！眼下都是在一条船上，船沉了，谁都没好。"

"说对了。要不能四十多万人挡不住七万日军的进攻，十几天就把一个热河省给丢了？别管这些了，守住咱们的阵地，打出咱们中央军的样来，别给校长丢脸。咱们这次可是校长亲自点的将，别第一仗就败了。那样东北军可有话说了。"

"是。我明白。"戴安澜无奈地放下电话，可他还是不放心，朝身边的参谋长说，"命令与东北军接和部，加强戒备。调一个连过去，一旦日军从将军楼攻过来，用火力压制住日军，一定保住侧翼不让日军攻破，使他们下不了将军楼。"

参谋长答应着，去安排部队了。

前面一打响，关麟征在师部就坐不住了。他从师部出来，上了山上，用望远镜观察前面的战况。从前面枪炮声判断，将军楼一带打得十分激烈。他回到指挥所，就接到了帽儿山观察哨的电话。日军在长城一线全面展开进攻，重点进攻将军楼和三七〇高地。关麟征心里十分清楚，将军楼和三七〇高地是蟠龙山长城的制高点，是整个古北口防守的核心，一旦将军楼让日军占领了，那么一四五团两面受敌，整个部队都在日军的炮火之下。日军如顺势向南，就会切断一四五团的退路。而一四五团只有从干沟方向退出龙王峪这一条路。他马上命令帽儿山观察哨随时报告前面的情况。因为一一二师的情况，他只能通过帽儿山观察所了解。他对作战参谋命令道："通知一四六团，一旦发现将军楼有变，马上用火力增援。命令一四五团，注意两侧日军的动向。命令一四九团，做好战斗准备。"

这时帽儿山观察哨报告："报告，日军可能占领了将军楼，三七〇高地看到了日军的膏药旗，将军楼那看到了日军的膏药旗。"

关麟征刚听完帽儿山观察哨的报告，一四六团梁团长也打来了电话："师长，我看三七〇高地和将军楼可能失守了。"

"准确吗？"关麟征说什么也不能相信，三七〇高地和将军楼能这么快失守。

"我看是，日军的军旗都插上了。"梁团长报告说。

"东北军的情况如何？"

"东北军还在顽强抗击，将军楼两面的烽火台还在东北军手里。他们正在组织反击，但夺回阵地的可能性不大。日军的炮火太厉害了，把反击的部队都压住了。"

"守住你的阵地，用火力控制住日军，我这里马上去增援你们，帮东北军夺回将军楼。"关麟征刚放下电话，电话铃声又响了起来，他抓起电话，就听电话里面是戴安澜的声音。

"师座，我是戴安澜，将军楼让日军占领了，日军正向我左翼运动。我左翼部队正在与日军激战，请师长……"下面的话没有说完，电话断了。

关麟征命令通讯参谋说："马上给我接通一四五团。"

通信参谋朝通信兵大声喊道："马上去接通一四五团电话。"

两个电话兵背着电话线跑出了师部。从这时起，一四五团的电话就再也没有接通过。

关麟征怎么也没有想到，三七〇高地和将军楼这么快就失守了。这时他想到杜聿明在昨天早上的话，就是怕东北军来上这一手，把将军楼和三七〇高地给丢了。现在果然如此。这就使得整个防线都受到震撼，现在的二线阵地成了一线阵地，也就是说失去了最有利的防守阵地，二线阵地在地势上，并不占什么优势，可以说是大体相等。好在河西村卧虎山和大关还在东北军手上，如果那里也失守了，那么就只有全线撤退一条路了。而这种仓促撤退，就是溃逃。兵败如山倒，正是如此。一想到这些，关麟征只觉得一股冷汗从后背上流了下来。可是他马上就镇静了下来，他给杜聿明打电话，让他马上回到师部。接着他命令詹参谋长："命令司令部所有人员，准备战斗。"

詹参谋长答道："是。"他刚要转身，又让关麟征给叫住了。

"给军座发报：东北军一一二师防守的三七〇高地和将军楼一线已被日军占领。目前日军第八师团正全力向我二线阵地攻击，我将率部反击。日军两倍于我，请军座火速增援。同时协调北平军分会，命大关、河西镇的东北军坚守阵地，保证我师侧翼安全。马上发出。"

"姚主任。"詹参谋长刚出去，关麟征又叫来了参谋处主任姚国俊，这也是他的陕西老乡。陕西醴泉人，黄埔四期步科，陆大九期。

"马上命令把通往各团的电话接通，随时将前面的战况报告给我。让一四九团调一个营到师部待命，要快。让王团长亲自带过来。再催一下杜副师长，马上赶回师部。"

"是。"姚主任出去了。

杜聿明还没有来，关麟征从墙上摘下美式冲锋枪，推上子弹，放到了桌子上。从眼下的战况来看，将军楼是核心，夺不回将军楼，整个防线就会垮掉。而眼下，日军占领将军楼的，可能是小股先头部队。如果等到日军主力上来，那么就没有夺回的可能了。一想到这儿，他更坐不住了。他看看手表，都十分钟了，杜聿明怎么还没有来？可是细想想，十分钟，是太急了点，从前面二线阵地回来，至少也得三十分钟。为了节省时间，他决定去七十三旅旅部。他马上喊来通讯参谋："通知七十三旅旅部，让杜副师长在那等我，我马上就到。命令特务连跟我走。"

关麟征来到七十三旅指挥所，杜聿明正在那里等他。两人见面，谁也没客气，因为火烧眉毛，没有客气的工夫了。关麟征对杜聿明说："三七〇和将军楼失守，我带部队上去，看看能不能夺回阵地。"

"还是我带部队上去吧，你在师部指挥全师。"杜聿明说。

关麟征举起冲锋枪，"你在这儿指挥南城部队，一定要守住二线阵地。我带特务连并一四九团一个营上去，能夺回将军楼更好，夺不回来，也得守住二线阵地和龙王峪阵地，防止日军从东面包抄。"

"师长，将军楼是全线的核心，日军和我们同样清楚，我想必是一场恶战，还是我去吧，你要指挥全师的。"杜聿明说。

关麟征说："光亭，不是我信不过你，还是我去吧！一四九团是七十五旅的部队，还是我指挥吧。你守在师部，随时和我保持联系。"

对于关师长的话，杜聿明心里也明白，一四九团不是他的部队，虽然他现在是副师长，可七十五旅旅长张耀明是他陕西同乡，黄埔同期。一四九团团长王润波，四川开县人，是黄埔三期步科。对于这些人，有师长在，他指挥起来未必能顺手。他看看关师长，说："那就按师座的命令，我一定守住二线阵地，组织炮火支援你。"

关麟征说："守住就是胜利。如果能夺回将军楼，你这里马上组织增援，如果我夺不回将军楼，你这里守住就有办法。你这里先做好准备，组织预备队，我现在就带部队上去。"说完他提着冲锋枪出去了。

对于夺回将军楼，杜聿明认为可能性极小。因为从北进攻将军楼和从南面攻击是一样的，都是仰攻，如果没有重炮的支援，那是太难了。他立即叫来了旅炮兵连长，命令道："把炮兵阵地前移，集中全部炮火，支援师座进攻将军楼。快去！"

炮兵连长出去后，他还是不放心，又对旅参谋长命令道："命令靠近将军楼的部队，用火力增援师座的进攻。"

参谋长出去后，杜聿明还是有些心神不宁，总像是有什么事在心里放不下。他在屋子里来回走了几趟，朝门外的警卫说："马上跟我到师部去。"又对值班参谋说："参谋长回来后，告诉他，我去师部了。让他在旅部指挥部队，有事往师部打电话。"说完急急忙忙地朝师部赶去。

23. 帽儿山，七个人挡住了日军的穿插小队

天亮了，郑连的心里多少平稳了一些。北面有明长城挡着，又有东北军一个师守着，二线阵地又有一四六团守着，小鬼子一时半会儿攻不过来。可是大哥和秀才的话里话外，总在想着守帽儿山的事儿，这使他感到，长城一线阵地早晚要丢。守在帽儿山这样的地方，也算是个天险了，但大哥说这是一块死地。站在烽火台上往北一看，果然如此，日军一个冲锋就到了帽儿山下，那就是说，一旦有事儿，日军四面一围，真就是死地了。这会不会像《三国演义》马谡守街亭那样，被困在山上，让敌人断了水源，军心大乱？马谡没死在乱军之中，还是让诸葛亮给杀了。一想到死地，他的心就跳个不停，好在腿不像先前那样软了。

烽火台底层，大牛靠着墙坐着，有气无力地朝赵大柱喊："班长，吃点啥呀，王半勺咋还不来？弟兄们卖命，他们饭都供不上，还能干点啥呀？"

郑连一向认为大牛是属猪的，就认吃。可是他这一喊，自己的肚子里也咕咕地响了几下，叫是叫，可他没感到饿。从上了烽火台，他就没感到过饿。胸口，总像有东西堵着，心总是悬在嗓子眼，不落底。

这时一股烧土豆的香味从灰堆里飘了出来。几个人把眼睛都盯在灰堆上。

大哥说:"咋样,闻出来了?吃吧!"说着拿个木棍往外扒土豆。"哥几个,吃饱了。这仗还在后边呢!真打大了,这饭可就吃不成了。在东北,那些胡子的大绺子,就是你们说的土匪,可以几天不吃饭,照样打仗。可是当他们驻下来的时候,吃了上顿就接着做下顿。保证锅里总有饭吃,肚子里总是饱的。谁也说不准一天吃几顿饭,就是为了打仗,防备万一。这就是东北的胡子谁也剿不灭的一个道吧!吃吧!"

灰堆里烧出来的土豆,外面挂着一层灰,在地上磕几下,灰就掉了,露出金黄色嘎巴,就像挂浆的丸子,外焦里嫩。

"长官,长官。"大家正在吃土豆的时候,烽火台东坡的下面传来了喊声。几个人忙拿起枪,朝外面跑去。赵大柱来到东面石缝处往下一看,一位十六七岁的道士,提着个篮子在崖壁下面喊呢。赵大柱仔细一看,是月清,杨令公庙的小道士。

"月清师傅,你来干什么?"赵大柱端起的枪放下了。

"长官,小道奉师父之命,就是古北口关帝庙住持明恺法师,为大军送点干粮用,这山上不比镇子里。"月清说。

大牛说:"真是想啥有啥,想吃奶孩子他妈来了。"没等赵大柱说呢,他接过来篮子,和月清一块来到了东门。

赵大柱对月清说:"这么远的路,不用再送了,一会儿炊事班就送饭来了。"

"长官,这是师父让送的。另外,师父说,帽儿山就这么一条石缝能爬上来,让我带两根绳子来。师父还说,咋用,长官都是明白人。我这就下山去回师父了。"说完,月清从身上拿下绳子,来到烽火台南面,一头系在腰上,一头系箭窗上,来到崖壁边上,一边松绳子,一边蹬着崖壁下山了。转眼之间,人就到了底下,接着传上话来:"长官,我走了,请把绳子收好。"

赵大柱拉回绳子说:"别说,还真应了秀才的招了。有了这个,咱们就多了条下山的道了。"

大哥看月清下去了,他朝月清上来的石缝看看,刚才他还看着山下没有人，就在他扒土豆的工夫，人就上来了，看来这上山的路不是那么难走，要是小鬼子从后面摸上来，怕是真给堵在窝里了。山上的风大，刮得草树呼呼响，再加上前面的炮火，上来人根本听不见。想到这儿，他对赵大柱说："班长，我看咱们得在石缝这儿也设上岗了，刚才月清上来，咱们谁都没看见，要是小日本从东面摸过来，几颗手雷就把咱们报废了。"

赵大柱也在想这个事，听大哥一说，忙点头，"行。咱们七个人，分成两班，石缝这放一个人，上面两个人。大哥指挥。"

大哥说："老二，还是你指挥。三个人一班岗，我看这东面的山沟里是个死角，真得加大小心。"

大牛从篮子里摸出一个白面馒头吃了起来。

秀才说："大牛，篮子里还有咸菜呢。"

大牛说："七弟，有这个就行了。"说着上了烽火台，拿起了望远镜，朝北面看去。

几个人边吃馒头边看大哥摆八门。大哥低头沉思说："在东北的胡子，凡是要突围的时候，都是先摆八门，哪门先开，那是天意，照着天意的方向，大家齐心协力，照一个方向猛打猛冲，没有不成功的时候。这个活都是由师爷来干，其实，从哪面走，全是师爷说了算，摆的时候，也不让外人看。可师爷发起令来，从不说他自己让往哪面打，而是推八门推出来的，天意。就是败了，师爷也没责任。"大哥说到这儿，把东南角上最后一张牌拣了起，东南门最先开了，接着北门也开了。大哥朝他们几个说："看到了吧，都注意东北角，这东西最灵。"

秀才说："大哥，那我也来一把。"

"这东西只能一回，再来一回就不灵了。那就是心不诚，心诚则灵，心诚则灵。"大哥说着把牌收拾了起来。

"大哥，下面有情况。"大牛在上面喊道。

大哥正在收拾牌，第一个上去的，是秀才，他到了上面就喊了起来："大哥，班长，快看，东山那儿有人，像是小鬼子！"

175

一听说小鬼子，大家都站了起来，大哥急忙上来向东面举起望远镜，只往东边小路上看一眼便喊道："班长，快给师部报告，有小鬼子从东面摸上来了，一个小队，七十多人，三挺轻机枪，有汉奸带路。大牛，快去把机枪扛上来。准备打。"

从来到长城打鬼子，几天里只听到枪炮响，可谁也没见到日本鬼子的影。一听说有日本鬼子，都跑到东面去看，同时都把枪伸了出去，子弹也随之上了膛。

秀才伸出手量一下，说："大哥，现在有五百米。"

机枪扛上来了，大哥架好机枪，问："有多远？"

秀才又看了一下，说："四百米。"

大哥说："小鬼子够快的，我先把他拦住，至少能把两挺机枪手干掉。我一梭子打完，你们再打。你们瞄准当官的，一起打，别心疼子弹。"

赵大柱报告完了，从大牛手里接过望远镜说："大哥，师部马上有部队上来，让咱们先顶住。"

从东南小路上来的日军，虽然都穿着大衣，可跑起来一点不慢。一路纵队，沿着东山小路朝山下的路跑步前进。跑到东山下北道口的时候，留下三个哨兵，余下的接着往西，直奔帽儿山下古北口东门方向。

大哥的机枪一直瞄着前面。秀才不断地报着他测量的距离，三百米，二百五十米，就在秀才报到二百米的时候，大哥的机枪响了。清脆的机枪声，打破了清晨的宁静。就在大哥换弹夹的工夫，六支枪全打响了。

日军开始组织火力反击，可是日军面对帽儿山上的火力，找不到可以躲藏的掩体，全身都暴露在枪口之下，只好边打边朝东南小路撤退。

大哥朝赵大柱说："班长，你领着钱财、猴子、大牛、郑连快点下去，把日军的那些武器拣上来。晚了，就让撤回来的部队捡走了。千万把那两挺机枪拿回来，那咱们可就有本钱了。我和秀才在山上掩护。"

虽说上山容易下山难，但下山还是比上山快多了，几个人一溜烟似的下了山，冲到了鬼子的尸体前。地上躺着八个小鬼子，看样子，都死了。郑连朝一个抱着机枪的小鬼子走去，去拣他手里的机枪，可是小鬼子死死地握着机枪，郑连突然觉得这个小鬼子没死，吓得他倒退了几步，拿枪对着小鬼子，朝赵大柱喊："班长，这个小鬼子没死。没死！"

"给他一枪。"赵大柱说。

郑连子弹已上了膛，可就是下不去手，只是朝赵大柱喊："他没死。"

"给他一枪！"赵大柱大声吼了郑连一句。

枪对着小鬼子，郑连还是下不了手。可是那个小鬼子竟然在动了，把机枪拿了起来，枪口转向了郑连，那目光中没有一丝的求饶，像是在朝郑连冒火。郑连一急，手中的枪响了，子弹在小鬼子的头上钻了过去，小鬼子的手松开了，机枪歪在了一边，人不动了。郑连重新握紧险些掉了的枪，虽然枪险些掉了，可他终于亲手打死了一个小鬼子。他大声吼了一嗓子，提了一下精神，想从刚才的恐惧中恢复过来，可那不是想恢复就恢复的，他的脚站在那儿，动不了。这时赵大柱过来，踢了他一脚，骂道："还愣着干什么？快把机枪拿过来。拖拖拉拉的，毛病。"

赵大柱的一脚把郑连踢疼了，他的精神气也来了，忙捡起机枪、子弹、手雷，还顺手把小鬼子的钢盔戴在了头上。

大牛直奔那一挺机枪去了，拿起来就不管别的了。要不是赵大柱喊子弹，他子弹都不拿了，只顾着看机枪了。

钱财的手脚麻利，捡了步枪、子弹、手雷之外，他几乎是把日军的衣服都翻了一遍。最后，他解开一个日军的腰带，扣上带卡子，套在自己头上，把另一头套在日军尸体的头上，他往起一站，那个日军尸体也跟着起来了。他倒出两手，开始往下扒日军尸体身上的羊皮大衣了。几下子就扒下来一件羊皮大衣。他把扒下来的穿上后，又去扒第二件。

猴子看钱财扒皮大衣，也想扒一件。他不敢像钱财那样用腰带吊起尸体，就在地上扒。可是钱财都扒了两件，他一件还没扒下。还是赵大柱过去才帮他扒下来。

郑连也想扒一件，可是他不敢碰那些尸体。大牛喊他说："郑连，快过来，帮我一下，把这个扒下来。"大牛一手提着机枪，一手解日军尸体上的皮大衣。

郑连说："你把机枪放下，没人和你抢机枪。"说着提着机枪朝大牛那走去。就在他帮着大牛扒下来一件皮大衣，大牛要帮他也扒一件的时候，他们听到小鬼子的飞机来了。长城一线也传来了一阵密集的炮声。

赵大柱喊道："撤，快撤！快快。钱财，你他妈的不要命啦！快快，啥也不要了，马上给老子回来。"

大家拿着东西就往山上的树丛里跑，郑连提着机枪跑在最前面，几个人中，只有他拿的东西少。钱财在最后面，还是赵大柱帮他拿一件皮大衣，好在这回日军的飞机只在明长城一线上轰炸，没有往他们这儿来。这使他们可以从容地把两挺轻机枪、三支步枪，还有弹药、皮大衣都带了回来。

日军的羊皮大衣，羊毛雪白，厚厚的羊绒，软软的，一把摸不透，暖和。可是接下来，郑连就显出尴尬了。钱财扒了三件，他帮大牛扒了一件，赵大柱帮猴子扒了一件。总共五件大衣，班里七个人，就得有两个人没皮大衣穿。郑连想和赵大柱说，回去再扒两件，可是往山下一看，别说皮大衣了，就是八个鬼子尸体也让下面的部队抬走了。

大牛、猴子穿上皮大衣，爬到上面去，替换大哥和秀才下来。

钱财穿着一件皮大衣，剩下的两件摆到铺上，有一件上面有血污，他到烽火台北面捧回来雪，拿一块破布蘸着雪擦洗。

大哥下来问赵大柱："这趟没白跑吧？"

赵大柱说："两挺机枪，还有这么些子弹、手雷。"

大哥看钱财在那擦洗皮大衣说："整回来几件？"

钱财说："我整回来三件。"

赵大柱说："一共是五件，大牛、猴子都穿上去了。"

大哥说："我看见了，好东西。关东军的皮大衣都是两三年以上的老羊皮，抗风，结实。"

赵大柱说："这回站岗有穿的了。"

钱财说："这可是我自己的。"

赵大柱说："什么他妈都你的？是你的就不能穿了？也行，都是你的，我们不穿，你一个穿，黑白都在上面站岗，行了吧！"

钱财说："我没说不能穿，可这是我自己的，别人穿，只能算是我借给穿的。等打完了仗，得还给我。"

赵大柱说："给都没人要。还当好东西呢！要不冷，小鬼子的东西，白给老子都不要。更别说是从死鬼子身上扒下来的了。"

钱财没再说什么，他也不好再说什么了。总算是晚上站岗有皮大衣穿了。

大哥看郑连身边的机枪说："班长，这挺机枪你来用。先拿上面练练，这回咱们有三挺机枪了，别的不敢说，守住这几条道口，啥事没有。那子弹得像下雨似的，叫小鬼子躲都没地儿躲。刚才大牛提一挺上去了，就让他用。好家伙，咱比机枪班还多了一挺呢。"

24. 关麟征师长负伤，杜聿明代理师长

关麟征带着警卫连和一四九团的一个营沿着齐长城朝将军楼前进，这是一排东北、西南走向的小山包，也是从古北口去将军楼最近的路。虽然这里的齐长城只有墙基了，可是走起来，还是比山路好走得多。战局很清楚，能否重新夺回将军楼是这场战斗的关键。日军自然也看出了这一点，所以凭借有利地势，居高临下拼命抵抗，迫击炮、掷弹筒一起朝一四六团的阵地砸了过来，阻止进攻的部队前进。

关麟征带着部队越过一四六团的阵地侧翼，他看了一会儿地形，决定先占领与将军楼毗邻的几个小高地。要做到这一点，首先要攻占将军楼南面的山头，因为从这个山头到将军楼有一条狭窄的山沟小路，可以直抵将军楼。那是进攻将军楼的唯一捷径。

关麟征对身边的特务连连长命令道："特务连留下一个排，另三个排分别攻取那几个小山头。动作要隐蔽，发起攻击要快，不能给日军喘息的机会。这样的攻击只能一次成功，让日军有了防备就难再进攻了。"

"师座，你这的人太少了，不行。"特务连连长说。

"我还有一个营的部队，少什么。你们大多用的是冲锋枪，这种自动火器，一个人可能顶上两个战斗小组。明白吗？"

"我明白,可是你的安全,我不放心。"特务连连长说。

"快去执行吧。"关麟征一挥手。

特务连连长朝关麟征身边的几个警卫员说:"兄弟们,师长就全交给你们了。"说着他带着部队上去了。

日军以各种火力严密封锁这里,日军由于长期训练,所以各种武器打得都很准,尤其是那种叫掷弹筒的小炮,对进攻官兵威胁很大,有的即使打不中,但炸起的碎片也击伤了很多战士。直到现在,二十五师还没有配发钢盔,在炮火下,显然是吃大亏了。

关麟征把特务连派出去之后,亲自带着部队朝将军楼南面的山头运动。可是他刚刚到小山包的半腰,就受到来自山包上日军的偷袭。偷袭的日军也是刚刚从北坡爬上来,发现南坡有敌人,一阵手雷扔了过来。

对于这一突然的打击,是关麟征没有想到的,他没有想到日军能在这么短的时间,就从将军楼攻了下来,而且占领了这个小山包。但从火力上看,这是日军一支先头小分队,也就一个班的兵力。他立即命令跟在身边的一四九团一营长:"你现在带一个连,迅速占领两旁山坡,看到我这面发起攻击,马上发起攻击,占领山头。"

一营长领命带着一个连的部队出发了。

这时在关麟征的身边,还有两个连的部队和一个排的警卫部队。他把那两个连分成左右,他居中,带着警卫排。部队刚刚展开,距关麟征五十多米远的小山包上,三个日军冲上去,架起一挺轻机枪,朝关麟征的位置开始扫射。日军居高临下,关麟征完全暴露在敌人的火力之下。在机枪的掩护之下,十几个日军马上顺着山坡冲了过来。关麟征的几个卫兵手忙脚乱,有的将关麟征拖到石头后,有的向敌人摔手榴弹,可是那手榴弹没有拉弦,这给了日军一个机会。日军又投来两枚手雷,有一枚在关麟征的身边爆炸,只听"轰"的一声,弹片四散,关麟征只觉得头部被什么东西咬了一口,手一摸,满手鲜血,才知道自己受了伤。

这时一四九团团长王润波刚带着警卫排赶到,听说师长负了伤,跑过来组织人包扎。关麟征忍着剧痛对他说："别管我，赶快派人去收拾掉三个鬼子的机枪！我们途中碰到的这股敌人只有一二十人，我们人多势众，要占领有利地形狠狠地打，抓紧时间迅速歼灭这股敌人！"

"是！"王团长立即接过卫兵手中的冲锋枪，顶着机枪的射击，冲了上去，对着那三个鬼子一阵扫射，三个鬼子顿时命归黄泉。

卫生员给关麟征做了战场包扎，关麟征站起来，朝身边的警卫排喊道："别管我，跟着王团长快往上冲，占住这个山头。"喊完，他带头朝山上冲去。

王润波指挥部队抢占了山头制高点，以猛烈火力压住了敌人的火力，敌人见伤亡很大，便慌忙后撤。王润波岂肯放过，手一挥，大声地吼道："弟兄们，跟我追啊！"吼完他端着冲锋枪率先冲了上去。

当部队追到将军楼的山坡下，马上受到将军楼日军火力的阻击。部队只有退回将军楼对面的山包上，这里距将军楼直线距离也就两百多米。可是要想攻占将军楼，就要走一个V字形的距离。从山包到山根有一百多米，再到将军楼有一百多米。这两百米，完全暴露在日军的火力之下。

关师长受了伤依旧在阵地上指挥，他看到王润波撤回到山头上，便对王润波说："王团长，我们的迫击炮弹只有十几发了，我看还是等一下，让一四六团把炮兵调过来，到那时再进攻吧。否则，我们的火力不占优势。"

王润波说："师座，不能等。小鬼子要是缓过劲来，他们的炮比咱们的多，火力也比咱们强。再等下去，咱就是一个团也攻不下来。师座，你集中火力，掩护我和敢死队拿下将军楼。咱们要打出中央军的威风，让小日本知道，中央军不是好惹的。你的血不能白流。"

关麟征知道，这是拿命去搏。可是眼下，也只有这样了。他朝迫击炮兵喊道："听我命令，一会儿把炮弹全给我打出去。轻重机枪马上进入阵地，听我命令射击。"

王润波朝关麟征敬个礼，提着冲锋枪，朝部队喊道："师长的血不能白流，我们报效国家的时候到了。有种的跟我冲过去，夺回将军楼！冲啊——"

王润波第一个冲下山头，官兵们跃出阵地，跟着王团长冲下山。一百米的下坡路，当王团长和敢死队冲到沟底，再往上进攻的时候，日军的火力一齐朝他们打来。冲在前面的几个敢死队员被打倒了，王润波和官兵们都被压在了坡地上。为了不停止进攻，后面的人只能以倒下的弟兄们的尸体做掩护，一步一步地前进。

关麟征见王团长他们被压在山坡上，命令所有的火力掩护王团长。这时七十三旅的炮兵也朝将军楼开炮，用火力支援王团长进攻。

王润波抓住机会，带领敢死队朝山上攻去。在距将军楼四五十米的时候，日军再次发起反击。一小队日军冲出了将军楼，端着刺刀向王润波他们冲来。

此时王润波的枪里子弹都打空了，面对冲上来的日军，敢死队都端起枪朝日军冲去。三个日军看来是发现王团长是个官，朝他冲来。跟在王润波身边的警卫员一下子冲到王团长前面，跟日军拼了起来。抓住这个工夫，王团长换上冲锋枪弹夹。几个点射，消灭了前面的几个日军。他朝后面上来的敢死队员喊："快，攻进将军楼。"说着他带头朝前冲去。

王团长的几个警卫员见团长冲了上去，急忙跑向前面保护王团长。就在这时，将军楼上扔下来几颗手雷在王团长身边爆炸了。

王润波和跟在身边的几个警卫员在爆炸声中，都被炸飞了。

关麟征眼看着王团长让日军的手雷炸飞了，他朝身边的警卫排命令道："给我把王团长的尸体抢回来。"说完不顾自己已受了伤，先冲了出去。

关麟征刚冲出阵地，对面一颗子弹击中了他的胳膊，子弹在胳膊上穿过去，血流如注。关麟征的几个警卫员马上把关师长架回了阵地，进行包扎。

回到阵地，关麟征感到再想夺回将军楼困难更大了。他决定放弃进攻将军楼，收缩兵力，固守阵地，阻击日军从将军楼攻击二线阵地。

将军楼让日军占领之后，帽儿山上的七个人都时刻关注着前面的战况。

赵大柱靠在大哥身边，说："我们怎么办？"

"盯住前面，及时把情报传给师部。"说话的时候，大哥的望远镜始终没有离开长城一线和那几个小山包。看了一会儿，他回过头朝秀才说："秀才，看到了吗，东北军的炮阵地。11点方向，在前面山坡的阳面。"

"我知道，你说过，大哥是想搞门炮来？"秀才说。

"响鼓不用重锤。记住，底座太重，可拿可不拿，一个炮筒就够，炮弹，能拿多少拿多少。"大哥说。

"你就看好吧，大哥。"秀才说。

赵大柱抬头朝北面边看边问："东北军撤的时候能不把炮全带走吗？"

"他们急着撤退，而且是在日军的追击下，来不及拿炮是必然的，放在你我身上，也会这样的。"

大哥边看望远镜边说："东北军六三四团全撤了。这些王八蛋，这时候咋能撤出阵地呢？这他妈的也太不讲究了。没了长城，这山地也难守了。你们快去，把他们的炮整过来一门，一定多拿炮弹。"

赵大柱问："大哥，那这帽儿山咋办？"

"小鬼子过不来，你们就放心去吧。"大哥说。

东北军的炮阵地距帽儿山有一千多米，隔着一个山头。除了大哥和钱财，五个人轻装后，用绳子从北面崖壁下去，沿着山坡，穿过树丛，直接朝东北军的炮阵地跑去。

双方都在用火力封锁着对方下山的部队，僵持在V形山坡的两边。

这一切就发生在他们对面的山头上。赵大柱说："快跑，看看东北军的迫击炮带走没有？"

他们跑到东北军的炮阵地，发现几门迫击炮都架在那儿。拆卸迫击炮筒子的活，只有秀才会，他们都去找炮弹，把零散的炮弹装上箱，有六七十发。赵大柱让他们先扛炮弹往回跑，他和秀才看看还有没有什么有用的了。没一会儿工夫，他和秀才扛着炮筒子、炮弹也跑了回来。

关麟征回到师部，伤势更加严重了。身上的弹片取了出来，可头部的弹片没法取出来，伤口流血不止。师参谋长詹忠言马上把情况报告给了在北平的军长徐庭瑶。

徐庭瑶一听关麟征负伤,而且伤势还如此严重,他立刻打电话给关麟征:"雨东,你马上回密云治疗。"

"军座,就是一点小伤。全师都在这儿血战,我是师长,怎么能在这个时候撤离阵地呢!长城一线的将军楼阵地已让日军突破,部队伤亡很大,王润波团长阵亡,我不能撤离阵地。"关麟征放心不下他的部队,他想说让二十五师撤退,可是这话他说不出口。

"什么小伤,詹参谋长都向我报告了。把部队交代给杜聿明,马上回到密云治疗。我这就派军部的军医赶到密云。放心,你的师,还是你的师。我命令你,必须马上回到密云。"说完,徐庭瑶放下电话。

关麟征伤口的血还是控制不住,不断地从纱布浸染出来,他感到有些头晕,马上派人到七十三师将杜聿明、梁恺叫到师部。

杜聿明听说关师长负伤了,忙叫上梁恺赶往师部。

关麟征见杜聿明赶来,说:"光亭,刚才军长来了电话,让我去密云治疗,我就将这副担子交给你了,请你代理我的师长职务。梁恺接任七十三旅旅长。另外,我对你没有任何妒忌之心,也不眼红你能打仗!我没那么小心眼。"

杜聿明微微一笑,安慰他说:"师座,现在是非常时期,我早就忘记了那些小事,你安心去治伤吧,祝你早日康复,早日回到前线带领我们打鬼子。"

"光亭,二十五师是咱们的命根子。我交给了你,可千万别给校长丢脸,让人瞧不起咱们中央军。可也别把咱们这点老本丢在这儿。留得青山在,不怕没柴烧。"现在,关麟征最不放心的,还是他的部队,那是他的生存之本。

"师座,我一定把部队带好。打出咱们中央军二十五师的威风,不给师座丢脸。"杜聿明庄重地说。

"这我就放心了。"关麟征嘴上说放心,可是实际上他实在是放心不下。将军楼没有夺回来,整个战场都是在被动挨打。而日军在兵力、装备上都远远地超过二十五师。败是自然的，只是一个时间问题了。在这个时候他回去治病，真的不知道是祸是福？可军长下令了，他也只好如此了。

"还是请师座快些移驾密云吧。一路保重。"杜聿明说完朝警卫员一挥手，"快送师座去密云。注意防空！"

日军进攻后不久，一四五团便与师、旅失去了电话联系。戴安澜只有不断派出通信员去查线，可是日军的炮火从三七〇高地和将军楼直接封锁了龙王峪的干沟，电话线先断的没等接上，又有新的被炸断。一个班的通信兵就这样的伤亡了。

戴安澜为了进一步地了解将军楼的情况，带着陈参谋和几个卫兵沿着长城，朝将军楼方向运动过去。就在他们走到一半的时候，日军的一挺重机枪和十几名日军的步枪朝他们射击。两名走在前面的士兵当时就牺牲了，他和其余的几个人只好躲藏在箭垛下面。显然，日军是盯上他们了，刚要移动，就有子弹打过来，那子弹打得几乎是贴着他们身体穿过。虽然戴安澜被日军困在那里，可是他还是从心里佩服日军的素质。在离他们六十多米的长城南侧，就有一个下去的出口，现在，他们必须要从这个出口下去，才能躲开日军火力的围困。

由于战前戴安澜就命令军官都摘下军衔，日军还不知道这里困着的是一四五团的团长，否则，日军会加大火力，使他们寸步难行。他们现在只有沿着箭垛下，爬过一个个箭垛口，朝出口靠近。六十米，他们用了半个小时，终于到了出口的对面。戴安澜在几个人最后，他脱下外衣，摘下帽子，慢慢地用步枪支在了箭垛口上，这时日军的火力马上集中到衣服上，戴安澜一挥手，几个人抓住这个机会，终于从出口下了长城。箭垛下面，只有戴安澜一个人了。他移动到出口对面，突然一个曲线，跑到了出口，可就在他刚刚要跳下出口的时候，一颗子弹打在了他身上。他一下子从出口摔了下来。

几个卫兵把他扶了起来，子弹没有打中要害。卫兵赶紧用急救包给他包扎了一下，扶他回到了团部。

回到团部，戴安澜就接到前面的报告：三七〇高地和将军楼失守后，东北军撤到大关阵地。

　　大家同在一条战线上防守，谁先撤出阵地，就意味将后者交给了敌人。就如两人抬一根大木头，谁先扔下了，剩下的那人非死即伤。戴团长气得要炸肺，他想骂人，可是此时他实在找不出用什么样的语言去骂了。现在他是两面受敌，日军随时有切断他后路的可能。他的防守重点也从龙王峪一线长城转到了左翼，尽管战前他也做了这方面的准备，可事到眼前，还是有些措手不及。因为他没有想到东北军会放弃阵地，临阵逃跑。他朝参谋长命令道："立即命令二营占领龙王峪往南干沟左侧阵地，构筑工事，阻击日军从将军楼向东进攻。保证团的左翼安全。命令三营沿潮河支流布防，作为团预备队，保证通往古北口东门的安全。命令团迫击炮排增援二营，守住阵地。马上执行。"

　　戴团长发出一系列命令后，站在地图前，看了一会儿，朝身边的副团长说："现在和师部的联系全都断了，再派人请示，来不及了。你立即带领团部司、政、后全体人员撤到古北口东关建立团指挥部。"做出这样的决定，他是经过深思熟虑的，因为从眼前的战况上来看，即使是守住了龙王峪一线，可一旦南山守不住，他的团还是会被日军截断后路的。因为从战场总体来看，七个团守古北口，利用有利地形，尚可以支撑得住。如今三七〇高地和将军楼被日军占领，地利没有了，东北军六三四团一撤，那两个团能不能撤就不好说了，兵力更显得不足了。再打下去，只能是苦撑着。胜的把握已经所剩无几了。

　　副团长说："团座，这个时候，还是你亲自下去安排指挥部，这里我顶着。再说你的伤，也需要下去救治。"

　　戴团长说："老弟，这不是争的时候，你下去，那是防备万一。我下去，那话可就不好说了。再说了，我是团长，只要我不动，军心就不会动。快去吧。"

　　副团长听团长说的也是实情，一个立正说："是。指挥部建立后，我马上报告。"

戴团长突然想起一个事，说："过帽儿山的时候，多给山上留点弹药，杜副师长说过，必要的时候，那里可以救全团的命。"

副团长答道："是。"转身安排撤离工作去了。

团部的撤离，屋子一下子就有些乱了，这让戴安澜有了一丝悲凉的感觉。可是接下来，特有的军人气质，又使他不肯承认眼前的现实，他摘下墙上挂着的美式冲锋枪，带着警卫排出了团部，朝左翼山上前沿阵地赶去。

日军在攻克了以三七〇高地和将军楼为主的长城之后，即开始全力向龙王峪及左翼山头阵地发动猛攻。

戴团长赶到二营指挥所的时候，日军正在向山上发起冲锋。炮弹不断地落在营部周围，二营长见团长亲自上来了，说："团座，这里太危险。"

"你不怕危险，就我怕？"说着他举起望远镜，开始观察战况。

二营长说："团座，你还是下去吧。我也不是不怕，你能指挥全团，我就能指挥这一个营。不一样。"刚说到这儿，他发现了团长身上的血迹，说："团座，你负伤了？"

"没大事儿。就是穿了个透眼。"戴安澜边观察边说。

"团座，你快下去吧，这里有我呢。"

戴团长没有动，也没说什么，只是认真地观察前面日军的进攻。这时他发现日军正在全力攻击前沿两山之间的一个火力支撑点，他回头朝二营长说："调一挺轻机枪，去巩固住那个火力支撑点。那里是日军选取的突破口。"

二营长摇通了电话，喊道："五连长，在你右边的那个火力支撑点上，再放一挺轻机枪。"

五连长回话道："营长，我手头没有轻机枪了，能用上的全用上了。"

"我马上派一个班去增援你。"说完二营长朝身后的六连长说："从你们六连调一挺轻机枪上去，守住那个支撑点。就是五连右边那个。"

戴团长又看了一会儿说："二营长，我把团迫击炮排交给你，就那些炮弹，看着用。什么时候用，一定要拿准火候。这是我的全部家底，都交给你了。我再从三营调一个连给你，千万要用好，这可是三营的连队。我去龙王峪口看看，那里伤亡不小。"说着出了二营指挥所，朝龙王峪长城一营指挥所赶去。

仗打到这个份儿上，戴安澜悲从心生。以前在暗地里他也埋怨为什么国民政府不积极抗日，的确，枪不如人，技不如人，仅靠一腔热血是很难战胜日军。

这是个惨痛的教训，痛苦的回忆，早晚有一天会让日军血债血还。戴安澜暗暗发誓道。

25. 将军楼失守，帽儿山成了阻击阵地

将军楼一线的战斗，大哥全都看见了。在大家回到烽火台的这段时间里，日军从将军楼到三七〇高地长城一线与二线长城的一四六团形成了对峙。大家上了烽火台，没容喘口气，就都跑到了顶上。

日军的增援部队上来了，顺着将军楼攻了下来，一股日军绕过齐长城，往帽儿山这边冲了过来。这条山沟是一四六团和一四五的接和部，由一四六团的一个排守在那里。日军攻势太猛，他们顶不住了，开始往下撤了。大家都转向了大哥，不用说，眼神里都是让大哥快拿个主意。

"弟兄们，大家拿我当大哥，是不是真心的？"大哥提着机枪问。

"真心。"大家异口同声。

"那好，今天就都听大哥的，将军楼的日军正在往下攻击，前面这股日军就是奔我们来的，要是攻到我们这儿，就切断了咱们一四五团的退路，团长还在前面呢！现在咱们的任务是阻击这股日军，守住阵地，保住咱们团撤下来的唯一通道。下面我来分配一下：老二、老三一人一挺机枪，阻击北面的这条沟。老四，看住东面，有情况马上报告。老五、老六守西面，配合机枪。老七和我先使炮。听我命令，枪一打响，都给我拼命打，别心疼子弹，挡住鬼子的第一批进攻，把他们压在沟里不能前进就行。记住了，脑袋和身

子千万不能露出去，小鬼子的枪法可厉害，不能说个个是神枪手，可他们的狙击手个个是神枪手。想活命，别装尿性。谁都是肉长的。大伙抓紧选射击位置，先可机枪选。"

北面攻下来的日军，顺着坡往下追着退下来的部队打，退下来的部队边打边退。眼看后面的日军就要追上了，大家都急着看大哥，可是大哥没有命令打，大家只有瞄着日军，移动着枪口。赵大柱有些等不及了，问道：

"大哥，打吧！"

"不能打，太远，打了也没用，反把我们暴露了。秀才，测一下，多远？"

"四百米。"

"不到二百米不能打。"大哥说着和秀才继续调整迫击炮。

日军追击的速度太快了，虽然是山路，可这是下坡路。眼见日军越来越近了，蝗虫一样的日军，奔跑时脚下溅起的白雪都看清了，一些日军摔倒了，顺势滚了下来，停住了，站起来继续朝前冲。郑连的脚又有点不听使唤了。可手和眼睛没问题，他始终瞄着最前面的那个日军，准星在他的胸前晃来晃去。

"打！"大哥喊了一声。

赵大柱和大牛的机枪响了，几个人的步枪也响了。日军受到突然打击，追击马上停了一下。日军发现是帽儿山上在阻击，马上组织火力对帽儿山射击，掩护部队准备继续追击，就在日军正要追击的时候，大哥和秀才的炮响了。第一发炮弹落在山坡上，第二发在日军群中炸响了。接着的几发炮弹都落在了日军中间，日军追击的部队一下全都趴在地上，集中朝帽儿山烽火台开火了。

秀才抱着炮筒，大哥拿着炮弹，只要小鬼子一站起来，大哥的炮弹就放进炮筒子里，炮弹就落在鬼子中间。赵大柱和大牛的机枪也练得差不多了，赵大柱能打三四发了，大牛也能打四五发了。郑连自从打死了那个拿机枪的鬼子，手也不抖动了，瞄准一个鬼子，一枪不行，两枪三枪，直到打中，再换一个。少说，他也打中了三四个鬼子。随着不停地射击，他感到脚下有了力量，脚心也不是那种空空的要抽筋的感觉了。

就在帽儿山上打阻击的工夫，一四六团退下来的部队有了喘息的机会，他们在沟口设了阻击阵地，掩护后面的部队全撤下来。

日军分散了，再用炮作用不大了，大哥和秀才都拿起了枪。在大哥的机枪下，那些趴在地上的日军被一个个钉在了地上，再也起不来了。后面的日军看到地形不利，开始有组织地往回撤了。

战斗打到了中午，齐长城二线阵地还在一四六团手里，东面的龙王峪长城在一四五团手里。六三四团和六三五团还坚守着大关一线阵地，河西村在六三六团防守中，战场态势是双方僵持着，攻守双方都在拼命。可是战场形势显然对日军十分有利。日军居高临下，密集的机枪火力，打得防守部队抬不起头来。没有进攻的防守，就是被动挨打，再加上日军的飞机大炮，眼见得齐长城上的一四六团伤亡不断增加，防守越来越艰难了。一四五团也不断有运送伤员的担架从龙王峪下来，经过帽儿山脚下，再经过古北口东门运往密云、北平。

大哥举着望远镜边看边说："快向师部报告，日军正朝齐长城二线攻击。"

秀才抱着电话，向师部报告："北沟有日军的部队从将军楼攻下来。大约一个中队，二百多人。一四六团的阻击阵地被攻破，眼下被我们打退了，但日军还可能发起攻击。"

秀才问："大哥，咱们能守住帽儿山吗？我看小鬼子今天是动了本钱了，你看那些炮，不停地打，他们有多少炮弹够这么打呀！"

大哥说："要是真想守，有人就能守住，人没了，也就怪不着谁了。你说，东北军还有三个团的人枪，日军就突破了一点，只要组织反击，完全可以拿回来。可是你看到了，说撤就撤了，好在大关和河西那还没撤。东三省是这么丢的，热河是这么丢的，古北口也是这么丢的。都是些一听枪响就跑的主,哪有点东北军爷们的样儿。"他边朝北边看边说。突然,他大声喊道:"快报告,日军要在三七〇高地上建立炮阵地。现在正往上推炮,扛炮弹。"

秀才马上将情况报告给了师部。

赵大柱说:"大哥,咱们团咋还没往下撤呢?咱们要是守不住这个帽儿山,全团都得让日军给围在沟里。真急人,咋还不撤呢?"

大哥说:"不只是咱们一个团。日军要是从咱们这过去,攻下东门,全师都会给包在里面。兄弟们,准备打。把钢盔全戴上,小鬼子的枪法准,他们又有狙击手,大家千万不可把头伸出去,给小鬼子当靶子。"

听了大哥的话,郑连的头就再也没敢伸出去看。钢盔压在眼眉下,钢盔和枪只有瞄准时用的一条缝。小心是小心了,怕还是怕,只是他的腿脚不似先前那样软了,可以在上面猫着腰小跑,上下梯子也自如了许多。只要有大哥,有秀才,他像是有了胆了。

这时从将军楼下来的日军又开始进攻了。日军进攻的部队在炮火的掩护下,很快就和沟口的阻击部队接上了火。日军是从山坡上下来,势如破竹,阻击部队与日军一接触就有些支持不住了。大哥朝赵大柱和大牛喊道:"机枪都过来,一定要把小鬼子挡住。"

日军进攻沟口的部队虽然是从上而下,可是从帽儿山上看,还是在下面。帽儿山这儿从上面一打,沟口部队从下面打,两面夹击,一下子就把日军的进攻部队给挡住了。从上往下打,就像靶场一样,可以稳稳地瞄,一个个地打。站着的日军目标小些,可是他们一卧倒,那目标就大多了,比靶子还大。在山下,日军开始对帽儿山射击了,可是子弹只打在箭垛上。根本打不着他们。

赵大柱和大牛两挺机枪封住了北沟底的小路,将进攻的日军压在沟底动不了,后面的日军集中火力朝他们打来。有一个小队的日军,从北面的山梁朝他们冲了过来。日军两人一组,交替着掩护,很快就接近到帽儿山的山峰下面。守在这面的,就四支步枪,没法挡住冲上来的日军,打倒了一个上来两个，日军进攻的速度太快了。

"大哥，小鬼子从北面山梁攻过来了。"郑连大声地喊着。

"秀才，过来，给他几炮，让他们也知道知道，啥叫挨炸。"大哥说着拿起了炮弹。

几炮打过去，小鬼子一下子全都趴下了。

这时一发迫击炮弹落在了烽火台北面的崖壁上，一团硝烟从下面升上来，挡住了大家的视线。

"撤到下面吧，大哥，小鬼子在试射了。"秀才抱着炮说。

"全撤到下面去。咱俩再给他几炮。"大哥大声吼着。

郑连急忙往下跑，可是到下口那儿，猴子、钱财还是跑到他前面去了。只有大哥和秀才还在上面朝北面的日军开炮。

杜聿明送走关麟征师长后，感到战场上的压力更大了。将军楼的失守，使战场态势发生了很大变化，日军把一颗钉子插进了防守的核心部位，极有可能把防守阵地切成两半。大关要是再失守，那整个防守阵地就彻底崩溃了。当务之急，就是随时防止大关阵地崩溃。想到这儿，他急忙给七十五旅张耀明旅长打电话。

"我是杜聿明，张旅长，我想请你现在命令一五〇团的两个营加强对大关和河西村的监视，发现他们撤出阵地，马上接下他们的阵地。命令部队，只是监视，千万看准了再行动，更不能强行接防，也不能对他们开火，他们要走，就放他们过去。你看看这样行不行？"杜聿明虽然是命令，可是说话的语气，完全是商量。他还没有适应代理师长的身份。

"师座放心，我马上下达命令。"张旅长说。

"一定让张汉初关注东北军的动向，尽力地配合他们。把部队调到机动的位置上去。同时，让你的副旅长去一四九团指挥战斗。调动完部队，马上把你的旅部撤到师部来，和我一同指挥部队。"杜聿明说。

"调动完部队，我马上到师部。"张旅长放下电话，立即命令一五〇团团长张汉初注意大关和河西镇东北军的动向，做好接防的准备。

下完命令后，杜聿明对着作战地图，觉得局面难以挽回。一线阵地上，原来是四个团，又有一一二师炮兵的支援。如今，一一二师丢了核心阵地。虽然还守着大关和河西村卧虎山制高点，可他不知道他们什么时候说撤就撤了。如果东北军撤了，阵地只有他的四个步兵团，一旦日军攻破那道防线，他都没有部队去增援。而这样打下去，至少两天之内，增援部队赶不到古北口，那么只有全师覆灭。可眼下一线部队与敌胶着，无法调整阵地缩短战线，部队没法撤下来。只有坚守到天黑，再想办法。可眼下，让他感到一种从没有过的孤独和无助。他的每一个命令都决定全师的存亡，他从没有承受过如此大的压力。

前面的炮火渐渐地稀了下来，杜聿明感觉有些不对，他马上带着几个参谋出了师部，登上了南山。可是前面的战场形势还是看不清，他又登上被日炸倒了一半的烽火台，朝北面望去。

齐长城一线还在一四六团手里，这让他长出了一口气。大关也在东北军手里，这让他的心里多少踏实了一些。只是一四五防守的龙王峪阵地，在这里还是看不到。但大局总算没有因将军楼三七〇高地失守而崩溃，至少，稳定住了局面。但前面的具体情况还是不太清楚，他又急急忙忙地回到了师部。进了师部，他第一句话就是："与一四五团联系上了吗？"

通讯参谋报告说："报告师座，没有。通信兵已派出去三批了，还是没有接通电话。"

"再派。"杜聿明大声喊着。

这时进来一位卫兵报告："报告，一四五团派来通信兵。"

"快进来。"

一四五团的通信兵扶着门框喘着粗气进来了，他强挺着站直了身子，"报告，我们团座让团部后勤撤到东关，他在龙王峪指挥作战。请师部炮火支援。"

"你们团伤亡情况如何？"

"戴团长两次负伤，一营、二营伤亡过半。炮弹全打没了。"

"我知道了，你先下去吧。"杜聿明知道，不到万不得已，戴安澜是不会让通信兵跑到师部要增援的。可是，他实在是没有炮弹和部队去增援。他转身对通信参谋说："马上派人去一四五团，让他们至少要守到明天黄昏。"

"是。我马上安排人去一四五团。"通讯参谋回答。

"詹参谋长，清点一下，师部能参加战斗的，还有多少人？"杜聿明问。

"警卫连、特务连加起来，还有四个排。"詹参谋长回答。

"派两个排去增援一四五团。"

"是。"詹参谋长回答完，马上出去组织了。

26. 日军进攻帽儿山，七兄弟死守阵地

对于日军进攻受阻，西义一极为恼怒。

下午2点，日军师团长西义一来到了三七〇高地。部队从上午7时开始进攻，攻了七个小时，只攻下了将军楼和三七〇高地，可以说占据了战场有利的位置，但除此之外，蟠龙山长城还在中国军队手里。他在师团部再也坐不住了。

西义一到了战场的前沿阵地，站在三七〇高地，仔细地观察着眼前双方的阵地。站在高地上，最担心他的是川原侃旅团长。因为这里在中国军队炮火范围之内，如果让中国军队发现了，炮弹马上就会打过来。虽然说眼下他的部队占领了三七〇高地和将军楼，可是中国军队在南面山上的工事，与将军楼虽然有高低差，但双方都难越过两山之间的V形山谷。谁展开进攻，那就等于是给对方一个靶子打。要想攻下对方阵地，只有用炮火覆盖住对方阵地。看完阵地之后，西义一决定，攻其一点，占领将军楼对面的山头，直接朝古北口城东门攻击。这样大关就可以不攻自破了。而这一点，正是对着帽儿山来的。

日军在西义一的指挥下，炮火猛烈地朝对面的齐长城打来，打得一四六团抬不起头。可是打完第一轮，日军的炮火突然弱了下来。

西义一有些急了，朝川原侃说道："炮兵为什么不开炮了？"

"报告师团长，炮弹没有了。"

"通知后勤部，马上补给。通知空军，集中轰炸长城二线阵地。"西义一命令。

日军在没有炮火掩护下的几次冲击，都没能冲到V型谷底，就被对面的机枪火力给打了回来。而远距离狙击，日军并不占优势。日军刚下长城，就受到伤亡，冲到沟底的日军马上就让山上的火力压得动不了。

看到这种情况，西义一回头看了一眼川原侃，想说什么，可是还没等说的时候，川原侃说："我马上再组织进攻。"

西义一晃晃头，命令停止进攻，令军队守住将军楼一线，防止偷袭。

西义一又在将军楼上观察了一会儿，对身边的川原侃说："我们真正的对手，就是眼前这支部队。千万不可把他们当东北军对待，那你就轻敌了。这是南京政府蒋委员长的部队，他们称之为中央军，其性质和我们的近卫军相似。从他们的装备火力配备来看，他们不如东北军，但这是一群真正的军人。"

川原侃说："师团长阁下，我认为你高看了他们。他们这是初生牛犊不怕虎，还不知道我们关东军的厉害。"

西义一说："不。我敢肯定地说，至少他们都是黄埔系的将领。那是中国将领中的精华，比起其他军校生，首先在智商上，他们都是精英。这从我们的炮火打击后，就能看得出来，他们很会用兵。在那样猛烈的炮火下，他们还能组织这样有效的防御。从这一点上，就可以看得出来。这样的攻坚战，是指挥官之间的较量。你应记住这一点。"

川原侃答道："是。"

西义一又举起了望远镜，看了一会儿，他说："看到前面那个山上的烽火台了吗？派一个中队，从山沟过去，只要占领了那座烽火台，守住它，我们就可以控制住古北口东门。同时，也就把龙王峪的中央军一个团包围了。只有消灭了中央军，才算真正地打疼了南京政府的蒋委员长。"说着他转身朝山下走，边走边对川原侃说："今晚一定要拿出一个可行的作战计划。明天一举攻下古北口，进军密云。"

川原侃答道："是。"

战斗到3月11日15时，日军的地面进攻基本停止了。但日军为保持进攻的态势，加紧了空中打击，飞机不断地在古北口上空进行轰炸。由于杜聿明组织了对空射击，日军的飞机不敢低空轰炸了，那炸弹便到处乱丢。结果，有几颗炸弹在师部南面的山坡上炸响了。飞起的乱石，把关帝庙的西厢房给砸倒了。而在这些厢房里的，正是师部通信室。师部的对外联络全部断了，没法指挥部队了。这时通信参谋进来报告："报告师座，通往几个团的电话线全断了。"

"马上派人给我接上。"杜聿明大声吼着。

杜聿明接着对张耀明说："张旅长，我看应马上调司马台方向警戒的一四九团一营回来。"

张耀明说："可中午从东边过来一个小队的鬼子，就是想从这个方向偷袭我们的。"

杜聿明说："那就留下一排担任警戒，其余的全撤回来。眼下师部除了警卫连的两个排，一点儿预备队都没有，一旦发生情况，我们只能看着。"

张耀明说："我同意师长的意见。既然是警戒，我看还是留下一个连的兵力。我这就去下达命令。"

"参谋长！"杜聿明喊道。

一位司令部作战参谋过来，"报告，詹参谋长去了一四六团了。"

杜聿明这才想起来，梁恺升任七十三旅旅长后，也负伤了，詹参谋长去一四六团代理团长去了。他对这位作战参谋说："命令师部非战斗人员准备武器弹药，随时准备增援一线。"

"是。"作战参谋出去了。

"来人！"杜聿明忙到这时，突然想到应该给军长发电，报告这里的

199

情况。

作战值班参谋跑了过来。

"发报：军座，目前东北军两个团还在大关至河西卧虎山一带防守。我四个团全部进入长城一线和二线坚守阵地，我部已无预备队可用。请军座速调重炮增援，配合夺回三七〇高地及将军楼。日军进攻部队因没有炮弹，已暂停对我各处的进攻，等待炮弹。如日军运来炮兵和增回援兵，再夺回三七〇高地及将军楼一线实无可能。请军座指示。"说完杜聿明在记录上签上名字，参谋拿去发报了。

杜聿明知道，这个时候，只要说一声退，那就是怯战的表示。如果没有军长的命令，那就是临阵脱逃。他必须要顶到最后一刻，才能做出撤退的决定。这时如果没有后援部队和重炮，想夺回前面丢失的阵地，是不可能的。而日军的增援部队和炮弹上来，能否守住眼前的阵地，也是个未知数。好在东北军的两个团坚守在大关和卧虎山阵地。但他已明显感到大关阵地的那个团伤亡十分惨重，不断有伤兵从师部门前通过撤往石匣镇。

张耀明旅长下达完命令，回到杜聿明身边，两个人都对着地图认真地看着。看了一会儿，两人把目光都集中到了龙王峪。杜聿明说："眼下最危险的，还是一四五团。他们所处的位置十分不利。"

张旅长说："他们的位置是守退两难。守，日军攻破一四六团阵地，就把他们围在了里头。退，日军一下子就打到了东门。"

"守！必须要守住。现在一定要保住他们的西面侧翼与一四六团之间不被日军攻破。"

"现在能用的，只有七十五旅的警卫连了。我马上把他派上去，巩固那条山沟的防御阵地。"

"也只能这样了。"

"我现在就去安排。"张耀明旅长说完出了师部。

日军的大部队因没有炮弹停止攻击后，从将军楼冲下一支部队，带着轻装备向帽儿山冲来。

"老二、老三，你们把机枪架到西面，我在北面。你们四个，一面两人，自己选地方。打！"自从结义成兄弟之后，大哥便不再叫名字了，而是以兄弟排行来称呼弟兄们了。他提着机枪架来到北面靠西的箭窗，先是抱着机枪扫出了一梭子子弹。接下来，他架好机枪，像步枪一样，一发一发地点射，节奏均匀，像是在打靶。卧倒在山坡上的日军，只要一动，他就一个点射。那个日军就再也不动了。

郑连他们的步枪还没打几枪，鬼子的迫击炮弹就在烽火台周边连续炸响了。一颗炮弹在北墙上炸响了，震得郑连耳朵发麻，忙躲在墙垛上。就在他躲的时候，他看到大哥只是侧了一下头，又回到了箭窗前，继续射击，郑连也忙抓起枪，朝下面瞄准射击。

日军从西北、正北两个方向同时向帽儿山发起攻击。大约有一个中队二百多人，配有迫击炮、掷弹筒、重机枪。虽然帽儿山上拼命阻击，可是日军单兵采取跳跃式的进攻，很快就接近到了半山坡上。特别是日军的掷弹筒，大多数直接打在烽火台的墙上炸响。

大哥打完了一梭子子弹后，朝赵大柱喊道："老二，快报告师部。鬼子进攻到帽儿山下了。"

赵大柱摇完电话，拿起来，里面没声。接着再摇，还是没声。他喊道："大哥，电话不通。怕是线给炸断了。"

大哥说："老七，查线。查不着就直接去师部，报告这里的情况，请求增援帽儿山。"

赵大柱也大声地喊道："秀才，我命令你，马上去师部，将这里发现的情况报告师部。猴子、钱旺，你们俩用绳子，把秀才从南面放下去，快点。"

秀才提着枪就要下去，赵大柱说："别带枪。把子弹、手榴弹也留下。"

"为啥？"

"用不着。这样你能跑快点。"

秀才真的舍不得枪。可是想想，也真是的，少带东西，能跑得快点。他麻利地将枪弹放下，从南面的崖壁上下去了。

郑连不是不希望秀才下去，可是他看出来了，大哥和班长是想让秀才脱离战场。查线，只不过是一个说得过去的理由。这儿的情况，师部是可以看到的，还用得着报告吗？让他把枪弹留下，就说明了这一点。这让他刚刚放下的心，又悬了起来。就凭这几条枪，能挡住鬼子的大队人马吗？不可能的，前面东北军一个团都没顶住，一四六团也没顶住，就凭他们几个人，就更顶不住了。可是看看大哥和班长，他们一点惊慌失措的地方也没有，还是一枪枪地放。可是秀才一走，他还是感到心里空荡荡的。

日军占领了将军楼、三七〇高地后，几次攻击齐长城二线阵地都没有得手。显然日军的意图是从将军楼沿北沟直接进入古北口东门，切断一四五团的后路和齐长城上一四六团的退路。而一四五团正在受着北面和西面日军的两面攻击，特别是一线长城将军楼失守，龙王峪再守下去，也没多大意义。一四五团撤下来是迟早的事儿。

这时沟口处响起了激烈的枪声，是旅部直属警卫部队开始参加反击了。警卫连的一个冲锋，除了一部分拼死抵抗的日军被消灭外，大部分日军退回将军楼火力控制范围内，开始构筑工事了。

北山攻击帽儿山的日军看到沟里的日军退了回来，也不往前攻击了，退回到山头的北面也开始构筑工事了。

大哥放下机枪，说："注意警戒，别让小鬼子摸上来，抓紧时间整点吃的。一时半会儿小鬼子来不了。"

终于可以喘口气了。

"咋整？咱这就两个桶，还是木头的。饭菜都冻成冰坨子了，啃都没地方下口。咋整？"大牛说。

"把钢盔里面整干净了，当锅用。"大哥说着拿起一个钢盔用刺刀把里面刮干净了，又用雪擦了一下，放在了炭火上。大哥用刺刀砍下来一块冻在桶里的饭，又砍下一块冻菜，放到锅里，又示意大牛把剩下的拿回去。

大哥用刺刀搅动着钢盔里的饭菜。可是搅动一会儿，底下还是冒烟了，一股子煳味钻了出来。"大牛，再拿点冰块来。"

　　"在哪？"

　　"西北角那个袋子里。"

　　大哥用刺刀将冰块按在了钢盔底下，热气渐渐地上来了。"大牛，把缸子拿来。给大伙分了。"说着他又从灰堆里扒了几个土豆出来。一人半茶缸饭菜，一个土豆。这就是中午饭了。郑连吃完茶缸里的饭菜，那个土豆他吃不下了，总觉得心里悬着的东西堵在嗓子眼。他把那个土豆放在兜里，吃了几口雪，从嗓子到胃都凉了下来，感觉心里不那么堵了，悬着的心也落点底了。他来到守着的那个箭窗，露出半个脸，朝北面看着。

　　吃完饭，大家都靠着箭窗，阴着脸看着北面。谁也不知道日军什么时候进攻。大家都在这种等待中煎熬着。大哥吃完饭，把茶缸子用雪擦拭干净了，从兜里掏出骰子，放在茶缸子里摇晃了起来，骰子在茶缸子里发出清脆的撞击声。那声音虽然不大，可是大家都听得清清楚楚。

　　"来，整两把。有没有敢的？"大哥边摇骰子边问。这个时候赌钱，其实他是看出了众人的恐慌甚至绝望，只不过为了安慰诸位兄弟罢了。

　　可是赌了一会儿，大家的兴趣减了下来。钱财说："大哥，算一卦，看看小鬼子下回从哪面上来？"

　　大哥手里拿着拣起的牌，看着铺上的八门中先开口的南门，脸渐渐地沉了下来。赵大柱往后一退，坐在了铺上，也不言语了。

　　大牛见大哥和赵大柱不说话，说："大哥，讲讲，咋回事儿？"

　　大哥说："那我就让你们明白，照你们求的，我们得让小鬼子四面围上。按我求的，我们得从南面突出去。那叫生门，这叫阴阳八卦，说了你们也不懂，你们就记住了，咱们的生门在南面，这回明白了吧？"

　　郑连看看大哥，说："还是没太明白。"大牛、钱财都点头，意思是也没明白。"那是咱们先撤出去呢？还是让鬼子围了再突出去呢？"

　　"那是下一卦的事儿。"大哥说。

大牛急着说:"那大哥就再来一卦。"

大哥笑笑说:"一天只能一卦。哪有整天算卦的。明天再算。"

几个人都长出了一口气,坐了下来。

太阳偏西的时候,大家听到烽火台下有人喊。最先听出来的,是大哥。他说:"是老七回来了,在南面的崖下。"

赵大柱看看大哥说:"咋回来了呢? 快去接他。"

大家也听出来了,忙拿出绳子放下去。可是第一回拉上来的,是一挺捷克式轻机枪。第二回拉上来的,是几箱子弹。接着就听崖下面秀才喊:"班长,山下还有,月清他们下去取了就来。"

赵大柱喊道:"秀才,我让猴子下去帮你。"

秀才喊道:"别走东面的石缝,小鬼子正在看着我们呢! 别暴露了那条路。"

猴子麻利地顺着绳子下去了。这次拉上来的,全是手榴弹,有四五箱子。另外还有七顶钢盔。

秀才上来了,赵大柱把秀才拉到一边问:"秀才,你咋回来了?"

"班长说我回来晚了?"秀才以为赵大柱怪他回来晚了。

"没有,我是说报告师部了吗?"赵大柱看秀才没理解他的意思,可又不好明说,就把话转了过去。

"班长,师部让小鬼子炸了,电话接不上了。关师长负伤后,军长命令他到北平治疗了。杜聿明副师长代理师长了,他命令我们,死守帽儿山,没有命令不许撤退。我又跑到了旅部,代理一四六团的现在是咱们梁旅长,也负伤了,他也命令我们守住帽儿山,没有命令不许撤退,他说咱们戴团长也负伤了,还在前面指挥呢! 这些机枪、子弹、手榴弹,团参谋长给的,让咱们一定守住阵地,保证咱们团的后面安全。东西太多,团部又没人手,是我找了月清小师傅他们几个师兄弟帮着送来的。"

钱财在后面说:"咱们一个排也没补给过这么些东西。这些东西,真的值几个好钱。看来参谋长这回真是下了本了。"

赵大柱说："去去，掉钱眼儿里了。也不看看是啥时候。秀才，有了这些弹药，咱们就有了底，这回你可立了功了。"

这时烽火台上面的大哥喊道："老二，小鬼子从西北沟上来了，有一个中队。北山上的小鬼子也动了，看样子又增加了兵力，也有一个中队。迫击炮都架上了。"

赵大柱在下面喊道："大哥，快把这些小鬼子给我封住。千万不能让他们靠过来，把咱们团给堵在沟里。"

烽火台上的四挺机枪一起响了起来，子弹就像雨点一样地撒出去。小鬼子身边的草木和人一样，被子弹齐刷刷地割倒了。

赵大柱喊道："别怕浪费子弹，给我使劲打。"

日军的迫击炮、掷弹筒一窝蜂似的朝烽火台打来，炮弹不断地在周边炸响。气浪带着尘土从箭窗扑进了烽火台，郑连和身边的大哥只隔着两米多的墙垛，可是谁也看不见谁。大哥喊道："快去把南面窗上的门帘子拿下来，通风。"

郑连放下枪跑过去，把门帘子扯了下来。有了贯堂风，里面的烟一下子让风抽走了，也透进了光亮。就这几分钟的工夫，日军冲到了距崖壁二十多米的地方了，再往前，就是射击的死角。看不见了。

日军冲上来了，日军的炮火也停下来，大哥喊道："准备手榴弹，小鬼子肯定靠上来了，延时一秒钟，往下砸。大牛，搬一箱手榴弹，跟我到上面去。"

大哥在上面，把大牛打开盖的手榴弹朝下面两颗两颗地扔下去。崖壁下，手榴弹爆炸声响成一片，听不出个数了。接着山坡上也响起了手榴弹爆炸声，那是大哥和大牛扔下去的。

攻上来的日军退了回去，炮弹接着就在烽火台周边炸响了。大哥和大牛连滚带爬的从上面下来了。俩人刚下来，一颗炮弹在上面炸响了，烽火台里震得尘土飞扬。郑连和猴子、钱财都吓得躲到了墙角，可是等了一会儿，尘土散去了，看看顶棚，没露。接着又是一颗炮弹在上面炸响了，这回里面的尘土小了些。

郑连躲在墙角里，看着顶棚，要是再有几颗炮弹落在上面，顶棚肯定得炸塌了。再结实的拱券也抗不住这样的炮火。

27. 东北军撤出阵地，杜聿明做最后的部署

3月11日夜，石匣镇一一二师师部。

师长张廷枢在石匣镇的师部里，度日如年。他清楚，前线一定打得很苦，部队的伤亡也十分严重。古北口的情况他知道，丢了三七〇高地和将军楼，战场上的态势会更加的不利。他几次想命令部队反攻，夺回高地和将军楼，但是从前面来的情报上看，这是不可能的，只能白白增加伤亡。他几次给北平军分会去电，请求增援，可是回答他的都是固守待援。中央军增援的只有两个师，还在路上，父帅那也无兵可调。少帅又在这个节骨眼上被老蒋逼得下野了，丢下几十万东北军不管了。他越想越闹心，坐立不安，束手无策，只能等着前面一个比一个糟糕的电话、电报。他没穿大衣，没戴帽子来到外面，他想冷静一下。但今天的月亮像是让战火硝烟给染了，有些昏黄，望着外面的月色，他在思索着撤退的事情，可这个命令什么时候下，时间是个关键，这决定全师的安全。要是在撤退的时候让日军追着打，那就是溃败，部队就有可能打散了。他要保住这支部队，不仅是为少帅、父帅，更是为了他自己。还有一点，就是得有命令，不能落下临阵脱逃的罪名。他十七岁入东北讲武堂，二十八岁就任中将旅长，这支军队就是他的全部。再一个就是，部队撤到什么地方？北平他是不会去的，少帅走了，接下来是什么他

清楚，那就是改编。所以，他要给部队找一个独立生存的地方。

"师座。"参谋长从屋里出来喊他了。

张庭枢回身朝屋里走去，参谋长也跟了进来。

"师座，北平军分会来电了。"参谋长说着把电报递给他。

"该师在古北口奋勇作战，迭挫敌锋，固守阵地，巩固平津，安定人心，至为欣慰，阵亡团长一员，予以从优议恤。"

"废话。"说完他转过身对参谋长说，"老帅那和万军团长有没有电报？"

"还没有。"参谋长说。

这时杨参谋进来了，"报告师座，老帅电报，还有万军团长电报。"

"怎么说？"张庭枢问。

"相机行事。"杨参谋答道。

参谋长过来说："师座，我看还是令部队撤下来吧。再不撤下来，咱们这点老本都打没了。中央军说是增援，可是李团长来电说，中央军实际上是监视咱们，完全是督战队。后援部队又没有，再打上几天，咱们这点老底子就都拼光了。"

张庭枢看了一眼参谋长，对杨参谋说："给北平军分会发报。我部奉军团部命令，拟于夜11时撤退，请指示。马上发出，同时接通各团电话。"

电报发出后，大家都看着那架座钟，秒针在一圈一圈地转着。

杨参谋回来，进了屋他就说上了："报告师座，北平军分会电报说：部队可撤至北平原防地。"

这时一位参谋过来报告："师座，各团电话都接通了。"

张廷枢看了一下表，夜里10点半。他拿过电话，用平常的口气说："我是师长张廷枢，现在我命令，今夜11点，部队从河西镇往西，沿潮河岸边撤退，经石匣镇、密云、延庆、怀来至宣化集结待命。部队统一由李团长指挥。一定要秘密行动，不要惊动日军和中央军。第一是部队，第二是装备。立即执行。"

放下电话，张廷枢松了一口气，一挥手，喊来了参谋长，说："命令师特务连出南天门接应。掩护六三六团撤退至石匣镇，再返回师部。师部立即撤至宣化。立即给总司令发报：我部已按命令撤退，在宣化集结待命。请指示。"

张廷枢还是觉得心神不宁，部队撤退，是个大事。可是眼下他距古北口五十多里路，前面的一切全凭三个团长了。着急也没用，为防止万一，他决定带师部先朝宣化进发。察哈尔省也是咱东北军的地盘，背靠归绥、山西，可进可退，同时还可脱离北平军分会的控制。

天，终于黑了。

郑连就盼着黑天，这样日军的飞机就不会出动了，也不会有大规模进攻了。至少，可以躲在烽火台里不用露头了。老祖宗修的这个烽火台真是个好东西，正像大哥说的，日军的迫击炮奈何不了他们。可是看看大哥、秀才、赵大柱，他们见天黑了，日军退了回去，就如到了网里的鱼跑了，直拍大腿。郑连抱着枪，靠着墙，闭着眼睛想着秀才回来的事。回来干啥？这是明摆着的事，大哥和赵大柱都想让秀才撤出战斗，才找了这么个理由。可他又跑回来了。真不知道他的书都念哪去了，想啥呢？这时隐隐约约地听到山下有人喊，听不清喊啥。上面有钱财和大牛站岗，郑连没动，也没睁眼，但耳朵还是在听。他现在最想听到的，是撤退的命令。只要命令撤，他一个晚上能跑进北平城。可是这个想法他不能说，也不能让大哥他们知道，那样，他们会看不起自己，把自己当成怕死鬼。他现在一是想法子活下去；二是为了脸面，总不能让人看不起。他现在最恨的，是脸面这个东西，害人。

"送饭的来了！"上面的大牛喊。

秀才说："我去接一下。"

猴子也说："我也去。"

秀才和猴子拿着饭桶上来了，后面跟着的是炊事班的大脑袋。炊事班长王半勺下面的兵里面，一个叫大脑袋，一个叫小细脖。平日里，伙食不好的时候，大家就骂："大脑袋，小细脖，半勺菜，不干活。"

"大脑袋，半勺呢？"赵大柱问。这话也只有赵大柱敢说，赵大柱和王半勺是老乡。有一次一个新兵不知道王半勺是外号，打菜的时候，叫了一声王半勺，话音没落，就挨了一勺子。

"在中午给你们送饭的时候去丰都城了。"大脑袋说着用袖子擦了一下鼻涕，不知道是冻的，还是想起了班长心里难受。

丰都城。谁都知道，那是阎罗王的地界。在部队里，打仗的时候，有些话是能说的，如受伤了，应说挂彩了或是挂花了。有些话是不能说的，就是死了。那个死字，大家都不想说。

大脑袋这么一说，大家都低下了头，因为中午没吃上饭，大家把王半勺骂了一个下午。听大脑袋这一说，大家都感到自己真的是个混蛋了。一顿饭没吃就骂人，那王半勺又该骂谁呢？现在大家满脑子想的，都是王半勺的好来了。

秀才把桶里的馒头拿出来，把菜倒在钢盔里。提着桶往外送大脑袋，大家都出来送送，可是谁也没有多余的话说。说啥？

王半勺死了，大家全都沉默不语，默默为王半勺默哀。这辈子，再也吃不上他做的红烧肉了。一想到红烧肉，就想起王半勺，心里便酸酸的。就是从那时起，郑连决心不再吃红烧肉了。

"秀才，去了师部，听没听到点部队的情况？"

"听到一点，可不知道准不准？"秀才说。

"准不准都说说。"赵大柱急着说。

"听说咱们军驻潼关、洛阳一带的第二师，奉命于2月28日集中洛阳开始输送，限3月8日以前到达通县待命。现在正在往咱们这儿增援呢！在湖北花园孝感一带的八十三师，到达北平附近，在密云集中。也来增援咱们。独立炮兵第四团、炮兵第七团、骑兵第一旅、重迫击炮第一营及其他直属部队等，也正在往这赶。另外晋绥军傅作义部也在牵制日军。还听说徐军长已到了密云县城，正在调配部队，增援古北口。用不了两天，增援部队就能上来，重炮团要是能上来，守住古北口是没事。"

大哥问："那听没听说东北军啥事儿？"

"出大事了。我在镇上捡着一张北平日报，上面有张少帅下野的电文。"说着他从怀里掏出一张报纸，上面有张学良下野的电文。"少帅都下野了，谁还有心思再打下去。3月7日，张学良就给南京政府发去了辞职电，把罪过都承担了过去。少帅在得到蒋委员长的批准后，发出了下野通电，下野通电之后，在蒋委员长安排下，少帅已出国考察去了。"秀才说着把报纸抖得直响，"走了，说走就走了。三军司令怎么能像小孩子过家家似的呢？他可是几十万东北军的灵魂哪！"

"几十万东北军就这么撒手不管了？这可是他们老张家的命啊！我看这全是蒋介石给逼的，要不少帅不可能走。少帅肯定是让老蒋给耍了，少帅没玩过老蒋。"大哥一拍大腿，坐在了地上。

"少帅一走，群龙无首，这几十万东北军谁能整得了？蒋委员长也没办法，我看早晚还得把少帅请回来。东北军真的要是闹起来，别说是老蒋，就是天王老子也整不了。逼急了，东北军真要是投了日本人，那就不是一个满洲国了。"秀才说。

刚才秀才说中央军增兵，郑连听了很高兴，这下子他们有指望了。可是少帅这一下野，真如大冬天给他浇了一瓢凉水。几十万东北军都撤了，增援的一两万中央军能管用吗？

3月11日夜，师部。

天黑了下来，日军的进攻停止了。可在长城一线，还有零星的枪声。这枪声在夜空里，格外的清脆。那回音却在耳边久久地萦绕。

杜聿明在地图前举着蜡烛，认真地研究着战场上的每一个细节。七十五旅旅长张耀明陪在他的身边，目光也在地图上。夜晚和日军停止进攻带来的平静，使杜聿明更加感到大战来临前的压力。他喊来了作战参谋："马上把全师部队伤亡、弹药、阵地情况再了解一下，标在这张地图上。"

"是。"

这时一位参谋进来报告:"报告师座,刚收集到的情报,张学良副总司令7日向委员长提出辞职,9日委员长批准了他的辞职,今天他已离开北平,去上海了。北平军分会由何应钦部长接任。"

杜聿明听了一惊,他挥了一下手,参谋下去。

张旅长过来说:"这个时候,张少帅怎么能丢下部队,一走了之呢?北平这么大的摊子,谁能收拾得了?"

杜聿明没有说什么,敌我兵力悬殊,我军伤亡惨重。如果明天敌人增兵,从我一翼迂回,或某一阵地被突破,我军则无兵力挽回战局。东北军主帅走了,东北军还能拼命地在一线阻击吗?东北军要是再出现个缺口,势必造成部队溃败,到那时再想组织有效的防御,就难了。特别是七十三旅的两个团,都是预备团刚转过来的,说是主力团,实际上,那只是个名。想到这儿,杜聿明说:"张旅长,我想明天日军的攻击一定会更猛烈。而眼下日军占领了将军楼,控制了制高点。这时的长城已被敌人所用了。为迟滞敌人前进,等待我后续部队的到达,我想把一四九团刚调回来的两个连和师特务连、警卫连剩余人员组成一个连,立即赶往南天门一带构筑阵地,以防一旦大关失守,日军占领古北口,也好掩护主力逐次转移阵地,节节抵抗,与敌作持久战。否则到时怕措手不及,你看如何。"

"光亭,我看行。可是这事最好给军长通报一下,听一下军长的。"

"我怕等军长来电了,什么都晚了。如果到了那时候,全师溃败,怕是部队都掌握不了。"杜聿明终于说出了他的担心。

"那咱们一边布置,一边请示。到时就说军情紧急,总算有个退路哇!"张耀明说。

"行。就这么办。"说着杜聿明叫来了值班参谋,"命令警卫连、特务连连长和刚调回的一四九团的两个连长马上来见我。"

四个连长跑步来到师部,杜聿明马上命令道:"我现在命令,由特务连连长带领特务连和警卫连剩余人员组成一个连,一四九团的两个连,立即出发,连夜到南天门一线构筑二线阵地。由特务连长指挥,全师能不能在南天门站住脚，全看你们三个连的了。注意，一定要先构筑好阻击阵地。掩护全师安全转移。能不能完成任务？"杜聿明大声问。

特务连说："师座，我们走了，师部可就空了。我不能丢下你们不管，我不去，由警卫连赵连长带领去吧。他已经受伤了，应该先撤下去。"

"不用争了。这是命令。马上执行。"杜聿明大声地说，"我有四个团，还差你们三个连？马上执行命令，特务连居中、一连在左、二连在右，抓紧构筑工事，在南天门等我们。马上出发。"

"是！"三个连长走了。

这时的杜聿明心里多少踏实了一些。

很快作战参谋进来报告："报告师座，目前我四个团都固守在原阵地上。一五〇团守在河西镇南，伤亡很小，弹药消耗不大；一四九团守在北山小高地，全团伤亡一千一百人，弹药不足一个基数的三分之一；一四六团守齐长城阵地，伤亡和弹药消耗都很大；一四五团守龙王峪，全团伤亡一半，弹药不足一个基数的四分之一。全师总计伤亡两千多人，连排军官伤亡一百多人。炮弹，打没了。报告完毕。"

这时又一参谋进来报告："报告师座，东北军防守大关的部队进入了河西镇，看样子，他们是要从河西镇撤退了。要不要拦阻？"

杜聿明看了一眼张旅长，说："果然不出所料，放他们走。让监视部队马上接防，进入阵地。"

参谋出去了，杜聿明朝张旅长说："部署要调整。要不，明天日军的援兵肯定会到，再有一个进攻，就全完了。"

"我也是这样想的，不如我们马上收缩兵力，利用地形来阻击日军。"张旅长说。

"那好，我们马上进行调整。把通信参谋都给我叫来。张旅长，你看，目前我军阵地从口字形变成了凹字形。防守的重点不是龙王峪，而是北山和南山。"杜聿明指着地图说。

张旅长说："如此看，我们之前的防守重点有问题。"

杜聿明马上纠正说："不是之前有问题，而是战场形势发展到这样。"

张旅长话一出口，也发现这话有些犯忌，忙改口说："不是之前有问题，是战场变化太快。"

这时几个参谋都过来站成一排，杜聿明命令道："现在我命令：一四五团收缩阵地，防守龙王峪至齐长城一线，与一四六团共同防守将军楼南面。一四六继续防守齐长城二线阵地。一四九团马上接手大关阵地，一五〇团两个营防守河西镇卧虎山高地，火力支援潮河大关。一个营防守南山阵地。各团由师里统一指挥。充分利用有利地形阻击日军进攻，没有命令不许后退。违者，按军法就地执行，不用报告。"说完，他对张旅长说，"张旅长还有什么补充的吗？"

张旅长说："我完全同意师座的命令。最好再组织一些当地百姓，让他们帮助马上把伤员送下来。要是让部队送，太减少战斗力了。还有，接防之后，对日军阵地进行一下小规模的出击，打一下就撤回来，让日军增加防守，不敢进攻。"

一位参谋说："刚才王道长还说要帮助往下抬伤员呢。我正要请示师座。"

杜聿明说："请王道长帮助多组织些人力，把伤员运下来。你就说我说的，等打败了日本鬼子，我们二十五师帮他把庙宇建起来。"

参谋答道："是。"

杜聿明对参谋们说："马上想办法把命令发出。让他们马上执行，特别是张旅长说的小规模出击。然后马上回来报告情况。"

"是。"军情紧急，几个参谋马上跑了出去。因为有的部队电话线炸断了，还没有接上，一些命令只能派通信兵去传达。

下达完命令，杜聿明始终感觉还有什么事不太对，可是又一时想不起来，就站在地图前面愣神。

这时一位参谋进来，报告说："师座，军长来电。在南天门设二线阵地，增援部队两日内到达古北口。"

杜聿明似乎又看到了一丝希望，可杜聿明的心里还在纠结着，古北口明天能守住吗？

其实，杜聿明眼下最应下达的命令，是全师退回南天门防线。可这样的命令只在他脑子里一闪，马上就被自己否定了。退回南天门阵地，固然可以保存部队，可是上面追究下来，那就是战场逃跑。他给军长去了几次电报电话，都只是汇报古北口的情况。虽然话里话外有这个意思，可是他不能明说。因为这话必须是由军长嘴里说出来。否则，就是战场意志不坚定，就会被军长看不起。所以，他就是这样一直扛着。他也万万没有想到，他扛了一夜，第二天的大溃退中，一千多官兵倒在了日军的枪炮之下，使第二十五师的总伤亡超过了四千人。

28. 日军夜袭帽儿山观察哨

又到郑连和秀才站岗的时候了。

站在烽火台上面，北风迎面吹来。日军在长城上和烽火台里都点着了篝火，长城成了切割黑夜中天地的分界线。烽火台箭窗口发出的光亮，如探照灯一样，朝外面射着光柱，不时有夜光弹升上天空，照得山野丛林如白天一样，使萧瑟的山峦走出了黑暗。偶尔几声枪响，打破夜的宁静。秀才隔一会儿便耳朵贴在墙上，听听动静。郑连拿着望远镜四下看着，可渐渐地什么也看不清了。他以为是眼睛出了问题，可是拿开望远镜，眼睛没问题。再看望远镜，镜头上的玻璃让霜给蒙上了。擦了，再看，看一会儿又是那样。秀才过来说："六哥，看的时候，把嘴和鼻子用毛巾挡上就好了。鼻子嘴出的气都成了霜挂在镜片上了。"

郑连拿出毛巾，系在脸上，边看边和秀才说："七弟，你说明天能让咱们撤吗？"

"为什么？"

"三七〇高地和将军楼一线东北军都撤了，要是大关和卧虎山的东北军全撤了，就咱们一个师，几千人，伤亡又这么大，能守住吗？小鬼子的一个师团两万多人，炮火又猛，看这架势，挡不住。"

"咱们团不撤下来，咱们就不能撤。东北军要是全撤了，是因为少帅辞职，去国外养病了。东北军要是没了少帅，就像没了魂似的，成了没娘的孩子，哪有心思再打下去。咱们不一定撤，咱们十七军那两个师也赶过来了，委员长正在往咱这儿增兵呢！不只咱们中央军，东北军整编一下，还得回来，东北是他们的家呀！西北军，晋绥军也上来了。山西人做买卖那是没说的，就是不知道打仗能不能像做买卖那么精明。这里也是山西的大门，日军占了平津，下一步就是山西了。我想他们不会不知道这一点。"

"要是增援些炮就好了。没有炮，亏可吃大了。"

"肯定得增炮兵。那是战争之神，可是没有制空权，炮兵也很难立住阵地。可惜了少帅的几百架飞机，都扔在了奉天，白白送给了日本人。"

"张少帅也是的，这个节骨眼上，他咋能说走就走了呢？这时候养得哪门子病呢？还有心思到国外考察，心真大呀！要是东北军不撤，长城一线阵地也不能让小鬼子给占了，咱们这也不至于成了前线了。说是观察哨，现在成了阻击阵地了。"

"六哥，上面的事，咱管不着。可我知道，只要是咱们守住这个帽儿山，小鬼子就别想过去。等后面的部队上来，一个反攻，夺回明长城问题不大。至少，眼下齐长城还在咱们师手里呢！再说了，这长城，修的时候，就是防北面不防南面。从里住外攻，好攻多了。"

秀才一说，郑连也听明白了。只要能夺回明长城，他们这里就安全了。这么一想，悬着的心又放下点了。

虽然穿着皮大衣，可是在外面时间一长，身上还是有些凉。但是不管多冷，郑连都死死地看着北面的山下，从山下到长城，又从长城到山下，脑袋不停地上下晃动着。他是从心里怕小鬼子从下边摸上来，那就什么都完了。在他身边的秀才，一直拿着望远镜左右晃动着。他也跟着他的望远镜晃动了一会儿，在篝火照映的长城一线，一些日军围着火堆，还有一些日军往长城上搬动着东西。秀才说："要是我指挥，这时候，一定派出一股部队，袭击一下小鬼子。至少，不能让他们这样的张狂。"

秀才的话音刚落，长城一线便响起了手榴弹的爆炸声。爆炸的火光，映红了长城，映红了山野沟壑。爆炸声在寂静的山间回荡着，烽火台下面的弟兄听到爆炸声，都从下面上来一起朝北面看。

"七弟，能夺回长城吗？"郑连问。

"不能。"

在一阵激烈的爆炸和枪声后，长城渐渐恢复了平静。篝火也不见了，只有星星点点的火光，忽明忽暗，像鬼火一样在长城上跳动着。

消停了。大哥他们急急忙忙地下去了。上面还是太冷了。

月光下的树丛，黑灰色的一片盖在山丘上。在没有树的山坡上，白雪映着月亮，反出昏暗的光亮，还有那下过雪的山间小路，在山间若隐若现。郑连努力地在黑暗中寻找着最不想看到的日军，直到酸了的眼睛流出泪。

秀才一直在听，有时耳朵贴在墙上，有时两手做成喇叭形，附在耳朵上，对着北面。这使得郑连也不敢动一下，怕发出声音。等到他松开了手，脸朝南面喘气的时候，他才能和他说上几句话。

和秀才在一起，郑连就总想问点事儿。他也算是走南闯北的人了，虽然靠不上有钱人的边，可也见过一些。他见到最有学问的，就是那些摆摊算卦写家信的，可要说学问，都不及秀才。山下没有动静了，他问："七弟，你说这小日本不在他们国家待着，跑咱们这儿干啥？咱们死人，他也死人，图的是啥呢？就为了抢点东西，拼上命，值吗？"

"战争就是利益之争。日本是个小小岛国，国土面积比咱们一个省大不了多少。可他人多，有咱们三五个省这么多人。粮食不够吃，衣服不够穿，咋办？就得抢，就像六哥你要饭似的。别生气，我就是举个例子。你说饿急了，能不抢吗？咋也不能饿死不是。要不咋叫穷凶极恶呢！"

秀才说的话，郑连接不上，就接着听他往下说。

"日本自从明治维新以来，国力增强了，工业上也赶上了西方的先进国家，可是他没有资源呢！啊，资源就是东西，煤矿，钢铁，木材，他什么都缺，而这些东西，咱们都有，特别是东北。关东军有一句话，他们叫名言，就是宁可舍弃本土，决不放弃满洲。"

"那他妈的也不能抢啊，我要饭的时候，都没偷过别人一点东西。再说了，他那些兵都不怕死？我就不信了。"

"战争宣传。日本宣传的是为了国家，让他的国民为国家而牺牲，把这个当成一件光荣的事。谁不是爹妈父母养的？谁不怕死？都怕。可你怕也得去，因为日本实行的是宪兵制度，那就不是你想不想当兵的事了。这就是帝国主义在国内镇压，在国外掠夺的本性。什么叫侵略，一个国家的军队强行踏进另一国的领土，就是侵略。日本知道这个道理，为了掩饰他的侵略，他把这个叫什么大东亚共荣，这就如你家要盖五间房，他来了，要你盖两间，把那三间的材料他拿回去盖房子了一样。对待这样的人，怎么办？就是一条，把他打回去。"

"你说他们的人不想当兵，可为啥还这么拼命？真他妈的整不明白，小鬼子一个个都像中了邪，不要命似的。我今天就打死了好几个，都没怨没仇的，真不想打死他们。可你不打他，他打你。什么东西呢，这都是？"郑连实在是搞不明白了，为什么呢？他不想打这个仗了，还是想法逃走，走得远远的，让谁也找不到。可这话对谁也不能说，要是让谁发现了，那就是掉脑袋的事儿。可是逃了，又会连累别人。这让他左右为难。

两个小时，一炷香的工夫，赵大柱上来接岗了。

烽火台里红红的炭火有些过劲了，火上出现了一层白灰，但从上面下来，还是有一股热气迎面扑来。

但是已经快断炊了，没有吃的了，只能在深夜下山搞些吃的。

赵大柱和大哥围着火堆坐着，聊着闲事。郑连肚子有些不舒服，从西门出去，蹲在便所里。肚子里有东西往下坠，可又总像有些拉不完似的，刚想起来，那东西又往下坠了。蹲得他腿都酸了，可还是没拉完，屁股都冻痛了。他想再数五十个数，拉不出来，就回去。就在他数到三十的时候，听西北崖壁下面的山坡上有动静，是树杈被折断的那种声音。这都打了一天了，下面还能有啥大动物？不可能。是小鬼子上来了。他屎尿全没了，肚子也不痛了，慢慢地提上裤子，可腿酸了不说，还麻。他猫着腰，一点点地移动着麻木的两腿，足有一袋烟的工夫，移到崖壁边上，往下细看。月光下的山坡上，灰蒙蒙的一片，看不清。但隐隐约约的，有几个白影在树下的草丛中往山上移动。白影是什么东西？鬼？郑连有些害怕了，揉搓了一下眼睛，小时听说鬼怕火枪，如今他手里拿的就是枪，鬼还敢来？他脑子想着，使劲看着那几个白影。渐渐地，白影移动得近了，是人，穿白衣服的人。肯定是小鬼子。吓得郑连几乎叫了出来，忙把头低了下来，往回退着爬了几下，看看烽火台上面，没动静。他退到西门，但他没敢掀开门帘子，一掀里面就有亮照出来，他爬到了南门，从门帘子底下钻进了烽火台。

赵大柱见郑连从门帘下面爬进来，问："咋的啦？不会走了？"说着过来拉郑连。

郑连不知是吓的，还是紧张，干张嘴说不出话来。好在他提上裤子了，不至于太狼狈。他抽出左手，指着外面。可嘴有些不好使，一句话说不出来。

"咋的啦？啊，说话呀？"赵大柱把郑连拉了起来。

大哥一步窜了过来，示意赵大柱别问了。秀才、猴子都站了起来，他们都感觉出来，有事了。

郑连终于说出话了，"下面，下面有鬼子。"他指着北面的山下。

大哥示意大家别说话，小声问："什么地方？"

"西北角上。"郑连声音小的连自己都听不清。

大哥听明白了，他朝赵大柱比画了一下手榴弹，大哥和赵大柱抓起几颗手榴弹。秀才和猴子也抓起了手榴弹，等着大哥的指示。

大哥指着赵大柱和秀才，到上面去。指着猴子和郑连，跟他出南门。等他打响了，上面再打。然后一挥手，分头行动。

大哥在先，郑连跟着，后面是猴子，他们从南门爬了出去，转到了西北角的崖壁边上。郑连指着崖壁下面的白影，大哥和猴子都看到了。站起来的日军，让他们看清楚了，他们都穿着白斗篷，正迅速地朝崖壁下靠过来。

大哥示意手榴弹，他们把弦都拉了出来，就在下面日军靠到崖壁的时候，大哥喊了一声："扔。"手榴弹一颗接一颗地扔了下去。随着一阵爆炸声，没炸死的日军朝山下跑去。日军一跑，上面大牛的机枪和钱财的步枪都响了，赵大柱和秀才的手榴弹也追着扔出去了。

借着爆炸的光亮，看到没炸死的日军拼命地朝下面跑。这时守在西北沟口一四六团的阵地上打出了几颗照明弹，山坡上亮得白天一样。郑连和大哥又把四周看了一下，确定没有日军了，他们这才回到了烽火台里面。

赵大柱他们在上面又朝几个倒下的日军补了一阵子枪，这才下来。

秀才下来就问："六哥，你咋看着小鬼偷袭的？"

"一泡屎拉出来几个小鬼子。"

大家都笑了。

赵大柱喊道："钱财，你下来。"

钱财下来了，他知道赵大柱肯定要问他，没等赵大柱说，他先说了："大牛在北面，我在东面。只顾得看东面了，没注意西北那上来了。"

"你小子还算是讲了句真话。"赵大柱说，"是不是小鬼子皮大衣太暖和了，睡着了？也不怕冻死你们。"

"看你说的，班长，我和大牛谁也没睡，就是大意了。"钱财知道错了，始终立正站在那儿，一动不动。

大哥一边拨动着火，一边说："可别大意了，站岗是给全班站命哪！这要是让小鬼子摸进来，谁也没好。小鬼子夜袭的本事可比我们大多了。咱们晚上行动，都知道穿黑衣服，可小鬼子看着雪地，他们就换成了白衣服，小鬼子多鬼呀。弟兄们，站岗长四个眼睛都不够用，千万大意不得，死都不知是咋死的。"

接下来，是郑连和秀才接岗。让大哥表扬了两句，郑连心里暖暖的，这是他第一次受到夸奖。还是当着全班人的面，真的是有面子的事。

大哥临下去的时候，拿出了酒壶，说："一人来一口，挺两个小时没事儿。"

郑连不敢大口喝,他怕喝多了,醉。秀才喝了一大口,还想喝。大哥把酒壶拿了回去。秀才笑笑,说:"大哥小心眼。等打完仗,我请大哥去北平六国饭店。洋酒,让你喝个够。再来一小口?"

"那就看有没有那个福气了。小心点吧,秀才。没有今天,就没有明天。别说是酒,水都没地儿喝了。"说着大哥把酒壶又递给了秀才,看着秀才喝了一大口,这才拿回酒壶,晃了两下,说:"你小子更黑。这一口,不小。"

按照大哥说的,郑连选好了西北角靠北的箭垛,蹲在那儿就不动了。从他这里,可以看到西北的山沟,北面的山,还有远处的明长城。山坡上的树,灰灰的一片,看不清棵数,只能看到树梢连成一片。有白雪的地方还清楚一点,没有白雪的地方,除了灰灰的一片,什么也看不清。可是他想,只要是有人上来,那树梢就得动,就一定能看见。他回头看看秀才,秀才选在了东北角上,那也是个大视角。俩人就这么一动不动地守在两个角上,不能动,不能讲话,让北风吹着眼泪冻成小冰珠,脸上的肌肉慢慢地冻僵。

两个小时,眼睛像机枪一样,一遍遍地扫射着山坡上的树木,心里在成百上千地数着数。渐渐地,眼睛适应了黑夜,就像猫眼一样,可以在黑夜中看清山坡上的草木、石头,还有那些白雪上的黑影。

突然,郑连感到后面有动静。虽然他知道可能是大哥和猴子上来换岗了,还是本能地调转枪口。可是他的手冻僵了,等他调过来枪口,他们已经蹲在了身后。

大哥和猴子上来换岗了。

烽火台里,大哥和赵大柱给郑连和秀才留了半只鸡。郑连闻到了鸡香,可是他实在睁不开眼睛,只想好好地睡上一觉。他把鸡肉放进了嘴里,刚嚼了几口,没等咽下去,就睡着了。

突然一声枪响,把郑连惊醒了。

郑连惊醒过来的时候，嘴里还含着鸡肉，他吐出嘴里的鸡肉，提着枪往上面跑。烽火台上面大哥和猴子开枪了。大哥的机枪声是扫射，而不是点射。大家都慌忙起来拿着枪和手榴弹，冲到了上面。一边跑，一边把子弹推上膛。

赵大柱来到大哥身边问："来了多少？"

"去两个人看住东边。前面有十几个，是来偷袭的。"大哥边说边压子弹。

秀才拿过手榴弹说："给他两颗，照一下亮。"说着投出去两颗手榴弹。

借着手榴弹爆炸的光亮，看到日军开始往回退了。

钱财和大牛穿着皮大衣，可是他们里面都没穿棉衣服，光着两条腿，看日军退了，他们也感到冷了。大哥说："都下去吧。睡觉都睁一只眼睛，别睡死了。"

钱财先跑下去了，大牛也下去了，接着郑连和秀才、赵大柱都下去了。上面只留下了大哥和猴子守在垛口处。

半夜日军偷袭了两次，谁知道还来不来呢？看来这一夜是别想睡了。

大牛和钱财穿上了衣服，抱着枪朝火堆围了过来。郑连和秀才、赵大柱围着火堆坐着，这觉是没法睡了。

赵大柱问："秀才，你说咱们的增援部队什么时候能到？"

"不好说。至少一两天是来不了，这样的天气，部队一天走不了一百里。再者说了，后勤补给还有重武器就靠那些原始的马车、牛车去运。真不知道要走到什么时候。如果说古北口没有失守，他们或许能快点。如果他们知道古北口丢了，说不定就更慢了。"

一听秀才这么说，郑连真的有点急了，说："就因为古北口要守不住了才让他们来的。要是我们能守住，还用他们来干什么？来分一份功劳？扯淡！秀才，那你说我们该咋办？就我们七个，那不是白送死吗？"

"什么我们七个，咱们团不是还没撤下来吗？咱们师不还在这儿守着吗？再说还有东北军呢！待东北军的几十万人马缓过劲来，他们会来增援

223

的。另外，东北的那些抗日义勇军，也是小鬼子的一块心病，至少能拖住他们一些部队，不能全力进攻北平。"秀才说。

"守得住得守，守不住也得守。这不是我们说了算的。没有命令就撤，那只有死路一条。临阵脱逃，没有第二条路，不管你是啥原因。要是守住了，等增援部队上来，还有一条活路。要是我当指挥官，也绝不能下这样的命令。"赵大柱说。

郑连知道，说什么都没用了。死定了，这个烽火台就是坟墓。要想不埋在这里，就得拼命打，不让小鬼子上来。现在有足够的弹药，打上几天没问题。可是几天以后，要是增援部队不来，那就剩下一条路了，死。

赵大柱问："秀才，七十五旅怎么样了？"

"我打听了一下，他们一个团守在河西镇，一个团守南山阵地。听说全师的预备队不到一个营了。旅、团的长官都上了阵地。现在的地形对我们不利。地利在军事上的重要性，《孙子兵法》里早就说过，天时不如地利。河西镇还好些，可是南山阵地不好守。日军的炮火和飞机，躲都没地儿躲。一旦南山阵地丢了，那河西镇也就守不住了。"

钱财没说什么，只是瞪着眼睛听。钱财的挎包在身上背着，自从离开了蚌埠，他的挎包就没离开过身上。在山下扒大衣之后，他肯定发了点洋财，因为他的挎包鼓鼓的，但肯定不是弹药。坐在火堆边上，他一只手也不自觉地放在挎包上面。

大牛抱着机枪，先前还在听，可是这会儿，口水流了出来，坐在火堆边上睡着了。人还是像大牛这样的好，什么也不想，过一天算一天。心宽体胖。

外面一点动静也没有，上面也一点动静没有，这反而让大家的心更悬空了起来。秀才朝赵大柱说："我出去看看。"

"我陪你去吧。"郑连说着跟秀才爬出了南门，转向西门，又转到了北门。在这里往下看，没有死角，就是崖壁下面都看得清楚。从上往下直看，透过树枝，可以清楚地看到地上的白雪。可往远看，那月光就不管用了，渐渐地被一片灰蒙蒙的树枝给盖住了。秀才耳朵贴在石壁上，这是听地上声音最有效的办法。

郑连和秀才趴在那听了有半个小时，山下一点动静也没有。可是听到身后有动静了，回头看看，是赵大柱爬过来了。他示意他们俩回去，他接着听。

郑连没穿皮大衣，回到里面，身上冻得有些发抖了。大牛穿着皮大衣还在睡，钱财穿着皮大衣看郑连进来了，说："快烤烤火吧。"

郑连心里有气，没理他。来到火堆边上，拉过来被子铺在地上，然后坐在上面开始烤火。

"没啥动静吧？小鬼子不敢再来了。"钱财瞪着圆圆的小眼睛问郑连。

郑连还是没理他，低着头烤火，手烤热了，耳朵像针扎似的疼了。他捂着耳朵，感到耳朵厚了起来，冻肿了。

钱财又朝郑连说什么，他一点也没听见，也不想听，从心里烦他。

秀才也进来了，看样子，他比郑连冻得还厉害，进来了就搓手跺脚的。

郑连移动了一下地方，给秀才一块铺被子的地方。

钱财说："外面冷吧。"

秀才点点头，也像郑连似的，捂着耳朵。

七个人中，就郑连和秀才没有皮大衣。暖和过来，郑连和秀才说："一会咱俩下去呀？"

"干啥？"

"刚才打死的鬼子肯定有皮大衣，整两件上来。"

"还是等天亮吧。现在看不清，真的碰上小鬼子的潜伏哨，那可就赔了夫人又折兵了。小鬼子十分重视士兵的尸体，对阵亡的士兵，都要用火烧成骨灰，放在坛罐子里，写上名字，运回国交给家人安葬。"

"那就等天亮吧。"

平时想多睡一会儿，天早早地就亮了。现在盼着天亮，可是太阳就是不出来。郑连隔一会儿朝外面看看，天不但不放亮，反而越来越黑了，月亮也钻进了云层里。郑连和秀才都披上被子，面朝着火堆，等着天亮。

围着被，烤着火，看着红红的火苗，郑连想到了一件事儿。这些年，他走过一些佛家的寺院，道家的宫观，都进去拜过，求的就是吃饱穿暖。可是如今，落得这样的一个地方，在烽火台上等死。他问："秀才，你信佛还是信道？哪个有用些？"

秀才看看郑连，说："六哥信哪个？哪个我都不信。太远了，下辈子的事儿，管不了。"

"那你信啥？总得信点啥呀，我就信命。"

"我信三民主义。孙总理的三民主义。"

"三民主义，我听过。新兵时讲过，可还是没听明白。信了能咋的？穷的照样穷，富的照样富。那是长官们信的东西。现在咱们信这个管用吗？"

"六哥，你还是不了解孙总理说的三民主义。这三民主义，第一是民族主义，就是反对列强的侵略，打倒与帝国主义相勾结之军阀，求得国内各民族之平等，承认民族自决权。这是三民主义的核心。在此基础上，是民权主义，实行为一般平民所共有的民主政治，人民有选举、罢免、创制、复决四权以管理政府。政府则有立法、司法、行政、考试、监察五权以治理国家。其核心观念强调直接民权与权能区分，亦即政府拥有治权，人民则拥有政权。第三是民生主义，其最重要之原则有两个，一为平均地权，实行耕者有其田，二为节制资本，私人不能操纵国民生计……"

"秀才，你说的和政治教官说的一样。可那也就是说说。我要是有地种，我才不来当这个兵呢。还三民呢，我要是有一民也不至于要饭哪！"

"就因为没有，我们才要为之去奋斗，为之去打仗。眼下我们就是为了民族主义去和日本人打仗，保卫我们中华民族，不当日本人的亡国奴。等打败了日本，我们就去实行第二、第三。到那时候，你就会有地种的。如果我们都不当兵，不打仗，那日本就会占领我们全中国，到那时，民族没了，民权也就没了，民生就更没了。我们打仗，为了民族，国家，也是为了自己。没地的人打仗，是为今后能有地。有地的人打仗，是为了保住自己的地。你想想，不是为了自己是为了谁？其实，我们和日本人打仗是为自己在打。"

秀才说的有道理，可是郑连心里还是反不过来这个劲。要是打死了，啥都没了。人不为己，天诛地灭。可这话说出去，就太小心眼了。他看看秀才，问："那你们家有地，有钱，那你为的是啥主义？"

"民族，不当日本人的亡国奴。这没啥可说的。只有打跑了日本人，才有家、有地、有钱、有书读。"秀才说着，见郑连闭上眼睛，胳膊肘儿碰了他一下，"你为了啥？"

"有饭吃，不受人欺负。"郑连闭着眼睛说。

29. 戴安澜的一四五团伤亡惨重

3月12日晨，巴什克营日军第八师团部。

第八师团长西义一中将早晨接到侦察报告，大关、河西村一带全部换上了中央军。东北军去向不明。他一面命令空军马上派飞机侦察情况，一面决定召开紧急会议，对部署进行调整。同时让参谋作出进攻计划。

由于昨天夜里野炮第八联队主力赶到战场，更要紧的是后方运来了八百发炮弹，彻底激活了日军炮兵，也使西义一信心更足了。他决定部队直接从大关开始进攻，一举拿下古北口南山阵地，打通进攻道路，保证战车和炮兵的推进速度。西义一的这一作战计划，产生于他对自己军队的自信，和对中国军队的了解。特别是中国军队的互相不配合，使得中国军队人数虽多，实际上是一盘散沙。除了相互掣肘，相互观望而减少战斗力外，就是谁也指挥不动谁。但对于第一次交手的中央军，他还是认真对待的。同时情报机关将二十五师团以上军官的简历也发了过来。主要将领全是黄埔系，这是真正的中央军嫡系。

日军的全部前线作战将领都参加了这次军事会议。

这次，西义一直接面对他的部下开始分析战场形势。他站在作战地图前，指着地图说："目前古北口只有中央军第二十五师的四个步兵团。这是他们团以上军官的简历，都是出自黄埔军校和中央军校，是真正的南京政府嫡系部队。由于我空军白天的轰炸，中国军队的补给十分困难，弹药经过两天的消耗，也是严重的不足。他们阵地分别是河西镇卧虎山长城、河东镇大关长城、龙王峪长城、齐长城至古北口南山，只要我军迅速攻破大关，直逼南山，占领南山阵地，就可以起到一石三鸟的作用。一是分割中央军东西两块阵地，二是切断了中央军的退路，三是我战车部队可以直接进攻北平。同时我们就能全部消灭第二十五师。据空军侦察，东北军一一二师已撤出古北口，我们的前面，只有中央军一个打残了的步兵师了。"此刻，在他的眼里，这一个步兵师根本阻挡不了他的进攻，他的目标是北平。他要使第八师团一战成名。

西义一分析完战场形势之后，接下来请参谋长小林角太郎大佐宣布作战命令，全力进攻古北口，突破长城防线。

12日早晨，太阳照样升起来了。

北面明长城天际线上的烽火台，升起了日军的军旗。原本罩在山上的酸枣树像绒绒的毯子，可现在看，被烧得百孔千疮，露出烧焦草木和炸烂的山体。山间刮起的阵阵北风，阴森森的让人发抖，树丛中的每个阴影都像是藏着一支支枪口，随时会射出子弹。在齐长城的上空，一只苍鹰伸开翅膀，慢慢地移动着，在炸开的岩石和泥土中寻找什么。郑连的眼睛都看酸了，它还在发出血腥的阵地上慢慢地移动着。

看了一会儿，郑连对大哥说："大哥，我想下去整两件皮大衣，就我和秀才没有。"

"小鬼子也盯着那些尸体呢。"

"我没看到有小鬼子。"

"他们的狙击手都在北面的山头上呢！这些狙击手准着呢，五百米之内，百发百中。别为了件皮大衣，触那个霉头。"大哥说着看看郑连，见他有些不相信，就把钢盔摘下来，又把皮大衣脱下来，扣在枪上，从箭垛上举起来，钢盔露出去，接着大衣也露出去，就在大衣露出上半身的时候，一声枪响，子弹正打在钢盔下面的大衣领子上。大哥顺势把大衣往后一倒，做出被击中的样子。吓得郑连险些没趴在地上，一口气好长时间才喘过来。大哥看看郑连，示意怎么样？

"还真有哇！"郑连吓得小声说。

"要不咋让你们小心呢！小鬼子都不白给。"大哥说这些的时候，像小时候捉迷藏一样，没有一点害怕的样。他拉过来大衣，查看了一下，说："又给多个眼。"说着把大衣领给郑连看。

郑连没敢看那件大衣，他还没从刚才的枪声中缓过来。一听到小鬼子的狙击手他就两腿发软。三四百米，他们能一枪命中，打的又是脑袋瓜子。看来再整两件皮大衣的事，想都不用想了。宁可冻着，也不能把命送了。

钱财和大牛上来接岗了，郑连告诉他们，小心日军的狙击手。说着指着大哥的皮大衣领子给他们看。他们都看看大哥，看哪儿受伤了。大哥说："我逗小鬼子玩呢，没事，千万要加小心，小鬼子的几个狙击手都瞄着咱们呢。"说着，郑连和大哥下去了。

秀才又到外面洗脸去了。在七个人中，只有秀才每天早晨都要到外面用雪洗脸。郑连感觉出他洗脸比吃饭还重要，他的手和脸总是白白净净的，衣服上脏了，他就用雪擦了之后，再用毛巾擦干。每次戴帽子的时候，他都习惯性地往后捋一下头发，虽然他们来之前都剪成了光头，可他还是要捋一下。郑连要是每天这样，赵大柱准会说他毛病。可秀才这样，没人说啥。

钱财从挎包里掏出日本旗，绑到刺刀上，立在了上面的西南角上，下来了。

五架日军飞机从北面的齐长城炸到古北口镇，从帽儿山头顶上转过去，又炸齐长城。一颗炸弹也没往帽儿山这儿扔。炸弹扔完了，又从帽儿山头顶上飞过去，往北飞走了。

大牛边吃边说："这招挺好。咱们就这么干。"

大哥说："这招也就一回两回的灵，小鬼子不傻，他们会告诉飞机的。

快把日本旗拿下来,别让咱们的人把我们当小鬼子给打了。看看你们,穿着小鬼子的军大衣,举着日本旗,要是我也得给你一炮。"说着大伙都乐了。

　　日军从将军楼攻下来的部队分成两路,一路朝东,往一四五团防守的龙王峪攻击;一路朝南,往一四六团防守的齐长城攻击。三七〇高地冲下来的日军,也朝一四六团的阵地攻击。日军的山炮和野炮中有一些发射的是烟幕弹,齐长城前沿阵地和龙王峪长城都在烟雾的笼罩之中。望远镜也看不清前面的战况。

　　郑连选在了西北角上,不断地看着北沟里有没有日军的出现。要是北沟里有日军,那就断了他们的后路了。看一会儿,眼睛有些花了,炸弹爆炸的气流吹动着山坡上的黄草起伏,一浪一浪的,几次都让郑连误以为是日军上来了。突然,树丛中窜起一个黑影朝郑连奔来,吓得郑连本能地一躲,就在他躲的过程中,他才看清,那是一只让炮火惊飞的母野鸡,灰白的花色。气得他摸过枪朝野鸡瞄准,野鸡飞上了山头,钻进了树丛中,看不见了。他回头看看大哥和赵大柱,他们还站在箭垛后面指指点点的,就像将军在指挥战役似的,根本没看见郑连和野鸡较了半天劲。

　　大哥说:"看样子,一四六团怕是守不住了。日军的山炮、野炮都上来了,那几个小山包,散兵坑都挖不了,长城上都是平的了,躲没地儿躲,藏没地儿藏的,只能等着挨炸。再守下去,都让鬼子炸没了。"

　　赵大柱说:"大哥,那你是不了解他们。一四六团是很能打的,营长以上的军官都是黄埔生,连长以下的,也都是军校出来的。"

　　秀才说:"人打没了,还拿什么打?班长你看,日军的炮火,把山头都削平了。一棵站着的树都没有了。"

　　昨天还是白白的一座山,现在,山头上白雪看不见了,有些像正在喷发的火山口,冒着滚滚的浓烟。龙王峪那也是浓烟滚滚的,看不清。但枪炮声一直没有停。

　　秀才举着望远镜说:"一四六团的增援部队上去了,有一个连。"他移动了一下望远镜,"日军的增援部队也上来了,有两个小队,一百多人。"

听了秀才的话，郑连的心里更是七上八下的。他只能看到爆炸的烟雾，听到不断的枪炮声。先前的东北军还有些山炮，可是自己的部队只有迫击炮，炮弹早就打完了，只有手榴弹，对日军的增援部队不能远距离杀伤。而日军的炮火，不断地往守军的后面延伸，阻击增援部队。让日军火力压着打，这样的仗，只能是干吃亏。

赵大柱问："大哥，秀才，你们说，这要是前面顶不住了，咱们咋办？"

"顶！没说的。"大哥说。

秀才说："咱们要是撤了，日军沿着北沟下来，就断了咱们团的后路了。死活也得顶住，让咱们团撤出来。"

赵大柱说："命令是让咱们在这儿观察，现在咱们成了打阻击的主力了。"

大哥说："不是还说没有命令不许撤退嘛。就是有了命令，咱们能眼看着弟兄们让小鬼子包了饺子？咱们团的退路，就在咱们手里，死活也得顶着。再说了，咱们有四挺机枪，这火力赶上咱们一个连的火力了，顶个几天没事儿。"大哥说话的时候，脸一直朝着北面，看都没看一眼赵大柱。他是铁了心地想守住烽火台。

赵大柱说："我是怕咱们顶不住，要是想顶住，少说也得一个排。咱们就七个人。"

"咱就来个一夫当关。"秀才说。

"顶得住也得顶，顶不住也得顶。师座、旅座、团座都上去拼命了，咱们还有啥说的？再说了，没有谁比咱们的地形有利了。至少掩护咱们团撤出来，事儿不大。"大哥说着回过头来，看着赵大柱问，"老二是啥意思？都是兄弟，直说。"

"大哥，这样的仗，我也是第一回，心里没底。我听大哥的，大哥说咋打就咋打。打仗我不含糊，我不是想当逃兵，我的意思是大哥得拿出个顶事的办法来。我不怕死，就怕守不住。"

一听赵大柱这么说，郑连知道完了。大哥是打仗不要命的主，听他的，那就得死守没完。就凭这七个人，阻击成千上万的小鬼子？就是送命！可大哥说了，赵大柱也认了。秀才更是不怕事的主。大牛傻乎乎的，就剩下他们三个，跟着打吧。郑连知道，这时候说撤，实在是不合情理，也说不出口，说出来只能让他们训一顿，还不如不说。郑连的手指尖有点冻麻了，手心却在出汗。他把手心在衣服上擦了一把，活动了一下手指，重新握住枪，跟着大伙接着往北看。

齐长城上，日军的炮击停止了，枪声也稀疏了下来。郑连悬着的心稍稍放下点，秀才喊道："日军攻上阵地了，开始拼刺刀了。"说着把望远镜递给了赵大柱。

这时赵大柱喊道："我们的增援部队上去了。沿着城墙上去的，有一个连。"

增援部队上去了，大家都松了一口气。接着枪声和手榴弹爆炸声传了过来。小鬼子肯定是被赶下去了。

大哥从棉袄里拿出酒壶，喝了一口，擦了下嘴，虚让大家一下，没人去接。大家都知道，酒壶里也没多少酒了。他盖上壶盖，靠在箭垛上，拿出小烟袋锅子，点上了，抽了几口，朝赵大柱说："老二，真到咱们打的时候，还是按照站岗时排的两人一组。你指挥。"

"大哥，都这节骨眼了，你就指挥吧。我没和小鬼子打过，再说，指挥你再行。还有秀才，他就是咱们班的参谋，点子多。"

"纸上谈兵，不管用，就像三国里的马谡一样，误事。千万别把我的话当真，参谋也是瞎参谋。"秀才说。

一四五团防守的龙王峪长城两面受敌，好在昨天晚上戴安澜及时收缩了阵地，将东面伸出去的部队撤了回来。但这并没有使他的预备队增加，反而更加不够用了。因为从东面撤回来的部队都上了龙王峪阵地，但西面与一四六接合部的几个山头让日军炮火几乎给翻了过来，他只有把三营剩下的一个连以排为单位增援了上去。现在他手里一个排的预备队都没了，但一线来的电话都是请求增援。副团长都上去了，在他身边，只有参谋长和几个作战参谋，能去上前线传达命令的通信兵一个都没有了。

这时一个参谋进来报告："报告团座，又下来一批伤员。怎么办？"

戴安澜刚想说，这还用问我，送下去不就行了吗？可是他没说，他知道参谋指的是没有人往下送了。他朝参谋长说："你守在这儿，我去看看。"说着出了团部。

战地救护队设在一个崖壁的下面，戴安澜来到救护队一看，一些重伤员正在等待救治，一些轻伤员抱着枪排在后面，几个卫生兵正在给他们包扎。戴安澜的身上也有几处伤，胳膊还用纱布吊着。他来到满手是血的救护队长前问："有多少伤员？"

救护队长举着带血的手报告："报告团座，重伤员三十一名，轻伤员不能行走的，三十五人，能行走的，八十多人。"

"担架队还有多少？"

"都去送伤员了，还没回来。"

戴安澜站直了身子，给伤员们敬个礼，说："弟兄们，只要我还活着，就一定会救大家的。前面的弟兄正在拼命，他们和你们一样，都是在拼命保护弟兄们。你们现在受伤了，你们是为国家受的伤，你们是功臣，我一定会把大家送下去的。"

"谢谢团座。"伤兵们说完，再也不说什么了，都睁大眼睛看着戴安澜如何救大家。

戴安澜眼下也拿不出办法送这些伤兵，因为眼下担架队没回来，没有可用的人力。这时在山沟的里头，传来一声骡马的叫声，他朝身边的参谋大声说："去，把所有的骡马牵来。"

救护队长说："一匹马能驮一两个人，二十几匹也不够哇。"

戴安澜朝身边的轻伤员喊道："你们中有能动的，用木头绑上架子，让马拖着走。一个架上能坐六七个人，雪地滑，正好拉着走。"

马牵来了，架子绑好了。大家把重伤员抬了上去。救护队长说："团座，你的伤也不轻，你也下去吧。你的马都拉伤兵了。"

戴安澜说："弟兄们都在上面守着阵地呢。还会有重伤员下来。弟兄们不撤完，我是不会走的。"

这时刚才喊团座救救的重伤员说："团座，你不走，我也不走。"

戴安澜说："兄弟，快走吧。我是团长，我的伤没你的重，我不能走。"

一位坐在路边的老兵站了起来，来到戴安澜前面说："团座，你说的是实话，我们没这位兄弟的伤重，我们不走了。"接着，他回过身去，朝轻伤员喊道："弟兄们，和团座比，咱们不回去了，跟小鬼子拼了。有敢拼命的，跟我回阵地。"

老兵喊完，八十多个伤兵全站了起来。

戴安澜来到老兵面前问："你是哪年当兵的？"

"民国十六年。"老兵回答。

"我现在任命你为团部直属一连连长，现在你在这些人中任命三位排长。带着弟兄们去增援龙王峪阵地。"戴安澜说完，给老兵敬了个礼。

"团座放心，只要有一口气，就不能让小鬼子过来。"老兵敬完礼，带着八十多个伤兵朝龙王峪阵地走去。

看着这些伤兵歪歪斜斜的队伍，戴安澜的眼泪掉了下来。他跟着伤兵队伍的后面，也朝龙王峪阵地走去。

30. 危难时刻，戴安澜掩护伤兵撤离

从早晨一直到中午，日军不间断地朝齐长城进攻。山头上的积雪炸没了，齐长城上的积雪也炸没了，到处都是烧焦的石土，丝丝缕缕的青烟不断升起来，旋即让山风吹散了。双方弹药消耗和人员伤亡都很严重，都在痛苦中忍受着。所不同的是被动和主动，这不仅仅是武器装备上的拼搏，更重要的是意志的拼搏。到了中午，日军面对中国军队的顽强防守，终于退下去休整了。战场得到了片刻的安宁。

午后，一四六团防守的齐长城一线，战斗更加的激烈了。日军的军旗几次接近到齐长城上，都被一四六团给打退了。可是越来越多的日军从三七〇高地和将军楼上冲下来，增援进攻的部队。一四六团的增援部队却越来越少，最后只有一个班增援了上去。到了下午3点多的时候，日军占领了北面齐长城前沿阵地。

齐长城上，插上了日军军旗。

钱财在东面第一个喊了起来："看，咱们团撤下来了。"

郑连跟着朝东北沟看去，是骡马拉着木架子，上面躺着的是一些重伤员。

日军开始朝北沟进攻了。

失去了齐长城阵地，北沟就只有靠帽儿山一面火力控制了。好在山上的野酸枣树密实得过不去人，日军大约有几百人，只有顺着北沟攻击，黄虫一样的日军扑了过来，推进的速度极快。显然，他们是奔沟口来的，是想从这里切断一四五团的后路，同时进攻古北口东门，切断二十五师的后路。

"老二，你领着钱财，看着东北沟，我们两个组阻击北沟。别慌，瞄准了打，小鬼子过不了咱们这一关。"大哥大声说着，把机枪架在箭垛上，"老七，测一下距离。"

秀才伸手测了下说："五百米。"

大哥说："不到两百米你们别打，浪费子弹。"说着他的机枪响了。

冲在前面的几个日军被打倒了，后面的日军接着往下冲，似乎没有受到大哥机枪的影响。秀才、大牛也把机枪架好了，郑连的步枪早就瞄准了一个鬼子军官，准星一直在他身上晃动，只是太远。

大哥的机枪在不停地点射着，像是打冷枪一样。每响一枪，就有一个鬼子倒下，可是日军没有停下来，也没还击，只是拼命地往沟口扑去。

沟口距他们有一百二十多米。当日军距他们有二百米的时候，秀才喊道："大哥，两百米啦。"

"打！"大哥喊道。

三挺机枪，加上郑连和猴子的步枪，一起朝日军打去。日军进攻的部队就像是山洪冲击到了石坝上一样，一下子就停住了。冲在前面的十几个日军全都被打倒了，郑连的第一枪就把一名拿指挥刀的小鬼子干倒了。接下来又有几名日军冲了过来，很快也被机枪打倒了。如此猛烈的火力集中在一条小路上，别说是人，就是一只兔子也跑不过去。暴风雨一样的子弹，使小路上的雪都飞腾了起来。

秀才一梭子子弹打完了，边压子弹边说："大哥，这可比打靶过瘾多了。"

大哥说："别让小鬼子缓过劲来，压住了打。千万不能让小鬼子冲到沟口。"

山下的小鬼子开始还击了，一颗子弹打在了郑连身边的箭垛上，子弹发出一声怪叫，从他的头上滑了过去。他忙收回枪，蹲在箭垛下面。

大哥说："老七，你们组到下面，找好射击位置，专门看住沟口。打前面的鬼子，让老六压子弹。"

大哥说完，郑连猫着腰先下去了，接着秀才也跟下来了。他们先在西北角的两个箭窗架好了枪，朝下面的鬼子开枪了。

"有没有空弹夹？"郑连问秀才。

"就一个空的。还有两个满的。等我这个打空了，你再压。先打，把前面那几个干掉，后面的就不敢站起来了。"

郑连不得不佩服秀才，只打了不到百发的机枪，就练得能打出节奏了。冲在前面的日军在受到突然打击下，全都卧倒在地上。这给他们机会了，就像打靶子一样，一枪一个。日军从下往上打，子弹不是打在城墙上，就是朝天上飞去。突然一发子弹打在郑连的钢盔上，他只觉得脑袋一麻，中弹了。一感觉中弹了，郑连便顺着箭窗趴了下来。这一枪打在头上了，完了，完了。就在他心里想着，眼睛也闭上了。

秀才见郑连趴下了，跑过来把他扶靠在墙上，大声喊着："六哥！六哥！打哪了？"

郑连指了一下头，手又无力地放下了。

秀才摘下郑连的钢盔，摸摸他的头说："没伤口哇。"接着又看看钢盔，说："六哥，没打进去。子弹弹跑了，看，钢盔上打了一溜沟。"

郑连一听说没受伤，子弹给弹跑了，马上来精神了，从秀才手里拿过钢盔一看，果然是弹跑了。

秀才跑回机枪那，又朝下面打去。郑连也拿起步枪，朝下面的鬼子射击。只是这回他的头压得更低了，钢盔几乎压在了枪上。

他们正打得起劲，日军的炮弹打过来了，迫击炮弹在烽火台周边不断地炸响，有几发就在墙上炸响了。

秀才说："别怕，迫击炮炸不着咱们，咱们这烽火台，小鬼子就是用迫击炮弹堆上，也炸不开。别怕，六哥，打。"

这时上面的人全下来，都在窗口架好枪，朝北沟下面的日军扫射。烽火台上的四挺机枪除一挺在赵大柱手里看着东北沟和北面的山坡外，三挺机枪一起扫射，加上步枪，火力之猛，一下子就把日军压在了沟里。日军的机枪手没法架机枪，只有端起来朝山上打，但只要一站起来，马上就被打倒了。

郑连的步枪一个个地消灭着卧倒的日军，这不是在打仗，这是猎杀。就像猎杀那些卧在雪地上的狼。洁白的雪地上溅着红红的血，像冬日里开着的梅花。可是山沟里的日军一点要退回的迹象也没有，他们一面组织还击，一面跳跃着，朝沟口进攻。

大哥喊道："老二，让老四警戒北面，你的机枪也过来。"

四挺机枪占据着四个箭窗，一起朝沟底扫射起来。下面的日军渐渐支持不住了，在迫击炮的掩护下，开始朝沟里退了回去。

大哥喊道："别停，追着打。"

日军占领了大关、蟠龙山长城之后，对齐长城二线阵地发动了总攻。一四九团的二营剩余不足两个连的兵力虽然补充到齐长城二线阵地，但还是阻挡不住日军的进攻。情况紧急，七十三旅旅长梁恺和师詹参谋长带领仅有的不足一个连的警卫部队增援到一线阵地的时候，山上的守军几乎全部伤亡。这时日军已攻到了半山腰。

"手榴弹！"梁恺大声喊叫着。

一阵手榴弹，把日军反击到了山下。可是接着日军的第二冲击波就攻了上来。从将军楼上面还有对面的高地上，日军的重机枪打得战士们抬不起头来。一些战士只能靠手榴弹来阻击日军的进攻。这时一颗迫击炮弹落在了梁恺身后不远的地方，横飞的弹片，炸伤了梁恺。几个警卫员冲了上来，抱住了梁恺。卫生员上来给梁恺包扎伤口。看着旅长受伤的部位和伤情，卫生员对梁恺说："旅座，你必须下去手术，取出弹片。"

梁恺大声喊着："什么手术？我没事。马上传达我的命令，团迫击炮排，轰击前面高地上的日军，旅迫击炮连轰击将军楼。命令警卫连接防阵地，坚决给我守……"梁恺的话没有说完，就昏了过去。詹参谋长命令警卫员马上把梁恺放到担架上，担下了阵地。

梁恺被抬走了。阵地上詹参谋长指挥，各营、连坚守阵地。

仗打到这个份儿上，每个人都打红了眼，没谁想到退。一些连队干脆组织了反击，和日军绞到了一起。日军的炮火全停了下来，只能看着前面的肉搏。

可是渐渐地，阵地被日军一块一块地占领了。日军还在不断从三七〇高地和将军楼增援下来，而一四六团齐长城阵地上的人越打越少了。

中午，惨烈的战斗在古老的古北口关城内展开了。

日军已经攻占了大关城北侧的制高点，但日军进攻部队受到河西一五〇团的火力封锁，只能从河东镇与一四六团争夺民宅，一点点向南山攻击。由于日军的坦克从大关进入镇内，配合步兵进攻，同时北面山上日军控制的制高点，重机枪火力已控制到了二十五师部小老爷庙对面的财神庙。一小股日军已攻到杜聿明师部前面了，用火力封锁住了师部的出路。

杜聿明及司令部人员还在小老爷庙内，警卫师部的兵力不足一个排，正在拼命反击。此时，通向各团的电话线大多被炸断，无法与外界取得联系。而且，小老爷庙大殿的屋顶被飞机丢下的炸弹炸了一个大窟窿。杜聿明抬头看看窟窿，对七十五旅旅长张耀明说："我们不能待在这里等死，要设法冲出去，部队不能失去指挥。"

"我同意！"张耀明握着拳头说，"我们分两批突围，你和师部机要人员先走，我在后面掩护！这样至少可以保证咱们俩可以冲出去一个。"

杜聿明考虑后说："本来人就不多了，分两批人更少，还是一起突围吧。"

"还是我掩护，这个师可以没有我，但不能没你。那样，全师就会更乱。你们撤出去，马上到二郎庙，那里日军炮火打不到。另外，一五〇团还没什么大损失，全团还有两个建制营的实力。我联系上他们，让他们掩护部队撤出去后，马上赶往南天门阵地。这是咱们唯一的本钱了。"

"不行！一起撤！"杜聿明坚定地说。

张耀明从桌子上抓起冲锋枪，对师部的人员说："机要员和全体参谋跟师座突围，其余人员随我掩护，我们二郎庙会合。记住，一定要保护好师座。"

杜聿明拉着张耀明的手说："走吧，要生生在一起，要死死在一起！"

这时，从屋顶的大窟窿里飞来一颗燃烧弹，顿时屋内大火熊熊，烟雾弥漫，什么也看不清了，杜聿明吼叫道："弟兄们，不怕死的跟我冲啊！"

卫兵在前面开路，几十颗手雷扔了出去，借着硝烟，杜聿明和司令部的十几个人冲出门外，边走边打，子弹在左右身后"啾啾"直叫。出了司令部，往右几十米，就是北口，可是他们冲到北口前，北口上面的城楼让飞机炸塌了，残砖碎瓦堵住了原本就只有三四米宽的路。

"爬上去。"杜聿明喊道。

四五个警卫员扶着杜聿明往上爬，杜聿明喊道："先让机要员走，快去照顾他们。"

三个警卫员忙跑过去，帮助机要员从乱七八糟的砖瓦中爬出了北口。

张耀明带着几个卫兵在后面不断扫射着冲过来的日军。看着张旅长带着他们掩护师长，卫兵们都拼命往张旅长身前挡，掩护着他往后退。当张耀明爬过北口的时候，他身后一个卫兵也没有了。几个受伤的卫兵，趴在北口的砖瓦上，还在朝追过来的日军射击。张耀明想回去救他们，这时一个卫兵喊道："旅座，你想让我们白死吗？快撤呀！"张耀明迈回去的腿，收了回来。他一路跌跌撞撞地朝口内跑去。

他们一气跑到二郎庙，刚进去，就看到梁恺身上包着纱布，正在指挥团部和旅部人员组织反击。杜聿明问道："伤得怎么样？"

梁恺说："没事。都是这些军医干的。前面怎么样了，师座？"

"日军攻到北口了。你马上再派一个排去，一定守住北口。你这电台能用吧？"

"能。"梁恺说完，朝身后的参谋长说，"马上把警卫排派到北口，坚决给我守住。"

杜聿明说："给军长发报。"

机要参谋打开本子，准备记录。

"军座，二十五师师部被敌炸毁，现转移到七十三旅旅部继续指挥。大关至蟠龙山一线长城阵地全部失守，河东镇失守。只有二线长城南部、河西村、南山还在固守，弹药不足，迫击炮弹全无。我军伤亡三千余，士气不减，誓与古北口共存亡。请军长指示。代师长杜聿明，旅长张耀明梁恺。马上发出。"

参谋长正在拿起电话联系各团，可是电话大多不通。

张旅长说："马上派出通信兵，命令坚守阵地，等待命令。"

梁恺说："师座，为什么不让军座增援呢？"

杜聿明一个苦笑，说："军座要是有部队，能不增援吗？"

梁恺问："师座，一四五团怎么办？"

杜聿明："命令一四五团马上撤回东关。"

龙王峪长城上，戴安澜带着一连的伤兵上去，打了日军一个反击，阵地总算是暂时保住了。可是弹药已所剩无几。一些战士正在往长城上搬石头，有的在磨刺刀。戴安澜看着这些跟着自己出生入死的官兵，一句话也没说，而是一直在望远镜中观察着前面的情况。蟠龙山长城除了他手里的这一段，都失守了。二线阵地上，眼看着齐长城也正在激战，显然日军占了上风，马上也要失守。他回头喊道："一营长，一营长！"

"报告团座，营长阵亡了，我是二连连长，现在我是这里的指挥。"

戴安澜回过头来，看到二连长头上包着带血的纱布，正在给自己敬礼。他转过身子，给二连长敬个礼，说："阵地上还有多少部队？"

"报告团座，不算你带来的，几个烽火台加起来，还有一百多人，大部分是受伤的。"

"弹药情况如何？"

"炮弹没有了。手榴弹也不多，一个人就一两颗。子弹也快打完了。团座，蟠龙山长城全都失守了，咱们还能守住吗？"

"守！守到啥时候是啥时候吧。"戴安澜看看受伤的二连长接着说，"没接到命令前，我们一定要守住。军人，守土有责。要不对不起良心，对不起那些老百姓。"

"团座，你放心，我们一营就是有一个人，也一定守住阵地。"二连长说。

"把军官都叫过来。"戴安澜说。

二连长一挥手，有四个军官过来了。二连长说："那几个烽火台上还有几个，大多负伤了。"

戴安澜说："我现在命令，二连长升任一营营长，所有军官各升一级。我现在就带领你们守住阵地。"

二连长说："团座，你也负伤了，你先下去吧，这里有我们呢。"

"别说了，一营长。我没有援兵给你们，也没有弹药给你们。我有的，只有我自己这一百多斤。把重伤员抬下去，轻伤员想留下的，留下，不想留下的，也下去。"

烽火台里那些受伤的官兵都站了起来，大声喊着："团座，我们跟你干。"

一名伤员靠着烽火台站起来，朝戴安澜喊道："团座，我这一百多斤，交给你了。"

"好！检查弹药。咱们跟小鬼子死拼。"

这时参谋长带着师部通信兵上来了，参谋长朝戴安澜说："团座，师部有命令。"

"说。"

参谋长让师部通信兵说："戴团长，杜师座命令，一四五团撤到古北口

243

东门待命。"

戴安澜刚要说话，一发炮弹打在了烽火台上。戴安澜朝一营长喊道："参谋长，马上命令二营，待龙王峪阵地撤出后，带部队撤到东关。一定要交替掩护撤退，部队建制不能乱。一营长，给我留下一个排掩护，你带着参谋长还有伤员先撤。"

"团座，还是我留下吧！"参谋长说。

"团座，还是我留下吧！我是一营长，阵地是一营的。"一营长喊道。

"我是团长，现在我命令你们，撤。"戴安澜掏出手枪，指着一营长。"把手榴弹都给我留下。一个伤兵也不能丢下，有口气的，都带走。快撤！"

一营长、参谋长带着伤员撤了。戴安澜带着三十多个官兵留在了烽火台。这些官兵平时只是远远地看着团座，军营里流行的是大小是个头，强过站岗楼。谁也没想到，在保命的时候，团长能留下来掩护弟兄们先撤，跟着这样的团长，就是死了也值。一位老兵班长过来问："团座，咱们怎么守？"

"老兵，今天先听听你的。"戴安澜反问。

"团座，硬打是不行了。咱们手里没顶硬的家伙。这烽火台也不行了，小鬼子再有一阵炮火，就得炸塌了。现在最好的法子，就是让小鬼子靠近墙下，咱们用手榴弹砸他个兔崽子。"老兵说着举起了手榴弹。

"行！就按你这个法。留两个人在这里观察，其余的下到墙下，这里是小鬼子的炮弹死角。听到小鬼子上来，一起扔手榴弹。"戴安澜说完带着战士们撤到了长城的墙下。

戴安澜刚带着战士们在墙下分开距离，日军的炮火开始轰击了。城墙内外炮弹炸起的硝烟和尘土，几米远就看不见人影了。

当日军的炮火延伸射击的时候，烽火台里观察哨喊道："团座，小鬼子上来了，只有三十米就到长城了。"

戴安澜喊道："准备手榴弹。听我口令，我喊二时再扔。准备，拉，一、二——！"一排手榴弹扔了出去。

手榴弹爆炸后，烽火台里喊道："炸得好！小鬼子又站起来了，往上冲了。"

戴安澜喊道："准备，拉，一、二——！"

如此几次，日军都没有攻上来，便又开始进行炮击。

戴安澜看了一下表，半个多小时过去。他朝战士们喊道："再坚持半小时，伤兵走得慢。每人准备三颗手榴弹。第一颗一起扔，然后两颗一起扔，扔了后马上撤。往古北口跑。"

烽火台上喊道："团座，小鬼子靠上城墙了。"

战士们扔出最后两颗手榴弹，开始撤退了。

从山上下来快，可是战士们还没等转到山沟的南侧，日军登上长城了，并马上架起机枪，步兵也从长城上下来追击了。戴安澜在最后面，打完了冲锋枪里最后的子弹，只能往回跑了。可是他身上有伤，跑不动。在他身后掩护他的老兵班长和一名战士都中弹牺牲了。而日军显然也发现了戴安澜，几名日军拼命朝他这儿追来，明显是想活捉他。就在这时，山坡上响起了密集的机枪声，接着跑过来几个战士，架起戴安澜就跑。

待戴安澜转过山坡，才发现是一营长带着几挺机枪回来接应他了。

一营长跑过来问："团座，没事吧？"

"部队都撤下去了？"戴安澜问。

"我们营和卫生队都撤下去了，二营在前面设了阻击阵地。咱们快走吧！"

"没扔下伤员吧？"

"团座，一个都没扔下。按您说的，有口气的，全抬下去了。"一营长一边说，一边架着戴安澜往前走。后面几个机枪手端着机枪掩护。

31.帽儿山七战士掩护一四五团撤出阵地

西北沟的日军又攻了几次,都让帽儿山阵地给打回去了。

这时大哥喊道:"咱们团撤下来了。"

大家都朝西北沟看去。

撤下来的部队,先是卫生兵扶着轻伤员,拖着担架,再往后是主力部队了。东北沟下来的路窄,只能并肩走两三个人,有的地方伸出来的酸枣枝又把路挡了一半,只能容一两个人过。撤下来的部队只能排着一字长龙往下走。主力部队撤下来了,可是龙王峪阵地那的枪炮声还在响个不停。

秀才见团卫生队下来了,朝大哥说:"我下去看看。"没等大哥答应,他提着枪就下去了。

赵大柱喊道:"秀才,干啥去?"

大哥说:"让他下去吧。他有个同学在团卫生队。说是同学,我看就是对象,一块报名参军的。"说着大哥拿过望远镜,朝下面看去。

秀才一溜烟似的朝下面跑去,在路边,他拦住一个卫生兵问话。问完了,他又拦住一个问。一连问了几个人之后,他站在那不动了。看着担架一个个从他身边过去,只是呆呆地站在那,像去站岗一样。

大哥说:"怕是出事了。老六,去看看。要是等人,就让他等。要是等不着了，就把老七拉回来，快去。"

郑连跑了下去，来到秀才身边。秀才的眼泪把衣襟都打湿了，冻成了冰。他立正站在那，任眼泪不停地流下来。谁看了都会明白，玉儿不在了。郑连不知道说啥好，觉得说什么都不合适。他拉了一下秀才，秀才突然哇的一声哭出声了，接着扯开嗓子号啕大哭了起来，人也像软了似的，往郑连怀里倒。郑连赶紧抱住他，说："哭吧，哭出来就好了。哭吧！"说着郑连的眼泪也出来了。他见过玉儿，文文静静的姑娘，一看就是有教养的大家小姐。别说是秀才，谁见了都会喜欢的。郑连正陪着秀才落泪，突然听到山上响起了机枪声。

"老七，别哭了。山上打响了。"

秀才一下子停止了哭声，擦了一下眼泪，站直了，拉上郑连就往山上跑去。

郑连和秀才跑上烽火台，日军并没有攻上来，而是集结兵力，想朝帽儿山这面进攻。刚才的机枪，是大哥打的，他是想让他们快点回来。大哥只是在秀才的肩膀上拍了两下，啥也没说。赵大柱也过来拍了两下。钱财、大牛、猴子都朝秀才点点头，谁也没说啥。这个时候，大家都知道是咋回事儿，谁都找不到要说的话。

又过了一个多小时，天要黑下来的时候，赵大柱在东窗口那瞭望，他突然大叫了一声："大哥，咱们团掩护的部队也撤了下来！"

大家听了，都朝东北角那望去。

前面是几副担架抬着重伤员，还有几个背着轻伤员的，接下来，总共也不到一个连的兵力。就在这些人转过了帽儿山，朝古北口东门走的时候，后面又有二三十人退下来了。他们边打边撤，后面的日军紧追不放，不断有人倒下。快到帽儿山的时候，日军的先头部队距他们不到一百米了。这时一个战士倒下了，另一个把他背起来接着跑。

"老二，还看什么，打。"大哥朝赵大柱喊着。

听到大哥说打，赵大柱把机枪架在窗口上，对着冲在前面枪上带面日军旗的小鬼子就是一个点射。只听"哒哒哒",小鬼子和军旗一下子就倒在地上。接着,大哥的机枪也朝小鬼扫了起来。秀才和大牛的机枪也拿了过来,子弹像雨点一样,撒向了冲上来的日军,路面激起了一串的尘土。冲在前面的十几名日军在枪声中倒了下来。后面的日军马上躲开了路,在路边上寻找掩体,同时寻找子弹是从哪来的。当日军明白过来了,一四五团最后掩护的十几个人已从帽儿山东面转到了南面,脱离了日军的视线。

追击的日军受到这突然打击,一下全停下,调转枪口朝帽儿山攻来了。他们明白,不攻下帽儿山阵地,他们就到不了古北口东门。

帽儿山东面是最陡的坡。别说是进攻,就是空手爬上来,也不是件容易的事。日军的应变能力很强,士兵马上找到了掩体,架上机枪朝山上射击。日军指挥官寻找到帽儿山东北坡的一处皱褶处,可以躲过山上的机枪,立即指挥往山上攻击。日军从山体的皱褶处爬上来,正好在烽火台下面七八十米东北坡处。

大哥喊道:"老三,小鬼子爬上来的地方有六七十米,只有你的手榴弹能扔那么远。"

"小菜。"大牛掏出手榴弹跑到烽火台上,朝日军露头的地方扔了过去。

拉二连三的手榴弹在日军中炸响了,可是后面的日军接着往上爬。机枪手在坡上架起了机枪,朝烽火台射击了。

大哥说:"老三,炸不掉那个机枪就别扔了。太远了,谁也扔不到那。"

大牛拿起一颗手榴弹,退到烽火台的西南角上说:"大哥小看人,这才多远。"说着助跑了两步,手榴弹朝那个日军机枪阵地扔了过去。手榴弹在空中划了个弧线,朝机枪那落去,还没等落到地上,就在空中炸响了。日军机枪手和弹药手都趴那不动了,机枪也歪在了一边。

大哥说:"咱们班,也就是老三有这个力气。顶门迫击炮用,我看咱们连,咱们营也没赶上大牛的。"

大牛高兴了,架起机枪开始朝下面射击了。

秀才像打靶子一样，点射着冲上来的日军。从山下上来，秀才就很少讲话，只是一个劲地射击。不管远近，他都打，有点打红眼了。

钱财守在西北面，见大家都在东面打，也想过来，可是没那么些窗口了。又回到了北面，朝北沟看了一会儿，突然他喊道："大哥，日军从北面的山坡上朝我们这儿来了。"

"打！"大哥喊完，提着机枪过来了。

郑连提着枪到了西面的窗口，他发现西面的山坡上也有了日军。现在帽儿山只有南面的大路上没有日军。他朝赵大柱喊："班长，西面也有鬼子了。"

赵大柱从东面过来，看看说："齐长城上我军也撤了？"

"哪咱们呢？咋还不命令咱们撤呢？班长，是不是长官把咱们给忘了？"郑连问赵大柱。

"没接到撤的命令，就是让咱们在这儿阻击，没看到咱们团撤的时候，团部是最后撤下来的吗？团里马上就会有命令的，马上就会的。"赵大柱像是说给郑连听，又好像是在自言自语。

"班长，是不是命令没法传给我们呀？再不就是他们忘了，把咱们给忘了。部队都撤了，还让咱们守啥呀？"郑连又问。

"不像。师部、旅部都在古北口镇，我们团也刚撤下去。我们一撤，日军一下子就到了东门了，东门到古北口镇不到几百米，那咱们师就全都堵在古北口镇了。咱们是师里派的观察哨，也是师里的阻击阵地，师里不能忘了咱们。只有咱们在这守住了，师里才能撤出去。到那时自然就命令咱们撤下去了。"赵大柱说。

"老二说得对。"大哥说，"咱们只要能守到天黑，我们师就能全撤出去，在南天门重设阵地，阻击日军。"

"大哥，那我们能撤出去吗？"郑连问。

"师部不会不管我们的。"赵大柱说。

赵大柱的话有道理，他们救了师部，师部咋能忘了他们呢。这让郑连心里有了点底。受人滴水之恩，当涌泉相报，何况救了他们这么大个事呢！再说了，还有南面这一条路可以撤。只要下了山，过了路南的小河，爬上山，就可以撤出去了。郑连这样想着，重新朝山下的日军开始射击了。

"老七，跟我上去，给他们几炮，让他们别小看了咱们。"大哥说，"老五、老六拿炮弹，跟我上。"

秀才立起了炮筒子，一条腿跪在地上，两只手握住了炮筒子，朝山下看看，不断调整着角度。调好了角度，他又调整了一下身子的姿势，朝大哥点点头。大哥把炮弹装进去，跑到箭垛那，看了炮弹的落点，跑回来说："再近二十米。"

一连朝西北沟的日军发射了七八炮，又朝东北沟的日军发射了四五炮。站在烽火台上面看炮弹在日军中开花，乐得猴子一个劲地喊好。

这时一颗日军的重迫击炮炮弹在烽火台崖壁下面炸响了，声音震得耳朵嗡嗡直响，气浪把他们吹得有些站不稳了。

"快撤到下面。"大哥喊道。

秀才扛着炮筒子，郑连和猴子拿上炮弹，大哥在后，几个人急忙下了烽火台。

他们刚下烽火台，日军的炮火开始轰炸帽儿山烽火台了。

日军的重迫击炮弹接连不断地在帽儿山上炸响，硝烟弥漫了整个烽火台。郑连蹲在东南角上，抱着头，爆炸的烟尘，让他什么都看不清了。他刚冲两三步，就要到南门口的时候，被一只十分有力的手给抓住了，身子一下子弹了回来。接着，听到了大哥的话："老六，疯了！不能出去。太危险了。"说着，他把郑连又按压到了墙角，接着他的身子像一堵墙一样，把郑连挡在了墙角，使他的身子动弹不得。他听到大哥喘着粗气，知道大哥是在用身子给自己挡着炮弹。

郑连的脑子一下清醒了，他大声喊道："我不能等死，打死一个够本。我要出去，跟小鬼子拼啦！我拼啦！"可是他的身子被压在了墙角，动不了。

"小鬼子肯定把帽儿山围了，一会他们就会攻上来。想打多少，就打多少。老六，老六！"赵大柱也摸过来对郑连说。

这时一发炮弹在烽火台上面炸响了，一些砖石从上面掉下来，郑连的耳朵什么也听不见了，只有轰轰的响声在回荡。

炮击渐渐地要停下来了，郑连使劲反复按着两个耳朵，张开嘴，听力渐渐恢复了，只是有些弱，但听到了炮弹的爆炸声。又过了一会儿，听到了说话声。

赵大柱说："注点意，小鬼子这回可动了本了，炮一停，他们就会都围上来。炮一停，就快准备好手榴弹。"

大哥说："把弦先挂在小手指上，要不手榴弹没到地方就响了。"

秀才说："嗯！"说着，他把手榴弹弦拉出来，把铁环挂在指头上。

郑连靠在墙角上，身上抖着，脑子里反复就是几个字，死定了，死定了……

日军的炮火刚停下来，一排排重机枪子弹就打在烽火台墙壁上，炒豆似的响个不停。山下的日军在重机枪的掩护下，很快就攻到了崖壁下面。

"扔手榴弹。"大哥喊道。

一阵手榴弹，攻上来的日军被炸了回去。天也渐渐地黑了下来，日军在帽儿山下点上篝火，把帽儿山从四面围了起来。

大牛说："班长，你说师里和团里是不是把咱们给忘了，还是不管咱们了？咱们团都撤了，咋还不让咱们也撤呢？"

钱财说："怕是他们都阵亡了，还管咱们呢。"

钱财不过是顺嘴一说，可就是这么一说，也是有可能的。因为一四五团在龙王峪伤亡过半，这是谁都知道的。要是在团部从龙王峪撤下来的时候，问一下，或许能有个结果。可眼下，帽儿山被日军四面围上了，想撤怕也难了。谁也不说话了，都看着赵大柱。想从他那得到答案，是继续守，还是想法突围出去？

赵大柱说："咱们现在归师里直管，关师长受伤了，杜副师长代师长不能不管咱们，当时就是杜代师长让咱们守帽儿山的。再说了，戴团长也不能看着咱们不管，咋说咱们也是他的兵啊！守住了，他们一准会回来救咱们的。再说了，咱们中央军只要接手这事儿，就不能让小日本过长城。还是等命令吧！你说呢，大哥？"

"有啥可说的，军人以服从为天职。还是等命令吧，别瞎猜了。也许是师里故意在古北口留下我们这颗钉子，等着部队反攻的时候发挥作用。我这不过只是一种猜测，谁知道师里是怎么想的。"大哥说这些话的时候，显然也没有搞清楚上面是忘了他们，还是没忘记，让他们当一颗钉子。总之，没有让他们撤的命令，就得一直守着。

大牛问的话更让人感到不着四六："班长，你说咱们这是长城里，还是长城外？守了这么长时间，我还是没搞明白。"

"这还用问，这烽火台就是长城上。我说傻牛子，你能不能说点有用的。问那些没用的，有用啊？"钱财接过话。

"那小鬼子不是进了长城里了吗？"大牛还是接着问。

赵大柱一拍手中的机枪，"那不还有咱们吗？咱们是干啥的？中央军第二十五师一四五团一营一连一排一班。有咱们在，他小鬼子就不算进了长城。"

这时又有子弹从窗口打来，钻到顶棚的砖里。

大哥在窗口处说："小鬼子是想让咱们一夜不睡呀！"

秀才说："大哥，我看小鬼子夜里准得摸上来？得想个法子，要不守不到天亮。"

大哥说："大伙都精神点。在东北的冬天，胡子晚上睡觉前，都在门上尿一泡尿。"

秀才问："那是干啥？"

"把门冻上，来人进屋就知道。我想，小鬼子还真有可能夜里摸上来。猴子，你跟我出去一趟，咱们给他们下几个拌雷。我在家跟我爹打猎的时候，就常下这东西。黑灯瞎火的，这东西最好使。"

秀才问："咱有雷吗？"

猴子拿过一颗手榴弹说："这不是雷吗！"说着跟着大哥爬出了烽火台的南口，转到了东口，在石缝那埋上了手榴弹。

天，黑了。

32. 古北口丢失大半，日军开始重炮轰击帽儿山

午后，战况对二十五师越来越不利了。一四五团从龙王峪撤出长城阵地，长城从大关到龙王峪全都让日军占领了。二线阵地齐长城，也让日军占了一大半了。河东村让日军全都占领了。眼下，只有河西村和卧虎山长城在一五〇团手里，南山阵地由一四九团和一五〇共同守着，再就是齐长城南面的几个山头在一四六团手里。一四五团撤下来后，在古北口东关设防。整个古北口已丢了一大半了。

戴安澜把部队安置在东关后，马上赶到二郎庙师部。

杜聿明见戴安澜带伤回来了，没等他报告，忙过来把戴安澜拉到凳子上坐下，问："安澜，伤得怎么样？"

"不要紧。日军的子弹穿透力强，子弹都出去了。"戴安澜说。

"部队情况如何？"

"能战斗的，不到一个营。我编成了一个营，按师座的命令，现在布防东关。重伤员都运下去了，轻伤员能坚持战斗的，还有一百多人，我编成一个连。撤到村子里。只是弹药都打没了，能不能给我们补充点弹药？"戴安澜说。

"士气怎么样？"

"士气高。官兵都想和小鬼子死拼到底。轻伤的弟兄都是自愿留下来的，都想和小鬼子再干一仗，为死去的弟兄们报仇。"戴安澜说。

"安澜带兵有方。我放心。"杜聿明说。

梁恺说："仗打到这个份儿上，还有士气，不容易。"

"师座，还有什么你尽管说，我们团还能打。"

"你们先休整一下，弹药没有了，后面还没运上来。现在除了一五〇团还有点弹药外，这几个团都是一样。我正在跟军座请示，你先休息一下。"

天要黑的时候，军长回电了。杜聿明从机要参谋手里接过电报，上面写道："择机撤至南天门阵地布防。增援部队及弹药补给赶往南天门。"他看完后，交给张旅长，张旅长看完了，又传给了梁旅长。最后传到了詹参谋长手里。大家看完了，都看着杜聿明。

杜聿明看看几位，来到地图前，说："军长让我们撤，但什么时候撤？大家谈一下。"

张旅长说："最好是天黑后撤下来，这样能减少点伤亡。前面的部队都绞到了一起，根本分不开。只有等天黑了再想办法。"

梁旅长说："张旅长说得对，只能天黑后撤。但是我们旅的两个团都伤亡过半，弹药也没多少了，就是不知道能不能顶到天黑。"

"参谋长的意见呢？"杜聿明问。

"二位旅长说得有道理。我听师座的。"

"那好，我现在命令，梁旅长马上带师部及两个旅部撤到南天门，构筑阵地，准备补给。想办法让大家吃上顿好饭。那里现在有三个连，少了点。但构筑工事，准备补给，够了。我和张旅长天黑后，组织部队撤出阵地，撤往南天门。具体时间定在6点左右，各团择机撤退，不作具体安排。命令一五〇团留下一个营在南山阵地负责掩护，听师部命令撤出阵地。"

天快黑下来的时候，日军又发动了一轮进攻。

为了使前面和日军绞在一起的部队能撤出战斗，杜聿明安排了最后一次进攻。他集中了全师的弹药，支援到一线阵地上。

日军的进攻原本是想牵制住中央军,不使他们撤退,所以进攻并不猛烈。但日军没想到的是,中央军在这个时候能进行反击。进攻的部队一下就被反击到长城上去了。抓住这个机会,杜聿明命令一四五团、一四六团、一五〇团撤出了阵地,朝南天门撤去。最后撤下来的,是一五〇团在后面掩护的一个营。

杜聿明带师部残余人员退到南天门,已有一些部队退了下来,但退下来的部队一退不可收,不少人甚至想一直撤到石匣镇去。在南天门预备阵地上,仅有师部特务连和先前一四九团的两个连在构筑工事。面对南天门两侧长长的阵地,放上三个连的官兵,这和没人防守几乎没什么两样。

杜聿明看后,和张旅长商量了一下,决定由师部特务连在南天门设卡,收容部队。师部设在南天门,看收容部队情况再定下一步计划。

天,黑了下来。

戴团长带着一四五团一些零星部队下来了。

一四六团一位营长也带着一些部队退了下来。

一五〇团张团长带着两个营的部队退了下来。

一四九团的部队一直没有成建制的下来,只有零星的散兵退下来。

统计全师官兵,退到南天门的,能战斗的兵员仅三千多人。

根据变化了的情况,杜聿明调整了部署,师部设在南天门,以南天门为中心进行守备。第七十三旅由戴安澜团长指挥,在南天门右翼防守。第七十五旅由张汉初团长指挥在南天门左翼防守。各部按指定区域调整以后,杜聿明觉得部队已战斗三天,粮弹消耗很快,有的部队已无米下锅。这时电话已从南天门到密云接通了。杜聿明拿起电话,要通了密云的军部。

"军座,我是杜聿明,我师已全部撤至南天门。部队设防完毕,但弹药全部打完了。部队也一天没吃饭了,请军座帮助补给。"时间紧,杜聿明只能实话实说了。

"我这个军长现在成了你的后勤部长了,你不说我也会派人送去的,午后已派五辆卡车送粮食弹药给你们了。马上就快到了。部队还有多少战斗力？"军长徐庭瑶问。

"报告军座，还有三千人左右。全在一线布防。"杜聿明说。

"好。增援你们的二师正在往你们那赶，天亮前一定赶到，一定要守住南天门。这是北平最后一道防线了。第二师去接替你们师的防务后，你们撤下来休整。但一定要给我坚守到天亮。你们师的战斗任务已经完成得很好，为了让更多的部队参加作战，摸摸日军的作战特点和规律，一定要和二师交接好，把情况介绍清楚。"军长徐庭瑶电话里说。

"是。我一定守住南天门。"杜聿明保证道。

放下电话，杜聿明感到一阵轻松。只要弹药和补给到了，凭着南天门的地势，他相信，守住南天门等待援军是有把握的。

这时戴安澜来到了师部。

戴安澜带着残部来到南天门，清点一下部队，包括轻伤员在内，不足千人了。他来到南天门临时师部，见到杜聿明，报告了情况。杜聿明原本就是七十三旅旅长，虽然杜聿明现在是代师长，可是戴安澜还像对旅长一样亲切。

杜聿明说："能撤下来就好。还有没有成建制的部队没撤下来？"

戴安澜说："大都不成建制了。我们撤下来的时候，要不是帽儿山观察哨挡了一下子，我们还真的让从干沟绕过来的鬼子给堵在沟里了。"

杜聿明问："观察哨撤下来了吗？"

戴安澜说："没有。我们出了东关，他们还在打呢。他们是啥时候弄上四挺机枪的？"

杜聿明说："现在部队站稳了脚，应派人接他们回来。"说着他回身喊："侦察参谋，侦察参谋回来了吗？"

这时一位少校跑了过来："报告，侦察参谋于挺报到。"

杜聿明说："你立即带特务连一个班，从山东面绕过去，侦察一下日军情况，如有可能，把帽儿山观察哨的几个人接回来。他们是立了大功的。"

257

于参谋也向杜聿明敬礼:"属下知道了。"

戴安澜说:"等等,让我的两个警卫员也跟着去。想办法把他们接回来。"说着喊来了他的两个警卫员,说:"你们跟着于参谋去,想办法把帽儿山上的兄弟给我接回来。他们和你们一样,都是我的好兄弟。你们要像服从我一样,服从于参谋。"

"是。团座。"两个警卫员立正敬礼。

就在这天的夜里,第二师第四旅郑洞国旅长到达了南天门,接防二十五师阵地。杜聿明带着二十五师到后方休整,再也没回来。

旅团长川原侃少将对于部队午后的进攻,感到十分满意。在太阳要落山的时候,他来到了长城的将军楼上。对中国的万里长城,他早有所闻,但他认为这是一个弱国的表现。大日本帝国能隔着浩瀚的大海来到中国,一条长城又算得了什么呢?如今,中国称之为脊梁的长城不是被他踩在脚下了吗?他从望远镜中巡视着前面的战场,突然,他的目光停在了帽儿山。那上面还在打枪,大批的日军正在朝上面攻击。他一指帽儿山,身边的参谋人员马上明白是怎么回事了。报告说:"那是中央军第二十五师一四五团的一个阵地,上面大约有一个加强排,四十多人在防守。第十七联队和第三十二联队正在从东西两面进行攻击,已进行了多次攻击,但是上面守军占据有利地形,工事又十分坚固。攻击部队伤亡一百多人。"

川原侃又拿起望远镜,在他的这个角度,可以看到东西两面的进攻部队都要攻到了烽火台下的崖底,突然一阵密集的手榴弹在崖底爆炸了,崖底下的日军尸体飞了起来。在半腰的部队都趴下了。川原侃大声吼着:"调重炮部队,给我炸平帽儿山。"

日军的重炮部队在三七〇高地上开始向帽儿山炮击了。可是目标太小,上百发炮弹落下去,仅有一两颗在烽火台上爆炸。顶上的碎砖瓦飞起来,打伤了一些正在攻击的日军。炮击的火光,染红了夕阳,太阳就要落山了。川原侃只好下令,围住帽儿山,明天再进行攻击。

王道长自从第二十五师师部撤出后，就带着徒弟们回到了小老爷庙。

大殿右面的房顶让炮弹炸出了一个一米多的窟窿，窗户纸全都炸碎了。几扇窗户破碎得不可收拾了。可是大殿上供奉的关老爷铜像还稳稳地立在那。王道长扶起倒了的香炉、蜡台，拜完了关老爷，点上蜡烛说："收拾吧。"

院子里的西厢房全都炸塌了，东厢房在城墙边上，没炸坏。他招呼过来一个徒弟，说："收拾一下，晚上就在这儿住了。"

这时一位徒弟过来说："师傅，这屋里有一些纸。"

王道长说："烧了。凡是军队的东西，都烧了。不能烧的，都埋起来，别让日本人得了去。快点去。"

屋里刚收拾得有个样了，一队日军冲了进来。一位日军少佐带着翻译进了大殿。

日军少佐说："你们是干什么的？"说完他对翻译一晃头。

翻译说："皇军问，你们是干什么的？"

王道长说："你是中国人吗？"

翻译说："我是中国人啊。"

王道长："那还用问我吗？"

翻译回头对日军少佐说："他们是出家人，是道士，和大日本帝国的和尚一样。"

"让他们出去，这里皇军征用了。"少佐说。

翻译说："道长，这儿皇军征用了。"

王道长说："这是我们出家人的清静之地，不行。"

翻译说："道长，识实务吧。对皇军是不能说不行的。"

日军少佐显然看出了王道长的不合作，骂一声："八嘎。"抽出了军刀。

王道长的徒弟们都围了过来。

屋里屋外的日军都把子弹推上了膛。

这时又有一伙日军进来了，带头的是一位日军中佐。少佐报告说："报告大队长，这些人不肯合作。"

中佐看了一下六十多岁的王道长，用生硬的中国话说："你的，是这里的道长。"

王道长说："我是。"

中佐说："好的。我们大日本帝国也信奉关公的忠义。好的。"他一挥手，朝少佐说："师团长命令，不占寺院。"说完，他对王道长一鞠躬，回身带头出去了。

徒弟们围上来说："日本人也信关老爷？"

"假仁义。"王道长说着，回到了东厢房。

这时一位徒弟进来说："师父，帽儿山上还在打呢！"

王道长问："那七个兵还在那守着呢？"

"看样子是。"徒弟说。

王道长说："他们是让日本人困住了。别的事小，得想法给他们送点吃的上去。"

徒弟说："可日本人围得水泄不通，过不去。"

王道长叹了口气，又来到大殿，坐在那里开始念经了。

从烽火台上下来，郑连就感到腿脚有些沉，可能是在上面冻的。当他来到火堆边上，接过钱财给他的土豆，还没等往嘴里放，鼻涕不知不觉中流了出来，接着鼻子就不透气了，嗓子也跟着疼了起来，身上一阵冷一阵热。郑连靠着墙，慢慢地坐下。眼前的火渐渐地在他的视线中红成了一片，突然，火亮一下子暗了下来，眼前一片漆黑。

郑连昏了过去。

郑连醒来的时候，身上盖着被，身边是火堆，大哥摸着他的头，说："醒了。没事，就是让冷风给冒了一下。掐掐就好了。"

大哥在郑连的脖子上找准穴位使劲揪了起来，疼得郑连直叫。

郑连嗓子的肉皮揪得火烧火燎的，可是咽唾沫却不疼了。他点点头说：

"好多了。"

大家都躺下了,大哥和赵大柱站岗去了。

赵大柱守在东面,这是唯一可以爬上来人的地方。他说:"大哥,你那绊雷有准吧?刚才可就响了一个。"

"准。我是跟我爹学的,家传的手艺,错不了。我们埋的绊雷,都是我们自己做的。那比手榴弹准成,一个保一个。别说是小鬼子,就是兔子跑过去,都得响。我年年冬天都跟我爹打猎,没空过手。"

"大哥,你是东北军出来的,你说,东北军想当年进北平的时候,是多么的威风啊!咋才过了这么几年,就这样了呢?"

"不一样了。是不一样了。当年,那是大帅活着的时候,整个东北,是大帅一个人说了算。什么汤大虎,吴大舌头,张作相,杨督军,还有那些师长、旅长的,哪个不是全听大帅的。哪个不是吃张家饭的,靠着大帅当的官。就是日本人,也怕大帅,要是不把大帅炸死了,他小日本进得了东北吗?大帅可不管你东京政府、南京政府还是北京政府的,谁占了他的地盘,他就跟谁拼命。弟兄们立了功,他是大把地往出撒大洋。弟兄们谁不卖命啊!"

"那这些人就不看着老帅的面子,帮助少帅?"

"要是没有老帅的面子,少帅能当上司令吗?要是当不上司令,能当上中央的副总司令吗?可这个面子有多大,那就是人心隔肚皮了。少帅拿这些东北军的老人儿,也没法子。他们都有自己的部队,有自己的地盘。少帅奈何不了他们。远的不说,这个汤大虎,就是一个。把一个热河省都丢了,可少帅只能发个通缉令,算是要个面子。谁能抓住,谁敢去抓呀?他手里还有几万军队呢!少帅也是没法子的事儿。东北是他的根,是他的家,他能不想收复东北吗?没法子的事儿。他妈了巴子的。"

"那少帅也够难受的。"

"要不少帅能沾上毒品吗?就说撤下去的一一二师,那是张作相的部队,东北老人都叫他辅帅,张师长就是他的公子。别人谁有这么大胆子,谁能管得了？当年少帅的位子，还是张作相让出来的，多大个情啊！"

"战场上逃跑，多大个事呀，我说他们咋不怕军法呢。原来是有个好爹呀！"

"谁说不是。"

看着山下的日军围着篝火，大哥说："老二，不能让小鬼子这样消闲，也得让他们知道咱们是爷台。"大哥说的爷台，是一句东北土匪用的黑话，慢慢的老百姓也用了。那意思就是有本事，惹不起。

"是得让他知道知道，别让他养足了精神，成了爷台。"

大哥说："也得让小鬼子尝尝啥叫挨冻，知道铁红了不能用手摸。"说着他提着机枪选在了东南角一个箭垛，架好了机枪，瞄准了篝火边上的小鬼子就是几个点射"哒哒、哒、哒"。

枪声一响，围在篝火边上的小鬼子忙朝四下里跑。大哥看小鬼子跑起来，一个扫射，把机枪里的子弹全都打光了。打完了，他收起了机枪，躲在了墙垛后面。

大哥把一个弹夹打完了，引来了小鬼子一阵疯狂的报复性射击。可是打了一阵子，小鬼子也知道，这只能多浪费些子弹，根本不解决问题。但日军并没有进攻，因为他们的任务就是围住山上的人不冲下来就行。

33. 日军包围帽儿山，戴团长派人接应失败

一四五团于参谋带着几个人从南天门东山绕过去，来到古北口潮河南面的山上，已经半夜了。月亮升了起来，戴团长的警卫员发现，帽儿山烽火台上有篝火。他说："于参谋，是不是帽儿山让小鬼子给占了。要是一班还守在那儿，他们敢点篝火？"

于参谋想想，也是。可是那为啥日军还围着帽儿山哪？他朝特务连的班长说："你们在这儿守着，发现情况马上接应我们。你们俩跟我去，靠前看看。"

就在于参谋他们三个人来到帽儿山南面的山上，相对在两个山头的时候，帽儿山上突然响起了机枪声，接着就看篝火堆旁边的日军倒下了。接着又是一个清脆的点射，又有一个日军倒下了。接着日军的轻重机枪朝帽儿山开始射击了。于参谋从山上看，想接应帽儿山上的一班下来，是不可能了。围攻的日军足有一个大队，五六百人之多。一位警卫员问："于参谋，咱们打不打？咱们人还在山上守着呢。"

"不能打。咱们这几个人是救不出来他们的，搞不好，咱们都得搭在这儿。日军的战斗力咱又不是不知道。别说是咱们几个，就是来上一营，也别想救他们出来。咱们这儿一打，古北口镇的小鬼子就会一起出来。那可是一

个师团的日军。咱们和东北军两个师都没能挡住，何况是咱们几个人。兄弟，你们的心情我也知道，我也不是怕死的人，也想救出山上的兄弟，可这只能是白白的送死。撤！"

"那咱们也得给他点动静，至少是告诉一下帽儿山的兄弟，团长和弟兄们惦记着他们呢。"一个警卫员说。

"那好，咱们搞他一下就撤。千万不能恋战，说不上这周边就有小股的日军部队。"于参谋说。

两个警卫员看看于参谋，点头答应了。

三个人从山上摸下去，于参谋让一个警卫员留在半山腰，说："你在这儿接应我们。"说着下了山。两人摸到潮河东岸，隔着二十多米宽的河，两个人朝小鬼子的篝火堆投过去七八颗手榴弹后，回身钻进了林子上了山。

大哥刚才打了一阵子机枪，引得山下日军一阵报复性的还击。可打了一会儿，都知道，这样打下去没用。夜，又恢复了宁静。可是静了没多大会儿，突然，山下接二连三响起了手榴弹的爆炸声。他们都起来往山下看。只见在南面干沟边上，一片爆炸火光。

赵大柱说："是咱们部队打的。咱们团长最爱搞夜袭。"

大哥说："那是团长派人来救咱们的？肯定是，团长忘不了咱们。"

"有这个可能，但从这儿打，肯定不是大部队来了。顶多也就是团部的特务排，从火力上看，就是几个人的样子。"赵大柱说。

山下的爆炸声一响，躺在下面的几个人都忙着起来，提上枪来到了顶上。

郑连靠近赵大柱说："班长，那咱们冲下去，肯定是来救咱们的。现在正是时候，咱们两面夹击，肯定能冲出去。"只要是赵大柱说一声冲，郑连肯定是第一个冲出去。这是生的希望，也是他最想得到的结果。他想赵大柱也不想在这儿等死，守在这烽火台上，就是块死地，谁不想活着冲出去？

赵大柱说："再看看。"

急死人了，都这个时候了，还看啥呀？郑连朝大哥靠过去说："大哥，肯定是来救我们的。快动手吧，要是晚了，咱们的人一走，啥都晚了。"郑连又转回身说，"七弟，你说呢？肯定是来救我们。要不这时候还有谁来？"

大哥一直举着望远镜在看，也没有回答郑连的话。郑连知道秀才点子多，大哥和赵大柱也听他的，就和秀才说："七弟，行不行试一下。都打上，还有错？七弟，说话呀，七弟。"

秀才小声说："看看，要是来接应咱们的，至少得撕开一个口子。如果是夜袭，那打一下就走了，咱们下去也是白下，根本冲不出去。再说小鬼子也在防咱们冲出去，多少支枪口等着咱们呢。等一下，看看情况。"

"都啥时候了，还等？"郑连真的快要急死了。

大哥边看望远镜边说："对面是咱们的部队，人不多，也没下山。看样子，他们是不想下山，是来侦察的。"

赵大柱说："大哥，咱们试一下？"

"咋试？"大哥问。

"用机枪打一下看看，看看鬼子的动静。动静小，咱们就冲下去。"赵大柱说。

大哥把望远镜交给了赵大柱说："你看着点，我下去整个东西扔下去，看看动静。大家做好准备，没我命令不能下山。"

郑连说："大哥，用不用我们先下到山半腰，那样冲的时候也近点。"

"不行。"大哥说着指了一下大牛，"跟我来。"

两人到了下面，大哥把一个门帘子包在树枝上，朝大牛说："一会儿我拿好机枪，你把这东西从东面的石缝那扔下去。"

大哥上来，拿好了机枪，小声朝下面喊："扔。"

大牛在下面把门帘子从东面扔了出去。门帘子从石缝滚了下去，山下和山腰的日军火力点一起朝门帘子打来，子弹像雨点一样打在烽火台的墙上，在墙壁的石条上撞出一串串的火花。在子弹中还夹有曳光弹，就像黑夜中直飞的萤火虫，有的从头上飞过去，有的撞在了烽火台上。这样密集的子弹，别说是人，就是一只鸟也飞不过去。

郑连知道，他刚才要下山的想法是错的了。要是他们真的下去，不等到山根，就让小鬼子给打成蜂窝了。他躲在角落里，听下面响成一片的枪声，看流荧一样的曳光弹在空中划过，脚心又有些虚了。

赵大柱躲在箭窗窗口边上，还在朝南面的山上看着。突然，天空中升起照明弹，就像在空中挂了一盏汽灯，雪白的光亮，把山上山下全都照亮了。郑连小心地贴箭窗往下看，山下日军的钢盔反着白光，在山下围了好几层。

赵大柱说："日军在山下设了三层包围圈。南山上咱们的部队撤了。"

郑连先前还是蹲在那的，听了赵大柱的话，一下子坐在了地上。

白折腾了。

秀才朝大哥和赵大柱说："不管咋说，团长和杜师长没忘了弟兄们。还派人回来看看弟兄们。知足了。"

郑连在那坐着想，知足了。那也就是画个饼给你吃。

经过12日的激战，日军占领了古北口全镇，但在帽儿山上还不断地传来枪炮声，这说明古北口战斗还没有结束。第八师团长西义一从不关心局部的战斗，那是联队一级官佐应关心的事情。但是帽儿山的枪炮声时断时续地打了一夜，13日早晨，他来到了古北口镇的南山上。

作为日军古北口方面军最高指挥官西义一师团长，当他的部队占领古北口南山，他的目光不是南天门，而是密云。只有占据密云，才能使中国政府完全承认满洲国的地位。但此时他没有急于进攻南天门，川原侃旅团伤亡过大，补给上来的八百发炮弹也快打光了，再就是昨天中央军帽儿山阵地的顽强守卫，使他感到震撼。这样一支几十人的小部队竟敢和他一个师团对抗，使他感到中央军的战斗力是不容小觑的。而帽儿山阵地就如插在古北口的一根刺，让西义一感到十分不舒服，他要在等待炮弹这段时间里，攻下帽儿山，这样才能没有后顾之忧地进攻密云。而对于川原侃一个旅团竟然攻不下一个小山头，他感到这有损帝国军人的荣誉。于是，他决定亲自到前面去看一下，这到底是一个什么样的天险，能挡住他如此猛烈的炮火。

西义一的到来，使川原侃感到不安和很没面子。因为他一个旅团竟没能攻下一个小小的帽儿山，才使师团长亲临前线。

西义一来到了古北口南山高地，这里和帽儿山是平行的。不用望远镜就可以看清帽儿山上的烽火台。眼下的烽火台已让重炮打没了上面的棱角，成了一座圆形的砖瓦堆。可是四面的窗口还在，还在往外喷射着子弹。而在半山腰，清晰地看到许多日军士兵的尸体。

西义一朝身边的川原侃说："命令野广野太吉大佐，集中从西南轰击。命令小泉于莨弥大尉，马上打制云梯，交给步兵中队。命令四个中队从四面同时发起攻击。在部队攻击之前，先派个中国人上去劝降。中国的兵法上有一句话，不战而屈人之兵，上上策。"说着他指了一下东方刚刚升起的太阳说："我一定要在中午之前，把大日本帝国不落的太阳旗插在帽儿山上。"

川原侃原来也没有把帽儿山当成一件非要过问的事儿。东北军和中央军两个师都让他打出了古北口，一个小小的帽儿山怎么能守得住呢？当西义一师团长走后，他把进攻的任务交给了联队长长濑武平大佐，同时把师团长命令转述给了他。

3月13日，太阳又照常升起来了。

阳光从箭窗射进了烽火台里。紧张地听了一夜动静的大哥和赵大柱都感到身上疲惫。这时，大牛穿上衣服，从门帘子里面钻了出来，说："这一觉，真舒服。大哥、班长，你们俩躺下睡一会吧，我和钱财站岗。"

赵大柱说："你小子还算他妈有点良心。小心点，别让鬼子给摸了。"说着提起机枪，钻进了门帘子里面。

大哥说："天一亮，觉也没了。还是生上火，整点吃的吧。"

在炭火中加了柴草，火苗蹿了起来。烽火台里的温度升了上来，烟顺着上口冒了出去。冻硬了的身子让火一烤，人就有些懒洋洋的。郑连靠在墙上，又闭上眼睛。身上没劲，他还想再睡一会儿。可是心里有事儿，睡是睡不着的，闭着眼睛想着今天能不能有部队来救他们。这个时候，没有部队来

267

救他们，是说啥也突不出去的。

猴子架上钢盔，从砖堆里拉出装冰块的袋子，拿出几块放在了钢盔里说："大哥，咱们的吃喝可不多了。"

大哥说："省着点，顶个三五天没事。有这三五天，咱们部队准得反攻来救咱们。昨天晚上，不是有咱们的小股部队过来了吗？部队不可能放弃古北口，那样都没面子。少帅走了，蒋委员长还能往谁身上推？我看等二师和八十三师上来，部队肯定得反攻古北口，夺回长城一线阵地。可是想夺回承德，可能性不大。"

大牛说："就怕是狗咬猪尿包，空欢喜。那两个师还不知能不能来呢。"

"欢喜也得打，不欢喜也得打。还能投降小鬼子咋的？他妈了巴子的，净说些没用的有用啊！屁话。"大哥骂了一句。

大牛说："大哥，我是说不指望他们了。我爹说，指地不打粮，指儿不养娘。指望谁都不如指望自己。反正也够本了，我最少也干掉十多个小鬼子了。要不大哥你领着我们冲出去，我在前面开路。反正咱也够本了，再干掉他几个，是赚的。"

猴子说："大哥，你有媳妇吗？"

大哥说："有过。"

"啥意思？"

"让小鬼子用毒气毒死了。一家人躲进地窖里，全都给毒死了。王八蛋，这些小鬼子，没一个是人揍的。这个仇不报，还算得上男人吗？"一说到这，大哥提着枪到了箭窗，瞄了一会儿，"哒哒"打了两枪。

大牛说："大哥，要想解恨，就杀小鬼子。我也帮你解一下。"说着也来到了箭窗，朝山下瞄准。突然，他大声喊了起来："有个打白旗的上来了。看样子，是个中国人。"

大牛这一喊，大家都起来，朝山下看去。

只见山脚下一个中国人，不停地晃动白旗往上爬，在他身后面跟着几个日军。还有一个戴着日军战斗帽穿着便装的人。

大哥说:"小鬼子又来招了。"

赵大柱看他们走到了山腰了,朝山下喊道:"站住,再往前走开枪了。"

拿旗的中国人有四十多岁,戴着狗皮帽子,那脸都让狗毛挡住了,看不清长得啥样。他大声喊道:"别开枪,我是日本皇军派来的中间人,皇军让你们投降的,不干我的事。我不来,他们就要杀我的。这山下全是日本皇军,大炮都架上了,好汉不吃眼前亏。二十五师的南军弟兄们,别打了,下山吧!日本皇军说了,只要放下武器,要钱给钱,要官给官。日本皇军说他们讲信用,不骗你们。白花花的大洋,我都看见了。"

大哥说:"又一个汉奸。我们旅长就他妈的当了汉奸了,东北就是被这些汉奸出卖的。这汉奸比小鬼子还可恨。"

钱财说:"大哥,那让我先送他回家?"说着瞄向了那个汉奸。

秀才披着棉被,躲在墙垛后面说:"两国交兵,不斩来使。听听他说啥,让他把话说完了,反正也跑不了他。"

赵大柱说:"那是指的来使,这是个汉奸,两回事儿。"

秀才点点头,说:"班长说得对,是两回事。可古时候,也有杀来使的,那就是告诉他们没什么好谈的。咱们还是先听听他再说些啥?"

这时山下的那个汉奸站在那儿又大声喊道:"二十五师的南军弟兄们,咱们打不过日本皇军。他们有飞机大炮,一炸一大片。东北军那么些部队都跑了,你们还在这干啥傻事儿。一个人就一条命,好死不如赖活着。下来吧,都是好兄弟。我跟日本皇军说好了,只要你们放下武器,保险没事儿。我拿脑袋担保。请南军长官出来说话,跟日本皇军好好谈谈。下来投降吧,东北军投过来的,皇军都给了官当,照样的领兵,占一方土地,吃香的喝辣的。南军弟兄们,你们只要投降皇军,官升三级。"

大哥的机枪早就瞄向了汉奸的脑袋,只是想听听他还想放啥屁。

赵大柱小声说:"都给我瞄好了,只要这个汉奸再往前走一步,就是他自己送命来了。一起开火。让小鬼子知道知道。"

秀才小声对大哥说:"大哥,让小鬼子给咱们让出一条路,放我们回北平。"

秀才这话郑连爱听,至少先找一条活路。他在边上朝大哥说:"大哥,秀才说得对,看他们是不是真心的。"

"你听着,"大哥朝山下喊,"让小鬼子退出古北口,我们就放下武器。"

"南军兄弟,你们就放下武器吧,日本皇军把帽儿山围得一只鸟都飞不出去。就你们那几十个人,冲不出去的。"那个汉奸说着朝山上迈了一步,就在他还要再迈的时候,大哥的机枪先响了。接下来四挺机枪,三支步枪一起朝山下打去。汉奸和跟他上来的几个日军全都给打死在了半山坡。

帽儿山上的枪一响,日军的一发迫击炮弹就打在了烽火台的崖壁上。

"快回去!"大哥喊道。

大家马上撤进了烽火台底层。炮弹接下来,像冰雹一样砸向了烽火台。硝烟弥漫,弹片四飞,听不出有多少炮弹落下来。

郑连想,但愿部队不会忘了他们七个人。他想大家肯定都是这么想的,那是大家唯一活路的希望。

炮火把山上炸了个遍,上面的箭垛大多炸飞了,炮声一下子停止了,大哥喊道:"两人一组,守住窗口。准备手榴弹,记住了,扔的时候,都给我延时一秒。省着点用,别瞎扔,都守在下面。"说完,大哥一个人提着机枪上了顶层。

中将西义一在日军开始进攻的时候,已到了古北口南山烽火台上,望着帽儿山,进攻的部队一口气冲到了山上的崖壁下,开始架设云梯了。突然,一阵手榴弹在崖壁下炸开了。攻上去的部队,转眼间被炸倒一片。接着密集的机枪、步枪将冲上去的日军压在了山坡上。

第二波攻击部队还没有攻到崖壁下,就被打了回来。这让西义一十分恼火。他不相信,一个烽火台能挡住两个大队上千官兵的进攻。"命令空军出动,给我轰平帽儿山。"西义一命令道。

可是空军的飞机炸弹又一次让西义一失望了。因为空军的炸弹很难有效地命中烽火台，都是在烽火台的周边崖壁上炸响。而机枪扫射，对烽火台一点破坏力也没有。失望之后，西义一决定还是让步兵强攻。他不相信，就是山上真的有三四十人，也不可能挡住如此猛烈地进攻。

在部队进攻的时候，西义一中将认真察看了烽火台的构造和材质，他发现这些烽火台都是青石条垒砌起来的，中间是用石灰粘接的。如此，那些迫击炮弹打上去也没什么大的破坏力，只能是浪费炮弹。只用大口径重炮，才能轰开这坚硬的青石。但四周都是进攻的日军，炮弹会对自己的部队造成杀伤。没办法，只有先靠步兵攻击了。想到这儿，他没说什么，走下烽火台，下了南山。

34. 七战士受重创，死伤过半

日军是从四面围上来的，大哥他们在山上就像打靶子一样。可是靶子太小，日军士兵都戴着钢盔，正好挡着大半个身子。只有在小鬼子身子露出来的时候，那枪才能打得准。小鬼子是拼了命了，虽然他们的枪一刻不停地打，可日军还是拼了命似的往上冲。除了他们四个用机枪外，另外的三个人都放下枪，开始往下扔手榴弹。一阵手榴弹爆炸后，日军被压制在了山坡上，可一点儿要退的意思都没有。这时日军的掷弹筒朝烽火台打来，可是打来的炸弹都没炸，而是往外冒着黄黄的浓烟。烟雾经风一吹，弥漫开来，像一堵墙，挡住了视线，伸出去的手都看不清。

大哥喊道："快，把毛巾整湿了，围到嘴上，千万别闻着烟。"

大牛喊道："咋整湿呀？"

秀才说："雪，不行尿。"

雪都炸没了，郑连忙尿上尿，围到嘴上。尿骚味让他险些没吐出来。

日军借着烟雾，从四面围了过来，一些日军攻到了崖壁下面。接着烽火台外面一阵铁石的撞击声。

大哥放下机枪，趴在北门口地上往外看，北风从崖下吹上来，很快就吹散了烟雾。大哥朝大家喊道："小鬼子想用铁锚上来，老五准备刺刀，跟我砍绳子。大家往下扔手榴弹,掩护我们。"说着抽出刺刀。

几个人按照大哥在外面的方向,不断地把手榴弹扔到崖壁下面。不间断的爆炸,在崖壁下炸起阵阵烟尘。

大哥和猴子从北门出去,从东门爬了回来,一刀砍断一条绳子,十几只铁锚,转眼间让他们俩全都砍断了。顺着绳子的方向,又扔下去了十几枚手榴弹。随着一声声的爆炸,攻上来的日军开始撤退了。

就在郑连刚喘口气,想小鬼子咋这么不扛打的时候,日军的飞机过来了。他想,小鬼子想用飞机来炸死他们。

日军飞机第一次攻击波的炸弹在烽火台周边爆炸了,可是没有一颗炸中烽火台。当飞机转回来的时候,一颗炸弹在烽火台西面的两窗之间炸响了。靠南面的窗口一下炸出了一个大洞。郑连吓得赶紧闭上眼睛,缩成一团。石块和砖瓦一下子飞了过来,砸在他的钢盔上,震得脖子疼得不敢动了,比落枕了还疼。一个像棍子一样的东西砸在了他的胸口上,接着,一股血腥味扑了过来。郑连以为是秀才在旁边打了他,当他睁开眼睛,他发现不是秀才打他,而是一条断了的胳膊打在他的胸口上,吓得他一下子推了出去。郑连马上想到,躲在西面的是大牛和钱财。还没等他去看一眼,又一批炸弹在周边炸响了,西南角全给炸塌了,上面炸出了一个天窗,阳光射了进来,烟尘顺着天窗冒了出去。郑连一条胳膊护着头,一条胳膊挡在胸前,等着不断落下来的碎石破砖。

飞机走了。最先说话的是大哥,他在东北角上喊道:"快起来,小鬼子马上就会上来。"说着他朝西南角上走过去。接着听他喊道:"钱财!钱财!大牛!快来人!来人,来人把大牛挖出来。"

听到喊声,郑连就想到了那只胳膊,从地上拣起那只胳膊,抱着跑了过去,一边跑一边喊着:"胳膊在这儿呢!谁的胳膊?在这儿呢。"

钱财的一只胳膊炸飞了,半个脸也炸没了。如果不是知道他的位置,还有他身上的挎包,真的认不出是钱财了。

"钱财,四哥,你的胳膊在这儿呢!"郑连疯了一样地想把钱财的胳膊安上，那胳膊在皮大衣袖子里，还是热的呢。

赵大柱拉住郑连喊道："钱财死了！"

郑连还是拼命地想把钱财的胳膊安上，赵大柱左右开弓给了他两个耳光，郑连愣愣地看着赵大柱，打我干什么？可是马上他就明白了过来，四哥死了。死了！

大哥他们搬掉大牛身上的砖石，把大牛扒了出来。大牛昏过去了，双腿下半肢都炸断了。左腿还有骨头连着，右腿只剩下筋和皮了。大哥、猴子、秀才把大牛拖到了一块平地，大哥用绳子将他的腿分别勒住，左腿的血止住了，可右腿的血还在出，大哥看看伤口说："大牛的这条腿不行了，没法包。"

赵大柱急着问："咋整？大哥快说呀！"

"骨头都断了，只剩下点皮和筋连着。只有割掉，要不，血一会儿就流没了。"大哥说着抽出刺刀，在火上烧一下，回来了。

赵大柱急了，说："不行。大牛不能没有腿呀！"

"总比死了强。躲开！"大哥推开赵大柱，朝秀才说："把住。"说着一刀下去，割断连着的肉皮和筋。大哥又撕开一床被子，掏出棉花按在伤口上，用布包上了，又朝边上的几个人说："把他抬到靠西北角上，多盖床被子。老五，你看着点大牛，一会儿醒了，会疼得受不了的。老六、老七警戒，小鬼子上来就打。老二，咱俩给老四收拾一下，放到西南角这。"

大哥和赵大柱把钱财炸烂的皮大衣脱了下来，大哥脱下他穿的皮大衣，给钱财穿上，又把他的胳膊从袖子塞进去。赵大柱在西南角上平出了一块地，把钱财抬到了西南角上，平整整地放下了。大哥拿来一顶钢盔，扣在了钱财脸上，把炸烂的破大衣给他盖在身上。大哥边做边说："老四，也就这样了。皮大衣给你穿一件，盖一件。还有一件，弟兄们先借着穿穿，等你下葬的时候，一块给你带过去，还有你的东西。弟兄们谁也不是小心眼的人，等打完仗，想法给你捎家去。放心吧。好好歇着，看着弟兄们打鬼子，给你报仇。"

大家都听到了大哥对钱财说的话，郑连总感觉钱财没死，只是炸掉了一只胳膊，像大牛一样，躺在那等着醒过来呢。

日军又从四面围攻上来了。郑连和秀才打不过来，小鬼子越上越多。秀才朝大哥喊道："大哥，小鬼子上来了！"

大哥说："准备手榴弹，小鬼子不到崖壁下面别扔。听我命令，两颗一块来。"

大家刚准备好，日军就攻到崖壁下面了。看来日军也看出来，只有东面石缝是唯一上来的路，山下的轻重机枪子弹雨点一样打向东面墙壁。不断有子弹从门窗射进来，在里面的墙壁上留下一个个蜂窝一样的弹坑。突然日军的机枪停了下来，大哥喊道："扔！"

大家把手榴弹一起朝东面的石缝扔了过去。就在他们拿手榴弹的工夫，一个日军从石缝处爬了上来。就在他身子刚要露出来的时候，大哥的机枪响了，子弹在日军的钢盔上打了两三个洞，日军趴在石缝上，不动了。

就在他们又扔出手榴弹的时候，大哥抱着机枪上了顶层，一梭子子弹打完，他抱着机枪跑下来了。嘴里喊道："就跟他妈割麦子似的。"随着他的话音，日军的轻重机枪也跟着朝烽火台打来。

这时大牛醒了，他喊道："扶我起来，扶我起来。猴子，我咋躺在这儿呢？"

猴子把着大牛的身子，不让他动，说："牛哥，你受伤了，别动，千万别动，好好躺着，养养就好了。"

"我伤哪了？是腰还是腿？我咋哪都动不了呢？快扶我起来，我看看。猴子！"说着一把死死地抓住猴子，想把他推开。

猴子死死地抱住大牛的腰，喊着："别动！大哥让你别动！你的伤动不了，得养个十天半个月的才能动。"

大牛除了胳膊，腰使不上劲。要是平常，别说一个猴子压在他身上，就是两个猴子他也能轻松地起来。

大哥朝边上的几个人说："守住，别露头，有动静就用手榴弹砸。千万

275

小心日军的狙击手。"说完,他朝大牛那跑了过去。

大哥掰开大牛的手说:"老三,别动。听大哥的,养几天就好了。是石头砸的,把腰砸坏了,没事儿,养几天就好。听大哥的,老三。"

"大哥,是不是我的腿让石头砸折了?告诉我,大哥。"

"是折了。养几天就没事了。"

"大哥,要是突围的时候带不走我,我就在这儿掩护弟兄们,我不会拖累弟兄们的。大哥。"大牛说着哭了起来。

"老三,别哭。只要大哥有一口气,绝不会丢下一个兄弟,我背你突围。家里上有老下有小的,别想不开,大哥不会扔下你不管的。再说了,你还欠我四角钱的赌债没还呢,我咋能不管你呢。等好了,再推两把。"说着大哥也哭了,硬汉子的眼泪,让每个人心里都酸酸的。

"大哥、班长,可别扔下我呀!我不能死在这儿,我不能死在这儿!"大牛拉着大哥的手哭着说。

赵大柱也跑过来,把着大牛的手说:"放心吧兄弟,有弟兄们在,就不会把你扔下不管的。听话,先躺着,慢慢养着。听话。"

郑连在箭窗边上往外看着,石缝那趴着的鬼子尸体一动,不见了。他回头喊道:"鬼子又上来啦!"

"扔手榴弹。"大哥喊着跑了回来。

又是十几颗手榴弹扔下去,崖壁下面终于没动静了,日军的机枪也停止了射击。

钱财死了。

大牛重伤,残了。

烽火台里,剩下五个能战斗的了。

一个上午,他们打退了日军四次进攻。日军每次都是攻到崖壁下面被他们打下去的,靠的是手榴弹,除大哥的机枪外,那三挺几乎闲了起来。郑连想提醒大哥,还有几箱手雷没用呢。秀才说,那手雷比手榴弹的威力大多了。可是总没有机会，眼下就剩下五个能打仗的了，郑连想该提醒一下大哥了。大哥这时正在大牛身边，郑连走过去说："大哥，是不是该用手雷了？秀才说那东西比手榴弹厉害多了。"

大哥一边用酒给大牛擦着脸上的伤口，一边说："还不到时候，那是咱们最后的家底了。等突围的时候再用，只有用它炸开一条血路了。"

"那咱们什么时候突围？"郑连急着问。

"还不是时候，没有命令不能撤。守住了，等命令吧。我想快了，今天不来，明天准来。也可能是有了命令现在传不到咱们这儿。"大哥说。

"小鬼子又上来了！"赵大柱大声喊着。

大哥喊道："老二东面、老七南面、老五西面、老六北面。守住箭窗，别露头，手榴弹一定要延时一秒。快！"

大牛躺在那儿说："大哥，我能压子弹。"

"行。一会儿有空弹夹给你。千万躺着别动，别让大家为你分心。明白吗？老三。"大哥说着提着机枪到了上面。

大哥的机枪在上面一会儿一个点射，一会儿在东面，一会儿在西面，一会儿转到了北面。谁也拿不准大哥的机枪位置。北面上来的日军都是几个人一组，排成一条线，在郑连的准星里看到的都是钢盔。有时一枪打上去，后面的鬼子也跟着倒了下来。可是鬼子越打越多，眼看着几个鬼子冲到了崖壁下面，那是射击的死角。按照大哥说的，郑连把手榴弹弦拉出来，忙把手榴弹扔下去。就在他扔出三颗手榴弹的时候，日军的几发烟幕弹打在烽火台的下面。滚滚浓烟弥漫开来，像灰白色的纱幔，转眼间便挡住了视线。郑连大声地喊着："大哥，看不见打了？咋办？"

"准备手榴弹，发现上来就用。"大哥在上面边喊边跑了下来。下到底层，大哥喊道："耳朵贴地，听动静。守住上来的石缝，等小鬼多了，用手榴弹砸他妈了巴子的。老七，拿上炮，咱们也给他们几炮尝尝。"说着大哥拿起了几发炮弹先上去。

秀才喊郑连："六哥，帮我一下。"

277

由于梯子炸坏了一节,秀才先上去,郑连帮着把炮递给他。接着回到了北窗口。

迫击炮在上面带着呼啸声飞了出去。大哥喊道:"好,就这么整。"接连四发炮弹打了出去。大哥问:"还有几发炮弹了?"

郑连在下面跑到炮弹箱子数完喊道:"还有八发了。往不往上递啦?"

"不用。"大哥说完和秀才下来了。

郑连问:"不用炮啦?"

"突围的时候再用吧!"大哥说着拿起了手榴弹。

赵大柱在东面喊道:"咱们来个四面开花,大家准备好手榴弹,听我口令,拉!一、二扔。"手榴弹在四面开花了。

在他们的四面,最容易受到进攻的,就是赵大柱守的东面。那里有个上来的石缝,也是能上来的唯一通道。除此之外,他们三面都是二十多米高的崖壁。

日军的进攻一直持续到中午才开始退去。

猴子骂道:"小鬼子,有本事你别跑哇!"

大哥说:"小鬼子不是跑,是想再用炮轰咱们了。都戴好钢盔,裹上棉被,抱上枪,选在角落里,挺着吧!"

大哥说完,忙跑到大牛那,帮他盖好被子。还没等他躲到墙角,日军的炮弹呼啸着朝烽火台砸来。一颗炮弹落在了郑连躲的东窗口上,一声巨响,砖石和气浪把堵在窗口的门帘子崩到了里面,重重地砸在了里面支撑顶层的砖柱子上。气浪卷着硝烟和尘土向四下冲击,他感觉就像是有人把他推得贴在墙上一样,四门和顶上的洞同时冒出气浪。眼前黄黄的烟尘,什么也看不见了,气都喘不上来。

这次日军的炮击都集中在了东面,炮火不停地在东面的墙上炸响,东面的箭窗逐渐被炸出了一个大洞。可日军炮火并没有停,直到把东北角全都炸塌了,炮火才停了下来。这时,西面的窗口突然蹿进来一股火,那火射到顶棚上,就在顶棚的砖上燃烧着。一些火溅到了猴子的皮大衣上,猴子刚把皮大衣脱掉,第二股火喷了进来,全落在了猴子身上。猴子当时就成了火人了。大家都吓呆了,猴子成了一团火,他转了一圈,歪歪斜斜地朝喷进来火的西窗口走去,接着跳了出去,摔倒在了外面,只见火球一滚,下了崖壁。

就在大家都看傻了的时候,赵大柱提着手榴弹冲了过去,他的手榴弹还没扔出去,崖下响起一串手榴弹爆炸声。那是猴子身上的手榴弹炸响了。赵大柱将几颗手榴弹一起朝山下扔去。随着一声炸响,一团火升了起来。

日军的火焰喷射器炸响了。

这时大哥冲上去,一把将赵大柱拉了过来。紧接着日军的一梭子子弹打了进来,子弹钻进了棚里,大哥吼着:"你不要命啦!"

赵大柱也吼着:"猴子死啦!猴子死啦!"

秀才喊道:"班长,拼了吧!咱不能在这儿硬挺着等死呀!"

大哥说:"不能拼,不能拼。留得青山在,不怕没烧柴。咱们在这儿拖也要把小鬼子拖死在这儿。部队不会不管咱们的。"

这时周围的日军又攻了上来,大哥边抓紧往弹夹里压子弹,边说:"省点手榴弹用,能用枪尽量用枪。"

大牛躺在那歪着头对大哥说:"大哥,我来压子弹,我手好使,把弹夹给我,你去打吧。"

大哥说:"我守北边,大家守住自己阵地。鬼子不到崖下往上爬,不能用手榴弹。省着点,用枪打。"

防守是被动的,最好的防守是进攻,在这里不适用。因为只要一走出烽火台,就会有无数的枪口在等着你,子弹会像雨点一样地撒向你。郑连的步枪不停地射击着,因为上来的日军太多了,他可以随便地打。可是日军的机枪也封住了窗口,使他们的射击角度越来越小了。窗口上面让日军的机枪子弹打成了蜂窝,不断有小块的砖石掉下来。

赵大柱守在东面,那是日军进攻的重点。上来的小路,就在东边。赵大柱抱着机枪,在几个窗口间来回运动着。有赵大柱守在东面,大家尽可以放心了。

他们四个人分成了四面，坚持到下午，东面窗口枪声停了。郑连转过去一看，只见赵大柱趴在窗口那不动了，脸压在了机枪上。他在南面的窗口处大声喊道："班长！班长！"还是没有动静，他放下枪跑了过去，抱过了赵大柱。赵大柱的头上中了一枪，血把机枪都染红了，郑连忙拿出毛巾给他擦血，包扎。待包好赵大柱头上的伤口，赵大柱的身子渐渐地凉了。郑连大声喊着："班长——醒醒啊！班长——！"

　　大哥守在北面，日军正发起冲锋，大哥的机枪不停地扫射着。他回过头来问了一句："班长咋啦？"

　　秀才守在西面，他跑了过来，抱过赵大柱的头，摇晃了一下，"班长，班长——"赵大柱一点反应也没有。他抓起了几颗手榴弹喊道："小鬼子，我和你们拼了。"从炸开的箭窗跳了出去。可是四颗手榴弹只扔出去两颗，就被日军的机枪打倒了。

　　大哥过来，他看到秀才冲了出去，大声喊道："老六，扔手榴弹。快，别露头，往下扔就行。"喊完，他从东门爬出去。

　　郑连一口气扔出去六七颗手榴弹，山下响成了一片。

　　大哥把秀才给拖了回来，秀才右胳膊上中了一枪，胸口上面中了一枪。郑连在他伤口上压了一个急救包，可血还是止不住。

　　秀才躺在那儿说："大哥，不用管我了，我跟小鬼子拼了算了。够本了。"

　　就在这时，一个鬼子从石缝那露出个头，还没等他把枪举起来，大哥的机枪响了。一梭子子弹全送给了小鬼子。接着大哥从墙角的箱子里拿出了日式手雷，这是大哥讲好的，不到关键的时候不能用的手雷。

　　随着一串的爆炸声，攻上来的日军又被打退回半山腰。

35. 黑夜的帽儿山，
重伤的秀才和大牛劝大哥和郑连突围

西义一的望远镜里，从烽火台里跳出来一团火，随后在崖下一连串爆炸，让他感到震惊，接下来烽火台里投出一连串手榴弹，让他感到的是震撼。这是一种真正的武士精神，一种面对死亡表现出来的不屈精神，更是一种面对死亡的坦然。接下来的手榴弹爆炸，使进攻的部队又一次被炸了回来，进攻停止了。

炮兵又开始轰击烽火台了。已成馒头形的烽火台被炮弹一层层地掀低。这样的阵地，怎么还能这么顽抗呢？西义一要用钢铁和火焰炸掉和烧尽烽火台里的人的意志。他更想让古北口镇的人们知道，大日本帝国的强大，不是神话，而是现实。他命令宪兵队将古北口的一些有头脸的人物请到南山上，看日军是如何作战的。

他对身边的王道长说："道长，你认为这样的抵抗还有意义吗？"

王道长说："中国有句老话，叫'民不畏死，奈何以死惧之'。这原本就是一群没有想到生死的人，死对于他们，那便是生。生死轮回，道法自然。"

西义一说："求生是人的本能。中国也有句老话，'蝼蚁尚且贪生，何况人乎'？"

王道长说："将军这样精通中国文化，难道不知中国还有'士为知己者死'这句老话吗？帽儿山上的军人，不正是为知己者不顾生死的吗？我想将军也不希望自己的士兵都是些贪生怕死之辈吧！"

西义一说："道长说得很有道理。军人的最高荣誉，就是战死。只是我希望山上的中国军人能活下来，因为战争的最终目的，不是杀人，而是征服。道长能为我劝说他们吗？让他们活下来，共同建设我们的大东亚共荣圈。"

王道长说："贫道怕是没这份荣幸。出家人不问政事，这是道规。贫道也不能破这个戒。"

西义一说："那么不知道道长现在想生想死呢？"

王道长说："生老病死，自然法则。生即是死，死即是生，就如这春、夏、秋、冬，轮回而已。无所谓想生想死。"

西义一朝王道长点点头，回身朝身边的军官命令道："停止炮击，命令部队进攻，我要看看支那军人的意志。"

太阳转到西边了，昏黄黄的阳光从西面炸开的箭窗射了进来，大牛在夕阳下闭着眼睛，把子弹一颗一颗地压进弹夹。每压一颗子弹，弹夹就发出一声清脆的响声。

日军停止了进攻，郑连和大哥把秀才抬到了没有炸塌的西北角，靠北墙。大哥说："头朝墙角放，能挡点风。"

"行。"郑连答应着。

"不——行。"秀才说，"头朝窗口，给我几颗手榴弹，我守在这儿。"

郑连看看大哥，大哥点点头，他们按照秀才说的，让他头朝东，这样可以从炸坏的箭窗看到外面。

抬完了秀才，又去抬大牛。

大牛说："让我头朝南，我守这面。"

郑连和大哥把大牛也抬到了西北角，头朝南放下了。郑连把几颗手榴弹打开盖，拉出了环，放在大牛身边。又给秀才送去几颗，也把环拉出来，放在他身边。

郑连和大哥把赵大柱抬到了钱财那，并排放着。大哥把钢盔给赵大柱扣在脸上，拿起一床被子，盖上了。

在这之前，郑连最怕的是死人。一想到头皮就发麻，腿就发软。可是眼下，看着钱财和赵大柱躺在那，感觉他们就是睡着了一样，说不定睡一觉就会起来。在抬他们的时候，郑连怕把他们弄醒了，就像是他们睡着了，换个地方一样。

安放好赵大柱，郑连提着枪四面的巡视了一圈，看着日军的动静。大哥重新把火点燃了起来。把土豆放到火下面，用土埋上。几面箭窗都炸开了，露着大大的洞，烽火台的风反倒小了，柴草的烟尘，朝上升着，从烽火台上炸出的洞冒了出去，直直地拔向蓝天。

秀才说："这才叫点狼烟呢，让小鬼知道知道，啥叫烽火台。"

大哥说："你就少说两句，省省力气吧！"

秀才说："发昏挡不住死，让我说两句吧。要不这十几年的书白念了。下面我就给你们讲讲这古北口长城的事儿。"

大牛躺在那说："行。讲讲，来一回长城，真不知是咋回事呢！别整个到死都不明白，白来一回了。"

大哥说："那就讲，我是怕你流了那么多血，气力不够。"

秀才说："没事儿。古北口成为一处雄关隘口，是从明朝开始的。明朝初年把鞑靼统治者推翻之后，朱元璋派徐达等来修筑居庸关、古北口、喜峰口等处的城关，明洪武十一年，就是1378年，太祖令徐达在古北口长城建古北口关城，并在北齐长城基础上砌石块以增强防御能力。加修关城、大小关口和烽火台等关塞设施，并增修门关两道，一门设于长城关口处，称'铁门关'，仅容一骑一车通过。一门设于潮河上，称'水门关'。西北的居庸关、东北的古北口成了明王朝首都的两个重要门户。隆庆三年（1569年），张居正为了加强防务，特别把著名的抗倭名将戚继光、谭纶调来北方。谭纶任蓟辽总督，戚继光任蓟镇总兵。蓟镇所管辖的一千二百多里的长城，经戚继光的精心筹划，亲自督修，十数年之间便成了一道城墙高峙、墩台林立、烽火台相望的坚固防线。戚继光在修复古北口长城时，不仅保留了北齐长城，又在墙外加砌了长城城砖，至此才有了著名的古北口双长城。"

"能够在抗倭英雄戚继光修建的长城抗击日本鬼子，也算死而无憾了。"

郑连和大哥边听秀才讲，边往枪里压子弹。大牛也在往机枪弹夹里压子弹。郑连边压子弹边往山下看，突然发现日军又上来了，但样子不像是进攻。走在前面的是个穿老百姓服装的人，手里举着白旗。郑连朝在大哥说："大哥，鬼子又上来了，看他们的样子不像是进攻。又是来劝降的吧，举着白旗呢！"

大哥看了一会儿说："看样子像，小鬼子又想玩啥花样？"

这时山下传来喊话声："山上的南军兄弟，皇军提出停战一小时，各自运回阵亡的官兵。听到了吗？南军兄弟。"

"大哥，让不让他们运？"郑连问。

大哥没回答郑连，拿着望远镜朝山下看着。

"运吧。至少可以多拖他们一阵子，两个小时最好，那样天就黑了。"秀才说。

大哥着朝山下喊："两个小时，上来人员不准带武器。"

"皇军旅团长命令，就一个小时。"下面的人喊。

秀才小声对大哥说："不行，两小时。就说是团长命令。不，是营长。"

"不行！我们营长命令，两个小时。"大哥喊道。

山下停了一会儿，又喊道："皇军同意你们的请求，两个小时。"

"是我们营长的命令，两个小时。妈的，不是请求。"

"就两个小时，现在开始。"山下的人喊道。

"我们营长说了，过五分钟开始。现在开始计时。"大哥喊道。

郑连是从心里佩服秀才，只要有一点机会，他就能想出道道来。营长的命令，让小鬼子不知道山上还有多少人。两个小时，天就要黑了，小鬼子今天就不能进攻了,这样就可以为等援军再拖一夜。

五分钟过去了,大哥说:"老六,你警戒,我下去,把老五背回来。"

秀才说:"大哥,拿个被面吧。"

郑连和大哥还有大牛都知道秀才说的啥意思了。猴子烧焦了,又炸了一下。整尸是找不回来了,只能拣多少是多少了。

大哥扯下一床被面,团在一起,下山了。

秀才说:"六哥,你去警戒,一会儿换一件衣服,把脸挡住了。小鬼子也是想探一下咱们的虚实,你这样,让他们不知道我们还有多少人。要是让他们摸着底,他们收完尸就得进攻。"

郑连按照秀才说的,出去站一会儿,回来换上衣服,又出去。郑连都换了六七次了,可大哥还没回来,秀才都想不出来换啥了。大牛说:"换枪,这回你提着机枪出去。"

郑连提着机枪出去了,从东面走到了西面,他要看看大哥咋还不回来。他走到西边的崖壁边上,看大哥正在拣猴子炸飞了的肢体。被面上,摆着烧焦了的尸体,黑黑的,一块块的,按着人体摆放着。有的被大哥拿起来,又扔掉了。他不知道大哥是根据啥在挑选着哪是猴子,哪是小鬼子的尸体。

大哥终于回来了,在石缝处,郑连接了上来猴子的尸体,很轻,也就四五十斤。

回到烽火台里,大哥脱下他的大衣,铺在了赵大柱边上,把被面里包着的猴子放在大衣上,按着人形摆放好,把大衣扣系上,然后坐下来,掏出酒壶,摇晃了一下,打开盖举起来,张着嘴接着滴出来的一两滴酒。

三个人就这样看着大哥,谁也没说什么,都像有什么东西堵在嗓子眼,说不出话来。

两滴酒在大哥嘴里,像是一大口一样,大哥咽了下去。小声对郑连说:"老六,注意警戒,看住东面的石缝,别让小鬼子把咱们给玩了。我清点一下弹药。"大哥嗓子哑了,说话声音沙沙的。说着大哥把四挺机枪和几支步枪都拿了过来,又把弹药箱都搬了过来,说:"机枪炸坏了一挺,还有三挺。步枪都没事儿。子弹还有一千多发，手雷还有四十多枚，手榴弹还有五十多颗。迫击炮弹还有八发。这就是咱们的全部家当了。"

郑连给赵大柱、钱财、猴子头脚都盖上了。回到了东窗口，朝下面看看。上来的日军都没带武器，正在往下抬尸体和伤员。一百多具尸体，还有些重伤员，山上本来就没路，有些被打死在树丛中，也够他们找一会儿的，看样子，没两个小时真抬不完。

大牛躺在那儿对秀才说："七弟，你们有钱人家，当兵干啥呀？不像我们这些穷人，就为了点军饷。"

"要是小鬼子不来，说啥也不当这个兵。可眼下不一样了，国都没了，哪有家呀？更别说钱了。东三省的学校，都在教日语，慢慢地，中国话都得不让说了。这不是亡国的事，这是要咱们亡种啊。这个时候不当兵，那还是男人吗？有点血性的男子汉哪个不去当兵报国呀！"秀才有些激动，喘气有些费劲了。

"七弟，我不是那个意思。我就是不明白，想问问。千万别生气，我就是不明白。"大牛有些不好意思了，"七弟，你放心，我当了兵，就得像个兵样，这最后一颗手榴弹，留给自己，死了也不能当小鬼子的俘虏。咱丢不起那个人。"

"三哥，我不是生你的气。咱们是兄弟，我是恨自己不争气。恨我爹他们，那么些军队，都跑哪去了？"秀才更激动了，一阵咳嗽，吐出一口血来。他忙用袖子擦干净嘴，又用土把血埋上。

天渐渐地黑了。

日军抬完了尸体，天全黑了下来。日军没有再进攻，又在山下点上了篝火。

大哥在灰火里埋上一些土豆，用钢盔烧了开水，重新用门帘子挡住了几个窗口。烽火台里暖和多了。

大哥爬到上面看了一会儿，下来了，小声对郑连说："我去埋几颗绊雷，你看着点下面，有动静马上开枪。"说着爬出了南门，转到了东门的石缝，下去了。

半个小时后，大哥回来了，告诉郑连，埋了八颗绊雷。至少，今天晚上能睡个好觉了。

"大哥，那用不用站岗了？"

"不用。把火点旺点，我找两个站岗的。"说着大哥在通风的地方把枪刺朝下面扎下去，在上面放件破衣服，风一吹，那衣服就飘动起来。衣服的影子映到外面，就像是有人在走动一样。

"老六，底下有绊雷站岗，上面有衣服站岗。放心睡吧，明天还得和小鬼子打呢！"大哥说着拉过被子，包在身上，抱着机枪，靠着东北角墙上坐下了。

郑连在东南角上，披着被子，抱着枪也坐下了。

大牛说："你们俩睡吧，我干不了别的，听个动静还行。"

秀才说："我们哥俩站岗。有动静我们就扔手榴弹，放心吧，要不疼得也睡不着。你们哥俩省点体力。"

大哥说："都睡吧，没事儿。"

大牛说："疼，睡也睡不着。"

秀才也说："疼。"

钱财、猴子、赵大柱牺牲了。大牛、秀才受了重伤，只有郑连和大哥两个有战斗力的了。看大牛和秀才的伤坚持不了几天，别说是没医没药的，就是吃的也快没了。天又这么冷，他们又流了那么多的血。可是这个时候突围，一人背一个伤员，别说是下面有鬼子围着，就是没有鬼子围着，也难把他们背下去。郑连不断地朝南山看着，要是没人来救，突出去是不可能了。可南山上黑黑的山脊，一点动静也没有，明晃晃的月亮挂在天上，还有不断闪烁的星星。他不信就没人帮了，至少部队应该想着他们。可眼下，除了阵阵北风，还有月亮星星，地下的篝火，没人能看到他们。山下的小鬼子，天一亮就会来进攻了。就剩下他们两个人了，明天，

287

他们能挡住日军的进攻吗？

　　大哥拿起酒壶晃了两下，打开盖闻闻，从布袋子里拿出一块冰，一块块地往酒壶里装。装几块后，他把酒壶放在火上烤着，烤一会儿晃几下，再接着烤。直到他确认壶里没冰了，提着酒壶来到大牛跟前说："来两口，暖暖身子。水酒。"

　　大牛接过酒壶，喝了一小口，把壶递给了大哥。

　　大哥把酒壶又递给了秀才，说："来一口，暖暖身子。水酒也是酒。"

　　秀才摆了下手，说："大哥留着喝吧！我喝了也是白瞎。"

　　大哥说："喝了哪有白瞎的，来一小口，暖和一下。"

　　秀才接过酒壶，对着嘴喝了一小口，可是郑连看出来了，他只是和酒壶对了一下嘴，又把酒壶递给了大哥。大哥对着酒壶闻闻，盖上了，放进了怀里。他摸摸秀才头，又过去摸大牛的头，说："发烧了。"

　　大牛说："就是有点冷。"

　　大哥见郑连从箭窗不停地朝南面看着，自己走过去，用两个钢盔装上炭火，放在大牛和秀才的身边。大哥就坐在两人间的角上，左右看着两个人。

　　秀才烤着火说："大哥，我和你商量个事儿。"

　　"你说。"

　　"大哥，你听我的，我就说。"

　　"大哥听你的。"

　　"你和六哥突出去吧，我和大牛在这儿守着。这不是逃兵，是去搬救兵。没人来救咱们，都得死在这儿，你们搬来救兵，还有一条活路。"

　　"不行，要去搬救兵，让老六去。我在这儿陪着你们。"

　　"不行，六哥一个人突不出去，还是你们俩一块才能保证突出去一个。"

　　"不行。"

　　大牛说话了："大哥，你就听老七的吧。现在这是最好的法儿了，只要你们突出去，咱们才能得救。要不全完了。"

"不行。"

"六哥，你听我说的行不行？"秀才问郑连。

"不行。"郑连坚决地说。他们俩能不能突出去是一回事，只要他们俩一突，小鬼子必然会攻上来，那大牛和秀才就是个死。这是明摆着的事。真要是那样，他的良心真的过不去。在这之前，他会想法子突出去的，可是眼下，说什么他也不会扔下他们。

秀才说："要是都守在这儿，咱们班就一个种子都没有了。"

大牛整个身子，除了手外，都失去了知觉。别说是走，就是爬都爬不了。秀才也站不起来了，身子一动，胸口就往外流血。别说是一个班的生死弟兄了，就是路人也不能不管。郑连知道秀才是为他们好，可这种无情无义的事，谁也做不出来。

大牛说："把手榴弹都拿过来，我们能守住。你们俩就快突围吧。要是来得及时，我们哥俩还有救。这样靠着，是等死。大哥，老六，听我和老七的吧！你们快去搬救兵吧，就算是为了我和老七。"

大哥说："兄弟，都别说了。只要守住了，部队上不会不管我们的。昨天晚上部队不是派人来侦察了吗？咱们就再等一个晚上。就一个晚上，部队不来，我马上想办法突围。"

郑连也跟着说："就等一个晚上，部队肯定得管我们的。咱们团长不能把咱们丢在这儿不管的，那他们也太没良心了。还有杜长官，是他命令我们来的，他不能不管我们吧？再说咱们师就在南天门，离这儿也没几步。"

大哥说："老六，你过来，照看点他们，我烧点开水。发烧了多喝水好。"

郑连过去坐在大哥的位置上，守在两人中间。大哥用钢盔开始烧水了。看着大牛和秀才，他也想不出什么法子来，只能这么熬下去了。

夜太长了。南山上，古北口方向，一点动静也没有。日军的篝火还像撒路灯似的亮着，把帽儿山围在中间。秀才和大牛都渐渐地闭上了眼睛，大牛发出了鼾声，只是那鼾声在嗓子里，像是一口气上不来，就要憋过气去一样。秀才安静，只有细看，才能看出鼻子有白色的热气喷出来。秀才发着高烧，脸色烧得红了起来，人也缩成了一团。如果这个时候部队来救他们，他真不知道该如何把他们俩运到山下去，特别是大牛，背下去，那是不可能的了。没人能背得动。

古北口镇全让日军占领了，白天部队来救他们的可能性不大，那就只有晚上了。郑连现在怕的是天亮，天一亮，今天就算是过去了。

星星，闪动着，让郑连的心跳得慌。

36. 七兄弟牺牲，日军为勇士立碑

郑连不知道什么时候睡着了。一声炸响，把郑连震醒了，他忙伸手抓枪。可身上盖着被子，郑连掀开被子，站了起来。四下里看看，大哥不在。郑连的第一感觉，是大哥在他睡着的时候下山了。跑了？接着郑连就否定了自己，大哥不会丢下弟兄们不管的。大哥不是那样的人，不是。郑连喊道："大——哥！大——哥！"

"喊啥？"大哥在上面答道。

郑连长出了一口气。大哥在上面站岗呢！他朝四下里看看，天亮了，虽然太阳还没出东山，可是东方白了。白了！

小鬼子这回用的全是重炮。炮弹不断在烽火台周边炸响，有时几颗炮弹一块砸下来。大哥把郑连推到了墙角，在他身上盖上了棉被和门帘子，然后他才躲到了墙角里。

日军炮火渐渐地停了下来，郑连刚想喘口气，又传来飞机声。接着，一颗颗炸弹在烽火台上炸响了，砖石不断地向郑连砸来。郑连闭上眼睛，听天由命了。

飞机走了。

大哥从砖石中钻了出来，他喊着："还有没有喘气的？有没有喘气的

了？！妈了巴子的，有没有？！"

"有。"秀才从西北角推开了砖石，声音不大地答应着。

"还有没有了？有没有了？"大哥喊着，朝秀才那面跑过去，帮他推掉身上压着的砖石，"炸着哪没？"

"没有。"秀才说。

"还有我。过来帮我一下，我身子动不了。"郑连喊道。他的下半身让炸塌的砖石给压住了，腿脚上又包着棉被，伸不开腿。他头戴着钢盔，又紧靠在墙壁上，只有些小块的砖头砸在钢盔上。可是下半身却被埋住了。动不了。他一边推拣那些砖头，一边朝大哥喊。他想这下子是完了，至少得把腿砸断了。因为人们都说腿断了刚开始的时候不太疼。他的腿就是有点疼，但还能挺住的感觉。

大哥过来帮郑连搬开砖头，扶他站起来。郑连有些不敢站，可是在大哥的搀扶下，他站了起来，动了一下腿脚，还能动。

大哥从郑连的腿上摸到脚下，又拍拍他的腰，说："没事儿。"

郑连试着走了一步，能走。虽然肉有些疼，可是不影响走路。

烽火台的顶盖全让炮火掀掉了，东南角的墙也炸塌了，只剩下另三个角在那立着。中间的四根柱子还在那立着，可上面没什么东西了，一抬头，就能看到蓝天白云了。

"快看看大牛。"大哥说着朝大牛那跑去。

郑连也跟着跑了过去。

大牛被埋到了砖石下面。郑连和大哥拼命地扒，终于把大牛给扒出来了。可是大牛断气了。怀里抱着手榴弹。被子在他身边铺着，在被子下面，是一箱子弹和机枪。大哥抱着大牛狼嚎一样地哭了起来。那声音不是在哭，而是在号叫，扯开嗓子地号叫。

崖壁下一声手雷的爆炸声，止住了大哥的哭号声。接着，又是连串的手雷爆炸声。炸声刚过，一个鬼子从石缝中爬上来了。大哥抓起一块砖砸了过去。砖砸在鬼子的钢盔上，鬼子从缺口掉了下去。

"老六，用砖头砸。"大哥喊道。

听大哥的，郑连也拿砖头朝石缝那扔去。可是他想咋不用手榴弹呢？可是大哥说了，也来不及问了，地下一层的砖头，拣起来朝下面扔就是了，管他有人还是没人。他左右手换着班，东一块西一块，砖头胡乱地往下扔着。

崖壁下面传来了一阵鬼子说话声，接着便有日军钢盔和刺刀上来了，砖头砸在钢盔上，冲上来的日军只是缩一下脖，接着往上冲。

秀才在后面喊："大哥，崖壁下面全是小鬼子了。"

"老六、老七用手榴弹，延时往外扔。"大哥说着抓过来两颗手榴弹，在手里拉出了弦，眼看着白烟从后面往外冒，就在手榴弹要响在手里了的时候，扔了出去。手榴弹在石缝上面炸响了。

三个人一连扔出去十几颗手榴弹，又扔出几枚手雷。崖壁下面响成了一片，接下来，没动静了。

大哥提着两挺机枪爬出烽火台，在崖壁上架上机枪，朝下面的日军一阵子猛扫。一挺机枪子弹打没了，他拿过来第二挺。两挺机枪子弹全打没了，他才退回了烽火台。

大哥刚退回来，日军就攻上来了。手雷从下面扔了上来，在烽火台周边炸响。这时一颗日军手雷扔到了大哥的头上，还没落下来，就让大哥给接住了，他顺手就扔了下去。可是接下来，日军不断地有手雷扔上来，在秀才的身边爆炸了。

大哥拿过一床被顶在头上，冲到了秀才的窗口，一连十几枚手雷扔下去，崖壁下面一阵喊叫声。

郑连又朝东面和南面扔下去几枚手雷，崖壁下面终于没动静了。

"七弟——！七弟——！"大哥拼命地抱着秀才喊着。

郑连跑过去，从大哥怀里拉出秀才，把他放平在地上。秀才没气了，一点气都没有了，脸上全是血，衣服也炸得破烂了，手里还握着一枚手雷。

"大哥，那些冰都放哪了？"

"在你身边的角上。你要干啥？"

"我想给七弟擦一下脸。七弟爱干净。"

大哥过去，扒出了破布袋子，从里面拿出一块冰，"在这儿呢。"

郑连轻轻地擦拭着，泪水蒙住了眼睛，他扯着嗓子，趴在了秀才身上，大声地哭号了起来。那冰块在他手上慢慢地融化了，血水从他手上流下来。

收拾完秀才，郑连来到大牛尸体前，用钢盔扣在他的脸上，把他的皮大衣盖在上面，上面又盖上了被子。

郑连靠着柱子，坐在了地上，不知是累了，还是脑子里空了，两眼直直地朝前面看着外面，也不知道看什么，就这么坐着、看着。呆在那儿了。

烽火台的四面让炮火轰成了山字形，顶上全塌了下来。周边的墙壁看不出来哪是箭窗，哪是门了，都是锯齿形的大洞。烽火台里外堆满了砖石，就像一个大散兵坑一样。

大哥把机枪都压上子弹，放在三面，然后坐在一块石头上，抽着烟，看着郑连笑。郑连不知道大哥笑什么，转过身子看着大哥，直直地看着大哥。

"老六，老六，老六！"大哥喊了几声，见郑连不答应，站起来，朝郑连走来，到了他身边，大哥把烟头给他，"老六，抽一口，抽一口就缓过来了。"

郑连接过烟头，抽了一口，那烟一下子就呛进了郑连的嗓子。他干咳了一阵子，长出了一口气。眼泪一下子就出来了，他抱着大哥哭了起来。他现在就是想哭，哭。

哭累了，郑连觉得好多了。大哥一直在抱着他，任他哭完。

"老六，好点了吗？"

郑连用袖子擦拭了一下眼睛，感觉像是卸去了身上背着的重物，一下子轻松了许多。他有点不好意思地看了一眼大哥，低着头说："没事了。"他不想说太多，更不想提起秀才他们，他怕他还是控制不住自己。

"小鬼子要上来了，准备打。记住了，别露头，听我指挥。让你往哪扔手榴弹你就往哪扔，别暴露自己。"

郑连点头答应着，把手榴弹和手雷都准备好了。

日军从四面又围了上来。

大哥端着机枪，不停地来回转换着阵地。一个点射接着一个点射。但下面死角里的日军，他打不着，便大声地喊着："六弟，东北角这，来一颗手榴弹。挺两个数再扔。六弟，南面来一枚手雷，挺一个数。"

郑连一阵狂扔。崖下面的日军没动静了，可是看看手榴弹箱，只剩下四颗手榴弹、六枚手雷了。他坐在那儿，伸出去的手停下了。

大哥说："我机枪子弹还够顶一阵子，小鬼子不到石缝，别用了。"

"嗯。"

大哥把手榴弹箱搬到了墙角上。

日军又开炮了，炮弹在烽火台周边不断地爆炸着。大哥把多余的棉被都给郑连蒙上了，就在大哥转身想回到角落的时候，一颗炮弹在东门口炸响了，大哥像飘起来一样，一下子飞到了里面。郑连刚要起来，一颗炸弹在门外炸响了。他只觉得头上轰的一声，眼前一黑，什么也不知道了。

3月14日午后两时，帽儿山上的枪炮声终于停止了。

西义一对王道长和古北口镇的头面人物说："诸位不想跟我去看一下帽儿山的风光么？"

王道长知道，这不是请，而是押。他说："将军有此雅兴，贫道愿意奉陪。"

西义一说："很好，很好。"说着他朝帽儿山走去。古北口镇的百姓让日军押着，朝帽儿山走去。

从帽儿山脚下往上爬，不断地看到日军在往下抬尸体和伤员。古北口的百姓们解恨，可他们也不敢相信，南军在帽儿山上会杀死这么多日军。

爬上了山顶，看着倒塌的烽火台，西义一发现，这么一座烽火台，几十个人是怎么守的？他一边想，一边爬上去，可是站在烽火台上，他怎么也感觉不到胜利者的骄傲。这时，一位日军军官报告："报告将军，我军彻底消灭了帽儿山上的支那七名守军。我军玉碎一百六十一人，伤二百余人……"

295

西义一不想再听下去了，他一挥手，打断了报告："收拾好支那军人的遗体，在山下厚葬，我要亲自参加。命令工兵，炸平这座烽火台，一点痕迹都不要留下。"

"是。"日军军官答道。

西义一原想和王道长说点什么，可是现在，他什么都不想说了。七个人，仅仅七个人，如果不是亲眼看到，他真的不敢相信，三百多日军的伤亡，竟然只是七个人所为。他这样想着，走到山下，命令身边的一位军官说："做一块墓牌。马上！"

在山下的西南坡，潮河支流的北岸，一些日军正在挖着墓。百姓们过来，他们接过日军手中的锹和镐，开始挖墓。墓挖得很大，百姓们想让七个人并排地躺在里面。一些百姓回去取来了炕席。按着规矩，咋说也不能黄土压脸。

厚葬，是西义一的命令。日军也就随着当地百姓的意，只要埋好就行。

古北口的老百姓也都被日军押到了墓地，他们不明白，为什么小鬼子要给南军的士兵举行这么隆重的葬礼？

川原侃参加完七勇士的葬礼，对西义一报告："报告师团长，部队准备完毕。支那军队在南天门设了阵地，我旅团定能一举占领南天门，直下密云，让中国政府结城下之盟。"

西义一看了一眼这位忠实的部下，说："命令部队在古北口休整待命。在河西镇到驼沟寨北方高地、将军楼东至龙王峪口、沙岭口一线布防。"

川原侃有些不明白，可是师团长说得明明白白。他不敢再问了。

此刻的西义一想到的，就是他从帽儿山下来时想的一句话："这是一支可以打败的军队，但这是一支不可征服的军队。"

一阵枪声把郑连惊醒了，可是他的身上有什么东西压着，动不了，眼前黑黑的，什么也看不见。他想摸摸身边，可是手也压住了，动不了。他活动了一会，手有了活动空间，抽出来了，摸摸身上，是芦苇编的炕席，炕席很重，压得他喘不上气来。他一点点的扭动着身子，活动了一会，身子能动了，他一点点地转动身子，脸朝下，手脚支撑着，往上拱，渐渐地，有了点活动地方，突然一股空气进来了，他大口大口地呼吸了一会儿，身上有劲了。他运足了劲，朝有空气的地方一用力，把炕席边上拱出了一个口子，顺着口子，他爬了出来。

天全黑了，星星出全了。郑连朝周边看看，是在帽儿山下的西南坡下面。在埋他的土包前面，立着一块四方的木头，上宽二十多公分，下面十多公分，足有一米八高。上面写着"支那七勇士の墓"。中间的日本字他不认识，但他能猜得出来，应该是日本人埋的。在那看了一会儿，他才想到，不能在这儿站着，他得赶紧跑。可是往哪跑呢？往西，是追赶部队，可这个时候想从古北口过去到南天门，那就是去送命。他死一回了，也对得起长官了。他不能死第二回。往东跑，那就是逃兵，他现在不想当逃兵了，可是弟兄都没了，没人给证明他不是逃兵。他这是死里逃生。他又在心里重复了一遍，沿着小路，朝东面的山里跑去。先是走小路，可是走了一会儿，他觉得小路也不安全，就朝山上的树丛中跑去。跑到了后半夜，他见山里有一户人家，便摸进了院子，还没等他靠近房子，几只大鹅朝他叫起来。他没在意几只鹅，要是狗，他会找个家伙拿在手里，可是几只大鹅，他没当回事，接着朝房子走去。这时门开了，出来一位五十来岁的男人，手里端着猎枪，黑黑的枪口就对着他："什么人？"

"能让我进屋说话吗？我想喝口水。"说着郑连回头看看，身后没动静。

这是山里的两间草房，走进了屋子，还有一位姑娘在屋里。灯光下，他们看到他身上的衣服，还有那一身的血。那位五十多岁的男人说："伤到哪了？"

"没伤着，都是兄弟们的血。"

"你叫什么名字？"

他真的不想说出自己的名字，就顺嘴编了一个："陆柒。"他在班里兄弟中排到老六，兄弟七个。"大叔，我能在这儿躲上几天吗？"

这时那位姑娘说："爹，那我给他找几件衣服换上吧？"

就这样，郑连在山里住了下来。

从小陆到老陆，年年的清明，郑连都去给兄弟们上坟，添土。逢年过节，他都会给弟兄们烧点纸钱。大哥爱喝酒，赵大柱、大牛家里有老婆孩子，钱财、猴子就是想攒点钱回家娶媳妇，秀才爱干净，爱看个书。他信得过大哥、赵大柱，他们会把钱给弟兄们如数分下去的。

岁岁年年，郑连的纸钱按时烧给弟兄们。想起什么事来，他就到弟兄们的坟前说上几句。特别是和秀才，他总有说不完的话。

日子一天天地过去，每过一天，他和弟兄们见面的时候就近一天。可他不想急着去，这外面还有好多事儿，他得告诉弟兄们。

这就是七勇士的故事，这不仅是他们七个人的故事，也是一支军队的悲歌，一个民族惨痛的记忆。到了五月份，日军终于占领密云县城，直逼北平。南京政府被迫与日本签订了丧权辱国的《塘沽协定》，实际上承认了日本对东北、热河的实际占领，也丧失了部分华北主权，进一步刺激了日军的侵略野心。国民政府的妥协受到社会各界的抨击，中国共产党也发表了《为反对国民党出卖平津华北宣言》，谴责国民政府对日妥协。

但是战士们的血并没有白流，这场战役让更多的将士和民众看清了日军的侵略野心，将士们的英勇抗日，也阻止了日军侵略华北的步伐，延缓了日军全面侵华战争的爆发。

最后，我想以《义勇军进行曲》作为结尾，这首歌曾激励着千千万万个中国人走上抗日救国的战场，用血肉之躯筑成了民族的钢铁长城，它也曾作为国民革命军二〇〇师的军歌，而杜聿明、戴安澜两位将军也先后担任二〇〇师师长。以此来缅怀所有为捍卫国家尊严和争取民族独立而牺牲的中华儿女。

起来！不愿做奴隶的人们！

把我们的血肉筑成我们新的长城！

中国民族到了最危险的时候，每个人被迫着发出最后的吼声。我们万众一心，冒着敌人的炮火，前进！冒着敌人的炮火，前进！前进！前进、进！

尾声

1934年,国民政府革命军事委员会北平分会为纪念牺牲的抗日将士,设立"古北口保卫战阵亡烈士之墓",史称肉丘坟,安葬三百六十名东北军和中央军官兵。

1945年8月15日,日本投降。

1949年10月1日,中国共产党成立了中华人民共和国。

1961年2月,中国人民政治协商会议全国委员会文史资料研究委员会编制,中华书局出版《文史资料选辑》第十四辑,发表了杜聿明、郑洞国、覃异之的文章《古北口抗战纪要》,其中有这样一段文字:

在这里有一件事是值得补述的:一四五团派出的一个军士哨因远离主力,未及撤退,大部队崩溃后,该军士哨仍在继续抵抗,先后毙伤日军士兵百余名。后来日军用大炮飞机联合轰击,始将该哨歼灭。日军对这军士哨的英勇精神,非常敬佩,曾把七个尸首埋葬起来,并题"支那七勇士之墓"。

1997年,时任民革中央主席何鲁丽为古北口战役纪念碑题写碑名:

长城抗战古北口战役纪念碑

2005年8月15日,在他们七人墓前又立了一块碑:

长城抗战古北口战役古北口七勇士纪念碑

最后还要说一下他们长官的情况。

师长关麟征，陆军上将，官至国民政府陆军总司令。1980年8月1日，关麟征逝世于香港伊丽莎白医院。中央人民广播电台、《人民日报》和全国各大报纸都登载了他逝世的消息和简历。徐向前元帅向他在香港的家属发去了唁电："噩耗传来，至为悲痛，黄埔同窗，怀念不已，特此致唁，诸希节哀。"

代师长杜聿明，陆军中将。1939年11月任第五军军长，率部参与桂南会战，获昆仑关大捷。1949年1月9日在淮海战役中全军覆灭，于河南省商丘市永城为中国人民解放军所俘。1959年12月4日，获得释放。1981年5月7日病逝于北京。

团长戴安澜，追授陆军中将。1942年，奉命率二〇〇师作为中国远征军的先头部队赴缅参战。在缅作战中，大战同古、收复棠吉等。1942年5月18日，在郎科地区指挥突围战斗中负重伤，26日下午5时40分在缅甸北部茅邦村殉国。

蒋介石为纪念戴安澜将军赋诗（挽联）："虎头食肉负雄资，看万里长征，与敌周旋欣不忝；马革裹尸酬壮志，惜大勋未成，虚予期望痛何如？"

毛泽东题赠了挽词："外侮需人御，将军赋采薇。师称机械化，勇夺虎罴威。浴血东瓜守，驱倭棠吉归。沙场竟殒命，壮志也无违。"

周恩来题写了挽词："黄埔之英，民族之雄。"

作者访谈

1.写作古北口抗战这一题材的初衷是什么？怎么发现这一素材的？

七八年前，一次路过古北口长城，在古北口镇南山的南坡下，看到一座烈士陵园，里面是一座大坟，称肉丘坟，埋了三百多位当年长城抗战的国民党官兵。为了解这些官兵，我走进古北口村，在村口，我问几个村民，哪儿能买到介绍当地的书籍。一位四十多岁的当地妇女说："我给你看看还有没有了。"于是，我在村子里等了一会儿，她拿来四本书。书名是《古北口往事》，作者白天。书上有定价，每本十元钱左右。那位妇女说书不是她的，要价八十元。我付了八十元。回到家后，我认真地读了这几本书，书上最吸引我的是《支那七勇士》。虽

然只有一千多字的短文，但记述了一个真实的故事。接下来，我收集了大量的古北口长城的抗日文献，进一步了解了当年长城抗战中古北口战场的惨烈。后来，我又多次到古北口，走遍了那里的长城，爬上了帽儿山，祭拜了七勇士的陵墓。创作的冲动也随之产生了。

2．国民党军二十五师，是中央军嫡系军队，在抗战中有"千里驹师"的称号，这是他们在全面抗战前的一次重要的长城会战，也是对军队的生死考验，你对这支军队了解多少？这次战争对他们以后的抗战产生了怎样的影响？

了解二十五师，是从古北口开始的。这是一支长城抗战前刚组建的部队。特别是杜聿明的七十三旅，其中包括戴安澜的一四五团在内，全是刚招收的新兵，正在新兵训练。上战场前，这些新兵没放过枪，没扔过手榴弹。否则，关麟征师长不可能在攻打将军楼时，士兵扔出没拉弦的手榴弹而使日军得到反击时间而负伤。假如不是有关麟征、杜聿明、戴安澜这样的军官带领，这样一群士兵，是不能打仗的。正是古北口一战，锻炼了官兵，这才有后来的"千里驹师"。

3．相信你在写作这本书的同时，对于书中的一些国军将领做了详细了解，你怎么看待戴安澜将军？

戴安澜是中华民族的英雄。战斗中他身先士卒，爱护官兵。指挥中他有智慧，在没有炮火的防守中，他能守住阵地。在被敌人两面合围的情况下，他能把队伍带出来，能不留下伤员，虽然战斗中他也负了伤，但他还是亲自在后面掩护，这在国民党将领中是难能可贵的。同时他对战争也进行了深入的思考，战后他写下了《痛苦的回忆》一书，总结了古北口战役的经验教训，并告诫官兵。这才有后来的昆仑关大捷、远征军血战。官兵们跟着这样的长官作战，哪有不拼命的道理。

4．这场战役对于戴安澜来说，最大的影响是什么？

他通过面对面地与日军交战，认为：只有精兵强武，才能战胜日本。中日关系是不可调和的，在战争没有分出胜负之前，一切外交辞令都没有用，

不能对日本抱有任何的幻想，只有血战到底，战胜日本。这在他的《痛苦的回忆》一书中已有明确的观点。

5. 你在后记中也简单介绍了戴安澜将军远征缅甸的事迹，最后以身殉国，能否给我们详细地讲述一番。

戴安澜在1942年3月随第五军军长杜聿明远征缅甸，时任二〇〇师师长。3月19日进行了"同古守卫战"，迎战日军五十五师团。由于战斗打得十分残酷，他抱着必死之心，在22日写了两篇遗嘱给妻子。战后，美国军方的史料中这样记载着："被称为'有才能、魄力并有相当大胆量'的戴安澜将军从1942年3月19日至3月30日坚守并保卫了位于曼德勒去仰光途中的铁路交叉点同古镇西塘谷。据官方记载，这次行动是'所有缅甸保卫者所坚持的最长防卫行动，并为该师和它的指挥官赢得巨大荣誉'。"接下来是"平满纳会战"、"棠吉攻击战"，戴安澜带领全师浴血奋战，身先士卒，取得让美军都为之赞叹的战绩。在接下来的撤退中，二〇〇师处在孤立无援中，戴安澜带领全师剩下的5800名官兵朝北撤退，他要把官兵带回国，重整再战。

5月17日晚8时，戴安澜将军在康卡村指挥作战时，胸、腹各中一弹。重伤后的戴安澜依然指挥部队冲出重围，朝祖国前进。部队到达茅邦时，戴安澜已说不出话来，可他还是手指地图，为部队定下了撤退路线。5月26日下午5时40分，戴安澜将军在茅邦村与世长辞，时年三十八岁。6月25日二〇〇师官兵抬着戴安澜将军灵榇到达祖国的漕涧集，为戴安澜将军举丧三天。7月12日戴安澜将军灵榇到达昆明，上万人前来哀悼。因为战争，直到1948年5月3日才在安徽省芜湖小赭山举行了公葬。二〇〇师出国时9000名军人，回到祖国仅有4000人。

6. 相比杜聿明和戴安澜，当时任军长的徐庭瑶介绍相对较少，能够详细介绍一下他们的抗战吗？

在抵御外辱的战争中，他们无愧中国军人的称号。他们都是抗日英雄。没有徐庭瑶军长的努力，十七军到不了抗日前线。没有关麟征师长的日夜行军，他们到不了古北口。在以后的几次大战中，他们都是勇于牺牲，奋勇杀敌的中国军人。台儿庄大战，关麟征军长达到抗命请战的程度，足以证明他们的抗日决心。

7.你用了很大的笔墨来叙述七勇士抗战，他们对你最大的触动是什么？

英雄不是生来就是英雄的。造就英雄除了他们身上的民族血液外，就是外部的压力和机缘。七勇士也是如此，他们是新兵，他们不懂战争，可是血的战争教会了他们，战友的血激发了他们。我到过帽儿山，详细地看了地形。他们是可以退出阵地的，可是为了掩护战友，为了军人的天职，他们没有撤出阵地。仅凭这一点，他们就是民族的英雄。战争是由长官来指挥的，可是战斗是由士兵们去完成的，是以战斗小组班为单位去直接承受的。我们听说过连以上有指挥所，谁见过班有指挥所的。怕死，是人的本性，勇气，是由外部压力激发出来的斗志。这些，只有在一线阵地的官兵中才能更好地体现出来。战争最可怕的，不是消灭人们的肉体，而是留在脑子里的恐惧，也称战争后遗症。我只想通过七名勇士来揭示这一战争中最可怕的东西。

8.你对古北口的日军也做了详细的介绍，你是怎么得到这些资料的？

这要感谢地方政协的《文史资料》。我们有中央、省、市、县的《地方

志》《文史资料》，这里面虽然都以本地为主，可是汇集起来，就是一系列完整的资料。

9. 这场战役中日双方力量对比悬殊，双方各自的伤亡是多少？

日军的伤亡要小得多，因为他们是进攻，战役中他们占主动。但总的也有两千多人的伤亡，这是根据战场上和一些资料上的记述得知的。而我军伤亡在近九千人，其中东北军四千多，中央军四千多。

10. 日军急于越过长城，向南侵略，但这场战役之后，日军停止了进攻，直到1937年才发动全面侵华，原因是什么？

首先是日军发动这场战役的目的是占领热河，完成划定伪满洲国的领土。另外，是日本在九一八事变后，对中国的侵略有两种意见。一是关东军，二是政府。进攻热河的目的只是让中国政府承认伪满洲国的存在。随着张学良的下野，何应钦已在与日本人和谈，到1933年5月31日中日签订了《塘沽协定》，承认日本对东三省、热河占领的"合法性"，所以战事便停了下来。当时在日本还没有达到后来军人统治的时候。到1936年2月26日日本少壮派军人发动兵变之后，开始步入法西斯军国主义，这才有后来对华全面侵略，太平洋战争。再有一点，就是他们在华的部队随着占领与反抗的扩大，出现了严重的兵力不足。

11. 1933年的长城抗战，其实是东北军、西北军和中央军的合作抗战，在这里你重点写了国军二十五师的抗战，能否在这里简单介绍一下东北军和西北军的抗战？

东北军在热河可以说是一败再败，但在古北口，东北军打出了士气。一

○七师出古北口的阻击战，为古北口防守赢得了时间，一一二师在古北口一线阵地的顽强防守，六三五团团长白玉麟的阵亡，都打出了东北军的军威。但张学良在这个时候的下野，严重影响了士气和军心。这才有后来的一一二师的脱离战场，二十五师的孤军奋战。西北军和中央军、东北军比起来，他们的装备太差了。西北军的大刀队，那是没有办法的办法，也是国弱民穷的一个外在表现。虽然他们凭着军人的血性而战，虽然能一时杀伤一些日军，但败是必然。特别是守卫古北口东面司马台的西北军一个营，最后是全体阵亡结束战斗。我的下一部抗日小说想写的，就是东北军在古北口和西北军在司马台这一悲壮的战役。用血肉之躯去面对钢铁，我心里酸酸的。

12. 对你来说，写作这本书可谓是"十年磨一剑"，写作期间最大的感受是什么？

在特定时期，中国军队是可以打败的，但无论何时中国人抵御外侮的精神是不可战胜的。不论是现在还是未来，中国军民保家卫国的精神是永存的。在创作过程中，我最大的感受是用我手中的笔来安慰这些民族英雄的灵魂。